AS ESPADAS DOS REBELDES

AS SÉRIES DE LICIA TROISI

OS REINOS DE NASHIRA
O sonho de Talitha

A GAROTA DRAGÃO
A herança de Tuban
A árvore de Idhunn
A clepsidra de Aldibah

AS ESPADAS DOS REBELDES

Tradução
Mario Fondelli

Título original
I REGNI DI NASHIRA
II – LE SPADE DEI RIBELLI

Copyright © 2012 Arnoldo Mondadori Editore S.p.A., Milão
"I Regni di Nashira" e logo são marcas registradas da
Arnoldo Mondadori Editore S.p.A.

Direitos para a língua portuguesa reservados
com exclusividade para o Brasil à
EDITORA ROCCO LTDA.
Av. Presidente Wilson, 231 – 8º andar
20030-021 – Rio de Janeiro – RJ
Tel.: (21) 3525-2000 – Fax: (21) 3525-2001
rocco@rocco.com.br
www.rocco.com.br

Printed in Brazil/Impresso no Brasil

Preparação de originais
ALINE LEAL

CIP-Brasil. Catalogação na fonte.
Sindicato Nacional dos Editores de Livros, RJ.

Troisi, Licia, 1980-
T764e   As espadas dos rebeldes / Licia Troisi; tradução de Mario Fondelli. – 1ª ed. – Rio de Janeiro: Rocco Jovens Leitores, 2017.
(Os reinos de Nashira ; 2)

Tradução de: I regni di Nashira – le spade dei ribelli
ISBN 978-85-7980-296-6 (brochura)
ISBN 978-85-7980-323-9 (e-book)

1. Ficção italiana. I. Fondelli, Mario. II. Título. III. Série.

16-36800   CDD – 853
                                                     CDU – 821.131.1-3

O texto deste livro obedece às normas do
Acordo Ortográfico da Língua Portuguesa.

Prólogo

O*s primeiros raios dos sóis acordaram Grele em sua cama. Pelo menos quanto a isso sua vida não havia mudado. O velho quarto no qual morava no mosteiro de Messe era virado para o leste, de forma a ser acariciado pela luz desde o alvorecer. O mesmo acontecia em sua nova cela, naquele conjunto confuso e precário de casebres de madeira que constituía a sede provisória do mosteiro. Quem mandara construí-lo às pressas, e a sua custa, fora Megassa, conde de Messe e pai da jovem, responsável por sua ruína. Não podia deixar de pensar nisto toda vez que ouvia as tábuas do soalho rangerem sob os pés. Tudo fazia com que se lembrasse de Talitha e da afronta que ela lhe fez.*

Grele levantou a contragosto. Todas as manhãs recordava como era acordar antigamente, o sentimento de íntima satisfação que acompanhava o gesto natural de abrir os olhos sob a luz de Miraval e de Cétus. Naquele tempo era a dona do mosteiro, sempre soubera. Nunca duvidara daquela simples verdade, nem mesmo após a chegada de Talitha, que todos consideravam fadada a grandes feitos. Mas Grele, filha de Jane, o monarca do Reino do Outono, era a mais promissora das noviças, a predileta da irmã Dorothea. Tinha trabalhado por muito tempo e com constância para chegar àquele ponto, e estava certa de que nada no mundo impediria sua nomeação a Pequena Madre.

Sorriu com amargura, enquanto vestia os trajes das Combatentes. Havia sido ingênua. Naquela época não podia imaginar quanta maldade, quanta malícia se escondia em Talitha.

Reviveu o momento em que a vira pela última vez: de pé, cercada pelas chamas e olhando para ela, que gemia e agonizava no chão. Em seguida, fora embora, deixando-a ser consumida, sozinha, no incêndio que havia ateado no mosteiro.

Grele umedeceu o rosto com a água da pequena bacia de louça que tinha no quarto. Era um dos poucos objetos do velho mosteiro que salvara e levara consigo. Mas as bordas estavam riscadas, com a concha atravessada por uma longa rachadura remendada por um artesão com uma solda irregular.

É como eu: a sombra daquilo que já foi no passado, *pensou com raiva.*

Jogou a água no rosto quase com violência. A pele respondeu com a sensibilidade extrema que a afligia desde que fora queimada no incêndio.

– Esqueça – dissera-lhe uma coirmã. – Só procure lembrar que está viva. Muitas, entre nós, não tiveram a mesma sorte.

Era fácil falar. A dor era constante, como se sua carne, sob o véu obscenamente brilhoso e liso das cicatrizes, continuasse a aninhar um fogo inextinguível. Bastava um mero toque com a ponta dos dedos, e o tormento voltava a ser o mesmo daquela noite.

Grele deixou que as gotas de água escorressem ao longo do perfil torturado de sua face, enquanto longos arrepios de dor percorriam suas costas. Um lado do rosto continuava lindo e altivo, os traços refinados de uma jovem na flor da idade. Mas a outra metade ficara horrivelmente desfigurada. Nem pareciam cicatrizes, aquelas caretas que a deturpavam: era como se o fogo tivesse derretido a carne, que escorria no rosto como a cera de uma vela. Naquela pele pendurada abria-se um olho redondo e esbugalhado, um olho que, daquela noite em diante, Grele nunca mais conseguira fechar.

Durante um bom tempo nem tivera a coragem de ver a própria imagem no espelho. Depois que se olhou pela primeira vez, no entanto, nunca mais deixara de contemplar-se ao acordar. O nojo que sentia por aquela imagem grotesca que a fitava era um estímulo para seu ódio, a lembrança constante de que não teria paz enquanto não destruísse quem a deixara naquelas condições.

Fora por isso que decidira entregar-se às artes das Combatentes, à espera de terminar o noviciado e tornar-se sacerdotisa. Para levar a cabo a vingança, e porque treinar com elas lhe permitiria usar uma máscara. Aquela metade de seu rosto era um sinal de fraqueza, a prova tangível de uma derrota que devia ficar escondida aos olhos do mundo.

Ajeitou a roupa. Antigamente sua pele delicada não teria sido capaz de tolerar a aspereza daquele tecido. Agora, entretanto, até gostava de senti-lo espetar todo o corpo. Havia alguma coisa justa naquela dor.

Estava a ponto de abrir a porta, quando alguém o fez antes dela. Grele viu entrar a irmã Maleka, sua instrutora. Ao contrário das outras Combatentes, que deviam respeitar o voto do silêncio, tinha a permissão de falar na presença de suas alunas.

– Você tem visitas. Estão à sua espera no templo – anunciou num tom neutro.

Grele não fez perguntas, embora a notícia a deixasse surpresa. Ninguém, jamais, perguntava por ela, nem mesmo quando vivia feliz no mosteiro de Messe. O pai não a procurava. Nem nos dias seguintes ao acidente se interessou em saber o que aconteceu: contentou-se com a notícia de que estava viva, e entregou-a às mãos habilidosas das Medicatrizes.

Encaminhou-se para o templo, que não passava de um amplo galpão de madeira com o telhado fortemente inclinado. No fundo via-se a placa com a gravação do rosto de Mira, que havia sido milagrosamente salva do incêndio do mosteiro. Ela causava um efeito bem diferente lá dentro, entre paredes despojadas e bancos de fortuna.

Grele pigarreou de leve para anunciar sua presença. O homem virou-se e, na mesma hora, ela sentiu-se invadir por uma onda de ódio. Era Megassa, o pai de Talitha.

Grele não parou para pensar. Pulou para frente com a mão esticada para o pescoço do conde, exatamente como lhe haviam ensinado. Megassa evitou o ataque e agarrou o braço dela, segurando-a por debaixo da axila.

– Não podia esperar outra coisa de você – sibilou ele.

– E então por que veio? – rosnou ela.

– Porque você e eu temos muitas coisas em comum.

Grele fitou-o, desconfiada.

– Ambos perdemos muito no incêndio – continuou o conde. – Fomos traídos de forma ardilosa, e odiamos do fundo do coração a mesma pessoa.

Grele debateu-se, e Megassa a soltou. Mas a jovem o viu levar a mão à empunhadura da espada e ficou indecisa, sem saber o que fazer.

– Se não fosse por você, ela nunca teria vindo ao mosteiro – acusou.
– Um mero erro de avaliação – replicou Megassa.
Grele voltou a fitá-lo com desconfiança.
– O que veio fazer aqui? O que quer?
– Você.
– A mim? Sua filha já tirou muita coisa de mim, e não creio que você não saiba disso. Quem poderá devolver meu rosto? Você?
Ela tirou a máscara que a ocultava, mostrando a parte desfigurada.
Megassa reprimiu o gesto instintivo de desviar os olhos e continuou a fitá-la.
– Nem tudo está perdido, nunca está. Construímos nós mesmos nosso destino, e não existe queda da qual não possamos nos levantar. Você terá de volta o que perdeu, e mais ainda, se quiser. Eu e você reconquistaremos o que nos é devido, e conseguiremos nossa vingança.
Grele apertou os punhos com força.
– Ela é sangue de seu sangue. Quem me garante que posso confiar em você?
– Ela já não é sangue de meu sangue. Demonstrou não ser digna do nome que carrega. E, se você aceitar ser minha aliada, terá a prova de quão impiedosa pode ser minha vingança.
Grele perscrutou os olhos de Megassa procurando neles uma confirmação, e o brilho de ódio que vislumbrou naquele olhar convenceu-a mais do que mil palavras.
– Diga qual é seu plano – respondeu afinal.
Megassa sorriu, feroz.

Primeira Parte

I

As mãos do herege se mexiam rápidas e habilidosas. Talitha não podia fazer outra coisa a não ser olhar, admirada, aqueles longos dedos extremamente brancos, que misturavam e esmagavam ervas para em seguida espalhá-las no corpo de Saiph.

O rapaz estava deitado na mina, pálido por ter perdido muito sangue na batalha de Orea. Havia sido trespassado pela espada de um soldado de Megassa e só por um triz não tinha morrido.

O herege percebera tudo na mesma hora, logo que os encontrara. Com a experiência de quem conhece a guerra, com um simples olhar avaliou a gravidade de seu estado.

– A ferida é muito profunda, como o medicou? – perguntara a Talitha examinando o corte, que rasgara o flanco do rapaz. Falava com perfeição a língua de Talária, mas com uma cadência que Talitha nunca ouvira antes.

– Usei a magia – respondera ela com voz trêmula, mostrando o pingente de Pedra do Ar.

– Não é suficiente – replicara ele secamente.

Então, sem perder mais tempo, carregara Saiph nos ombros e dirigira-se em silêncio para a saída da mina. Talitha não pôde fazer outra coisa a não ser acompanhá-lo.

O abrigo do herege era uma caverna escondida entre as Montanhas de Gelo. Para alcançá-la era preciso enfiar-se numa passagem tão estreita que até Talitha, apesar de esguia, teve de baixar a cabeça para atravessá-la. O interior, aproximadamente circular, consistia num único aposento cavado no gelo.

– Você mesmo fez? – perguntou Talitha, cheia de admiração.

– Mais ou menos – respondeu de forma lacônica.

O espaço era limitado, mas nada faltava: num canto havia um catre coberto por peles de animais, e do outro lado uma pequena lareira, na qual, num caldeirão de metal, uma sopa borbulhava. Havia até umas prateleiras esculpidas no gelo, cheias de potes, pequenas ampolas com os mais variados conteúdos, e muitos livros. A iluminação ficava por conta de um cristal de Pedra do Ar, de tamanho médio, pendurado no teto.

O herege deitou Saiph na cama, agasalhando-o com as peles, e dedicou-se ao preparo das ervas. Talitha ficou olhando, incrédula. O homem diante dela, inclinado sobre um pilão, que tentava salvar seu amigo mais querido, era realmente aquele que por tantos meses procuraram? E por que reivindicara a Espada de Verba como se lhe pertencesse? Era de fato o Eterno, o ser lendário que sobrevivera ao épico embate entre Mira e Cétus? E a que raça pertencia? Havia algo errado na cor de sua pele, na proporção de seus membros. Mas o que mais a impressionava eram as costas. A tosca túnica que ele vestia deixava vislumbrar algo parecido com duas pequenas corcovas entre as escápulas, que sobressaíam sob o tecido sujo de sangue ressecado. Como se algo tivesse sido amputado.

O herege espalmou o cataplasma sobre a ferida de Saiph.

– Dê-me o pingente de Pedra do Ar – disse de repente, fazendo Talitha estremecer.

Ela entregou-o sem fazer perguntas, e ele levou-o à boca ciciando palavras numa língua desconhecida. O pingente se iluminou de luz mágica. O herege deitou-o sobre o cataplasma na altura do ponto mais grave da ferida e fechou tudo com ataduras.

– Você tem uma Ressonância bem forte... – murmurou Talitha. – Sabe usar a Pedra do Ar para fazer magias.

Ele nada disse e se levantou, indo para a lareira. Talitha aproximou-se de Saiph. O rapaz ainda estava terrivelmente pálido, mas parecia respirar melhor.

– Ele vai sobreviver? – perguntou.

O herege deu de ombros.

– Você estancou a hemorragia, mas ele perdeu muito sangue. E o ferimento ainda pode infeccionar.

– Mas vai sobreviver ou não, afinal? – insistiu Talitha.

– A arte médica não dá respostas precisas. Temos que ver como ele vai passar a noite.

O herege sorveu um pouco de sopa de uma colher que mergulhara na panela, depois pegou duas tigelas de madeira e encheu-as, deixando uma na frente de Talitha.

Ela nem a tocou, devastada só de pensar numa vida sem Saiph. Parecia-lhe algo inconcebível. Ele sempre existira, desde que ela era menina. Apesar de ser seu escravo, haviam crescido juntos, não havia uma única experiência que não tivessem compartilhado. Depois da morte da irmã Lebitha, ele era tudo o que lhe sobrava no mundo.

O herege começou a comer com estardalhaço.

– Acho melhor você recobrar as forças: deve ter tido um dia bastante cansativo – disse.

– Meu estômago está trancado – murmurou ela.

– Faça um esforço, então. Acredite, sua aparência não está nada boa, e a última coisa de que precisamos é que você enfraqueça. Precisa cuidar de seu amigo.

Talitha deu uma olhada em Saiph e se convenceu. Pegou a tigela e aproximou-a do rosto. O cheiro era bom, vagamente apimentado. Segurou a colher e mergulhou-a devagar na sopa.

– Quando nos encontramos eu lhe fiz uma pergunta: o que estava fazendo com minha espada? – perguntou o herege.

Talitha engoliu a colherada e fitou-o. Não podia ser sua espada.

– Quer que lhe mostre um atestado de propriedade?
– Pelo que as sacerdotisas lembram, a espada sempre ficou numa teca de vidro no mosteiro de Messe.

O herege deu uma risadinha.

– E você confia no que dizem as sacerdotisas? Foi justamente uma delas que a roubou de mim. Era uma jovenzinha que benzia os de sua raça durante a guerra. "Mira está conosco! Mira nos protege!" Claro... está sempre com todos. Mas alguém ganha e alguém perde, no fim – declarou sarcástico.

Talitha ficou calada por algum tempo, enquanto o outro voltava a comer com gosto.

– Você está falando da Antiga Guerra – disse afinal.
– Isso mesmo, acho que é assim que vocês a chamam – comentou ele, sem mostrar muito interesse.
– Aconteceu há setecentos anos!
– Algo assim.
– Ninguém vive setecentos anos.
– Então você está falando com um fantasma.

Talitha pôs-se de pé.

– Quem é você? De onde vem?

O herege fez um sinal com a colher.
– Sente-se.
– Fiquei meses à sua procura, Saiph quase perdeu a vida para encontrá-lo, e você fica aí, sentado, comendo sua sopa e falando de uma guerra que aconteceu séculos atrás!
– E por que me procuravam?
– Porque você sabe o que está acontecendo com os sóis! Sabe que nosso mundo vai morrer. E também sabe como impedir isso.
Pela primeira vez ele a fitou com uma faísca de interesse.
– Se quiser que responda suas perguntas, responda primeiro as minhas. Perguntei como conseguiu aquela espada. – Indicou-a, apoiada na parede, mais afiada e resplandecente do que nunca à gélida luz que aclarava o ambiente.
Talitha sentou e passou a mão na testa. Não era bem assim que tinha imaginado aquele encontro.
– Peguei-a no mosteiro de Messe – disse afinal, e contou em detalhes a história toda: os meses de noviciado, que o pai lhe impusera após a morte da irmã mais velha, Lebitha, e o segredo guardado pelas sacerdotisas e pelo qual a irmã sacrificara a vida; o incêndio que ateara ao mosteiro e a longa viagem em busca do herege, o único capaz de deter o crescimento de Cétus, e finalmente a determinação com a qual o pai e as sacerdotisas acossavam-na por toda a Talária.
– Entendo – disse ele. – Então é por isso que estava fugindo, e é por isso que Orea foi arrasada.
– Pois é...
Talitha sentiu-se invadir pelo mesmo ódio que experimentara diante dos destroços fumegantes do vilarejo. Comparada com aquele sentimento devastador, qualquer outra coisa esmaecia.
– Como se salvou? Orea estava cercada.

– Acompanhou de perto a batalha... – observou Talitha.
– Irão procurar por vocês por toda parte – disse o herege com descaso.
– Estamos acostumados. Então, vai dizer quem é?
– Como chamam a espada que carrega com você?
– A Espada de Verba.
– Pois é exatamente meu nome. Eu mesmo a forjei.
– Não pode ser. Você deveria ter mais de setecentos anos.
– Quase cinquenta mil, mais ou menos. Depois de algum tempo, a gente perde a conta – disse Verba.
– Ninguém vive tanto assim...
– Eu, sim.
Talitha ficou em silêncio. De alguma forma sentia que aquele desconhecido falava a verdade.
– O que é você? – murmurou por fim.
– Sou um escombro do passado, mocinha. Alguém que nem deveria estar vivo, e que de qualquer maneira não deveria estar aqui.
– Você não é um talarita, e tampouco um femtita... Qual é sua raça?
– Mesmo que lhe dissesse, nada significaria para você.
– Diga assim mesmo.
– Shylar – murmurou o herege, com um sotaque áspero e sibilante.
– Há outros, como você?
Verba hesitou um instante.
– Não. Muitos morreram.
– Como?
– Morreram, só isso, de que adianta saber como? Não mudaria a realidade – exclamou ele impaciente.
– Sei que o interrogaram, enquanto estava preso. Contou que sabe o que está para acontecer?

– Isso mesmo, contei – confirmou Verba, fitando-a com olhos penetrantes.

– E tem a ver com os sóis que iluminam Nashira?

– Sim.

– Então vão realmente queimar tudo... – disse Talitha num tom sombrio. – Cétus vai nos matar.

– Sim.

– E como podemos impedir?

Verba olhou para ela por um bom tempo. Seus olhos eram de um azul extremamente puro, profundos como abismos em que era fácil perder-se. Havia algo misterioso e esquecido naquelas íris, um mundo inteiro do qual Talitha teve medo.

– Não posso ajudá-la.

– Não pode ou não quer?

Verba ficou calado e continuou a fitá-la. Talitha pensou que, forte daquele jeito, poderia matá-la em um só golpe se quisesse. Imaginou se não era isso mesmo que ele estava matutando, com aquele olhar terrível.

– Conte o que sabe – insistiu.

Verba meneou a cabeça.

– Houve um tempo em que tinha interesse pelo destino de vocês. Mas vi horrores demais desde que decidiram matar uns aos outros, desde que escolheram explorar-se reciprocamente até os ossos. Fiquei observando, é verdade, porque da distância certa vocês são grotescos, em suas patéticas tentativas de sobreviver a vocês mesmos, em seu arrastar-se um dia depois do outro para um fim anunciado. E continuarei observando, mas nada mais do que isso. Não há mais coisa alguma que eu possa fazer. Quando seu amigo se recobrar, vocês dois terão de partir.

Tirou a tigela das mãos dela e jogou o que sobrava da sopa no fogo, apagando-o. Em seguida, envolveu-se nos cobertores e pareceu adormecer na mesma hora.

Talitha permaneceu sentada, incapaz de mover-se, as lágrimas riscando as bochechas. *Não adiantou nada, tudo o que fiz foi em vão.*

Virado de costas em posição obstinada, Verba apertou os olhos com força para afugentar os pensamentos, para não deixar que a pena amolecesse seu espírito. Mas, enquanto Talitha continuava a chorar, naquela noite o sono nem quis saber de vir visitá-lo.

2

Talitha acordou com a luz que vinha da entrada da gruta. A manhã já devia estar avançada, adormecera na calada da noite, quase sem perceber, e sentia a cabeça tão pesada que tinha a impressão de ter descansado por uma eternidade. Mas só levou um momento para entender o que acontecera enquanto dormia: Verba havia sumido.

Levara consigo tudo o que pôde; nas prateleiras de gelo sobravam apenas três vidros, os recipientes das ervas, alguma comida e um livro. Pelo menos deixara a espada, disse a si mesma com amargura. Em cima da mesa encontrou um pergaminho; continha as instruções para cuidar de Saiph e por quanto tempo, e um seco comentário:

Dei uma olhada nele de manhã. Vai se safar.

Nem uma só palavra para explicar sua fuga, nenhuma referência à conversa da noite anterior. Tinha desaparecido, exatamente como fizera na fortaleza de Danyria. Ajudara-os o bastante para salvar a vida de Saiph, e depois adeus.

Arrebatada por uma fúria cega, Talitha apertou com violência o pergaminho até ele estalar. Depois de todos os perigos que tinham enfrentado, aquele sujeito havia ido embora sem se dignar a lhe dar pelo menos uma explicação. Como podia ter partido sem ela perceber que estava abandonando a caverna? Devia ter derramado algum sonífero em sua tigela de sopa, só podia ser isso. Caíra no sono como uma pedra e não percebera barulho algum.

Saiu correndo, mesmo sabendo que era tarde demais. Não havia qualquer vestígio de Verba, nem na extensão gelada que se abria diante da gruta, nem no horizonte. O refúgio ficava na encosta íngreme de um dos primeiros contrafortes das Montanhas de Gelo, e logo abaixo o Reino do Inverno se esparramava como um mapa preciso e burilado sob a abóbada cinzenta do céu. Ao longe, Orea continuava queimando. A fumaça era tão densa que se infiltrava através da ramagem do Talareth que encobria a aldeia e subia até perder-se entre as nuvens. Talitha pensou em todo o mal que encontrara pelo caminho naquelas últimas semanas. Talvez porque Cétus estivesse aumentando sua luminosidade e o eterno equilíbrio com seu sol gêmeo perigando fossem apenas uma consequência do que acontecia na terra: as carestias, a violência e a exploração dos escravos espalhando-se cada vez mais. Ou talvez tivesse sido sempre assim, e ela nunca se dera conta disso na gaiola dourada em que vivia, no palácio do pai.

Desviou o olhar e viu que a fumaça havia alcançado mais alguns vilarejos nas redondezas: o incêndio se alastrava por todas as direções, e Talitha sentiu alguma coisa se mexer na boca do estômago. Ela suspirou, e sua respiração congelou numa compacta nuvenzinha branca. Fazia um frio terrível, que só agora começava a sentir. Voltou para dentro, resistindo ao impulso de ir ao encalço do fugitivo, onde quer que estivesse escondido. Saiph não estava em condições de se mexer, e ela não podia deixá-lo sozinho. E, além do mais, mesmo que encontrasse o herege, como o convenceria a colaborar? Se o que Verba lhe disse era verdade, e que Talitha chegara de algum modo a aceitar apesar de sua grandiosidade, ela não dispunha de meio algum para fazer isso. Não havia como, com um sujeito que por milhares de anos sobrevivera a tudo.

As instruções do pergaminho eram particularmente detalhadas, e Talitha seguiu-as à risca por cinco dias, portando-se como uma perfeita Medicatriz. Tirou as ataduras, limpou o ferimento e voltou a medicá-lo, enquanto a Pedra do Ar ia perdendo pouco a pouco seus poderes. Pensou em quanto lhe custara arranjar aquele pingente, e por um momento se lembrou de Melkise, o caçador de recompensas que os capturara para entregá-los a Megassa. Ficou imaginando o que teria acontecido com ele e com Grif, o garoto femtita que o acompanhava. Ainda podia ver os olhos do jovenzinho, que a fitavam aterrorizados enquanto ela o curava com um encanto. Tinha lutado quase até a morte para defender seu amo. Achou que Saiph se parecia com ele, agora que estava deitado na caverna, inconsciente.

Quando não estava ocupada com os cuidados ou com o preparo das refeições, Talitha revistava o esconderijo em busca de qualquer coisa capaz de indicar, de alguma forma, para onde Verba tinha ido. Ou então ficava de vigia na entrada da gruta, enrolada em várias camadas de peles, esperando inutilmente a volta do herege.

O fogo de Orea havia se apagado, mas de noite a escuridão era pontilhada de novos pequenos incêndios que se espalhavam ao redor dos caminhamentos, nas passarelas de madeira que ligavam os centros habitados de Talária. Talitha percebeu que deviam ser os efeitos das rebeliões femtitas e das batalhas travadas contra o exército. Com o coração do lado dos rebeldes, acompanhava com preocupação as evoluções longínquas dos dragões, pequenos pontos que mal davam para enxergar sob a ramagem dos Talareth. Quando via um cair em parafuso até se chocar com o chão, sempre esperava que levasse Megassa na garupa, mas duvidava que a sorte fosse tão generosa com ela. Sabia que o pai continuaria a caçá-la, e que não pararia até tê-la em suas mãos.

Entre as ervas que Verba tinha deixado, Talitha encontrou a mistura que usara para tingir a cabeleira antes de chegar às minas de gelo. Desde então seus cabelos tinham crescido e já se podia ver a raiz da cor natural, vermelha. Pintou-os mais uma vez de verde, para não ser notada entre os femtitas, e fez isso com raiva quase como se quisesse apagar os resquícios de seu passado. O vermelho era a cor de sua raça, e sancionava uma verdade incontestável da qual não podia eximir-se: nascera talarita, e a consciência disto, nesta altura, era para ela intolerável. Odiava seus semelhantes e estava pronta para lutar contra eles a qualquer custo.

Pegou a Espada de Verba e despiu-a dos trapos com que envolvera a empunhadura. A arma voltou ao esplendor original. Admirou-a com orgulho, na luz vermelha que Miraval e Cétus espalhavam sobre as nuvens do entardecer. O gume parecia encharcado de sangue.

Talitha passou aqueles dias de espera em companhia do livro que Verba abandonara no abrigo. Era um pequeno volume encadernado com uma capa de couro gasta. Parecia extremamente antigo: algumas páginas haviam sido como que dissolvidas pelo tempo, outras ainda eram legíveis. Em todas elas se via a escrita de Verba, a mesma que aparecia no recado que lhe deixara, mas a língua era desconhecida.

Foi enquanto ela decidia se era melhor guardá-lo ou queimá-lo pela frustração que Saiph voltou a abrir os olhos. Por um instante, o jovem teve a impressão de voltar a ser criança. Era como quando ele e a mãe acordavam no pequeno quarto no palácio de Megassa. O espaço apertado forçava-os a uma proximidade que Saiph adorava. Ficava feliz quando era o primeiro a despertar. Podia assim aproveitar o abraço dela, aquele cheiro gostoso e o quentinho. Ficava ali deitado, de olhos fechados, e se encostava nela para saborear cada instante. Aqueles poucos minutos davam-lhe a força para enfrentar qualquer coisa.

Enquanto recuperava pouco a pouco os sentidos, Saiph experimentou as sensações daquelas manhãs esquecidas.

Se esta for a morte, não é assim tão ruim, pensou, e o nome da mãe aflorou em seus lábios. Mal conseguiu murmurá-lo, sem fôlego, mas foi coisa de apenas um momento.

Pouco a pouco o corpo retomou consciência de si mesmo. No começo foi uma sensação desconhecida, que dos membros foi subindo devagar até a cabeça. Era como sentir-se esmagado por um peso insustentável, um conhecimento de si agudo e intenso demais, que nunca experimentara antes. Tentou levantar-se, mas o esforço cortou seu fôlego na garganta. Relaxou os músculos na mesma hora, e sentiu-se um pouco melhor, mas o sentido de opressão ao qual não sabia dar um nome continuava a atormentá-lo. Até abrir os olhos foi difícil, e aquele simples gesto provocou uma reação estranha em sua cabeça: achou que ela ia estourar.

Viu, acima de si, um teto abobadado e reluzente, no qual se refletia uma luz fria e azulada. Reconheceu-a: era a luz de um cristal de Pedra do Ar. Saiph ganiu alguma coisa e Talitha apareceu diante dele.

– Bom dia – disse ela sorrindo.

Estava desgrenhada, com os cabelos pintados de verde esmaecido, e seu sorriso tinha algo indecifrável e desagradável, como que forçado, não de todo sincero.

– O-onde... estamos? O que aconteceu?

– Perdeu uma porção de coisas – respondeu Talitha. – Qual é a última lembrança que você tem?

– Orea – disse ele com dificuldade. A estranha sensação na garganta ficou mais aguda.

Talitha deixou-o a par de Verba e do que acontecera enquanto ele estava inconsciente, mas Saiph não a acompanhava. Percebia que se tratavam de informações importantíssimas, mas a maré de sensações que seu corpo enviava ao cérebro não deixava que se concentrasse em outra coisa.

– E você, como se sente? – perguntou afinal ela, reparando em seu comportamento incomum.

– Estranho, muito estranho... – murmurou ele.

– Em que sentido?

– Não sei. Não consigo explicar. Mas... acho que é porque estou fraco. Não se preocupe, não vou demorar a voltar a ser o de sempre.

Falou sem realmente acreditar, mas Talitha pareceu ficar mais tranquila.

Colocou com carinho a mão no peito do rapaz.

– Só se concentre em descansar, está bem? Verba deixou escrito que você vai precisar de mais uns dias.

Saiph anuiu.

– Sabe... pensei... tinha certeza de ter morrido.

Os olhos de Talitha ficaram úmidos.

– Eu também fiquei com medo. Mas já lhe disse enquanto o trazia para cá: você só pode morrer quando eu disser.

E para salientar o conceito espetou-o com o indicador, tocando sem querer numa das costelas rachadas. Saiph es-

cancarou a boca e gritou, fazendo com que ela desse um pulo para trás.
– O que foi? – perguntou a jovem.
– Eu senti – respondeu Saiph. – Senti dor. Como... não sei... Como quando me golpeavam com o Bastão... Mas é diferente. Algo mais profundo... Não dá para explicar. Nunca experimentei uma coisa dessas.

Talitha apertou novamente com o indicador, com mais delicadeza. A sensação espalhou-se de novo pelo corpo de Saiph, embora com menos força que antes.
– Voltou a acontecer – disse ele.

Uma luz de compreensão acendeu-se nos olhos dela, mas a hipótese era tão incrível que a impedia de acreditar naquilo que era evidente: de alguma forma misteriosa e inexplicável, Saiph se tornou capaz de sentir dor.

3

Saiph nunca tinha imaginado que o sofrimento físico pudesse ser tão intenso. Até então tivera certeza de que nada houvesse no mundo pior que o Bastão. Sempre acreditara que, se os talaritas experimentassem o que um femtita sentia ao ser espancado, ficariam transtornados. Mas naquele momento, ao contrário, aquela mistura de sensações que haviam invadido seu corpo nem podia ser comparada com o sofrimento psíquico que a Pedra do Ar, encastoada no Bastão, lhe infligira no passado. Para ele, até pensar se tornara difícil. Durante toda a sua vida, mente e corpo haviam sido duas entidades distintas; agora, porém, aquela percepção até então desconhecida estava lhe mostrando até que ponto a carne estava intimamente ligada ao espírito, numa unidade inseparável.

Esta nova condição o assustava. Não só porque não sabia como administrá-la, mas principalmente pelas questões que ela levantava: de que forma a tinha adquirido? O que de fato acontecera enquanto estava inconsciente?

Para os femtitas, a dor física não representava somente a diferença fundamental com os talaritas. Também era o símbolo de uma expectativa, da promessa que os deuses tinham feito a seu povo quando o expulsaram do Bosque da Proibição: o messias iria sentir dor e marcaria a volta ao estado de beatitude em que os femtitas viviam antes de transgredir as leis divinas. E isso era o que assustava Saiph acima de qualquer outra coisa. Sempre considerara os contos acerca de Beata meras lendas, fábulas que facilitavam os sonhos quando a vida se tornava dura demais. Acreditar que depois do deserto existia uma cidade mítica onde os femtitas viviam livres era somente uma maneira de não se render e continuar a ter esperança. Mas e agora? O que podia pensar?

Talitha mantinha-se afastada, como se receasse incomodá-lo, mas ele fez sinal para que se aproximasse.

– O que fizeram para me curar, você e o herege? – perguntou.

– Como primeiro passo, eu recorri à magia – explicou Talitha. – Continua sentindo a dor?

Saiph anuiu.

– Que tipo de magia usou?

– Infundi o Es, minha força vital, no cristal de Pedra do Ar e pendurei-o em seu pescoço – continuou ela.

– Não é o ritual com que os mortos podem ser trazidos de volta à vida?

– Dizem que é assim mesmo que se faz. Mas a irmã Pelei me explicou que só uma sacerdotisa muito especialista é capaz de fazê-lo, e que ela nunca encontrou alguém capaz de operar esta magia. E, de qualquer maneira, você não estava morto.

Talvez fosse esta a explicação do mistério, Saiph disse para si mesmo. Talvez ainda tivesse no sangue aquela "força vital", ou seja lá o que fosse: depois de esgotá-la, voltaria ao normal e esqueceria todo aquele desagradável episódio. Sentiu uma leve onda de alívio preencher o peito, e naquela mesma hora percebeu que, com toda probabilidade, Talitha tinha feito por ele algo extremamente arriscado.

– Sua... "força vital"? – perguntou.

– Isso mesmo. Estava desesperada – explicou ela. – Você mal respirava, era a única coisa que eu podia fazer. Havia o risco de eu mesma morrer durante o ritual... mas fui cuidadosa, parei antes do irreparável. Não tenho a menor intenção de perder a vida por sua causa.

Saiph baixou a cabeça, desconcertado. Em seu coração a gratidão por aquilo que Talitha fizera por ele juntava-se à consciência de que, se alguma coisa tivesse dado errado, ela teria morrido.

– Nunca mais faça isso – murmurou.

– Quem dá as ordens aqui não é você.

Saiph olhou para ela e suspirou.

– E agora? – perguntou depois de uns instantes.

– Agora você fica bom. Pelo que Verba deixou escrito, só vai levar mais uns dois ou três dias para você se recobrar, e aí... e aí... – Talitha não sabia como acabar a frase.

– Talária já não é um lugar seguro.

– Eu sei.

– Talvez fosse melhor ficarmos por aqui até a poeira baixar...

– Será que não viu o que eu vi, em Orea? Não viu um exército inteiro arrasar impiedosamente uma cidadezinha de inocentes para nos capturar? Não viu seus companheiros queimando vivos, as mulheres, os velhos e as crianças que se defendiam com pedaços de pau e com baldes, enfrentando as espadas dos talaritas?

A expressão de Talitha era tão dura que Saiph ficou espantado.

– Mas nada disto interessa se não evitarmos que Cétus destrua nosso mundo – disse.

– Sim, claro... – respondeu ela.

– Precisamos de Verba, então.

– Não sei, Saiph, não sei... – murmurou Talitha. – Tantas pessoas já morreram para que a gente chegasse aqui e encontrasse aquele maldito herege... Quando vi que tinha ido embora, nem lhe conto como fiquei furiosa... Não podia aceitar a ideia de tudo ter sido em vão. Sim, eu sei que nesta altura já não podemos voltar atrás, mas também é verdade que algo irreparável está acontecendo em Talária, algo muito mais próximo do que um astro no céu. O que acontece em Talária está aqui: enquanto falamos, as pessoas morrem, os equilíbrios se rompem, e o mundo em que fomos criados continua mudando. E onde é que nós estamos? Fechados nesta caverna idiota ou, pior, correndo atrás de um fantasma.

– Nada disso, o que a gente tem de fazer mesmo é procurá-lo.

– Procurá-lo onde? Não deixou pista alguma.

– Nem mesmo um indício?

Talitha sacudiu a cabeça.

– Ele limpou este lugar de cabo a rabo. Aquelas prateleiras estavam cheias de vasilhas, de vidros, de ampolas e de livros. Só deixou um caderno.

– Posso ver?

Talitha entregou o pequeno volume com a capa de pele.

– Acho que é um diário, pois a escrita é a mesma da mensagem que ele deixou antes de partir. Deve ter esquecido, ou algo assim.

– Ou então deixou de propósito – disse Saiph.

– E por que deveria?

– Por como o descreveu, não é nada fácil entender seus motivos.

Saiph examinou as páginas com cuidado. Algumas estavam cheias de símbolos que ele não entendia, outras de caracteres talaritas, mas numa língua obscura.

– Também deixou, por acaso, alguma coisa com que escrever? – perguntou.

– O verso do pergaminho, onde indicava o tratamento a ser seguido. E, se quiser, temos a mistura com a qual descolori os cabelos: talvez, se mergulhar nela um graveto pontudo e o usar como um estilo...

– Acho uma ótima ideia.

– No que está pensando?

– Em traduzir este negócio – respondeu Saiph com um sorriso.

O jovem dedicou-se à tarefa pelos outros dois dias de convalescência. À noite Talitha tinha literalmente de arrancar-lhe das mãos o pergaminho e o diário para convencê-lo a dormir. Mas ele, durante a madrugada, acordava e recomeçava o trabalho: dedicar-se à tarefa mantinha sua mente ocupada e desviava seus pensamentos da dor.

Seus esforços foram logo recompensados. A chave estava no texto duplo. Começou comparando a parte escrita em caracteres talaritas com a dos símbolos incompreensíveis, imaginando que devia tratar-se da mesma língua, só expressada com sinais diferentes, e desta forma reconstruiu aquele alfabeto misterioso. Então, um lance de sorte: mais ou menos na metade havia uma cantiga femtita bastante conhecida. Verba a transcrevera, procurando então a traduzir para a própria língua.

Saiph sempre gostara de usar a lógica, e era bem hábil na hora de usar o raciocínio, de forma que começou a formular algumas hipóteses acerca do sentido geral do texto. Tentou fazer umas comparações entre o dialeto femtita e o talarita, e pouco a pouco começou a encontrar uma solução, ainda mais porque, ao que parecia, algumas palavras não existiam na língua de Verba, que tivera, portanto, de usar as talaritas.

Talitha estava certa, tratava-se de um diário. A parte escrita com caracteres desconhecidos narrava a Antiga Guerra. A leitura deixou Saiph um tanto desconcertado, pois Verba falava daqueles acontecimentos remotos com os olhos de quem participara deles.

Não traduziu tudo, mas o que entendeu foi suficiente para compreender que aquela primeira parte se referia a uma época em que Verba havia lutado ao lado dos femtitas, e até com fervorosa convicção. Na segunda parte, por sua vez, o tom era drasticamente diferente. Verba parecia decepcionado, desanimado, olhava com a mesma falta de interesse para femtitas e talaritas, e mencionava seu progressivo afastamento da batalha. Já quase na conclusão, Saiph decifrou, por fim, uma informação que poderia ajudá-los na busca.

Na noite em que decidiram seguir caminho, comentou a coisa com Talitha. Sentia-se melhor e até levantara-se e andara, apesar das fisgadas que pareciam rasgar suas costas toda vez que se mexia. Mas decidiu não contar nada a Talitha para não deixá-la preocupada, e chegaram então à conclusão de que estava na hora de pôr de novo o pé na estrada.

– Verba morava no bosque da Proibição e, pelo que deixou escrito no diário, sempre acabou voltando para lá – explicou. – Depois menciona uma caverna numas montanhas cobertas de neve.

– Quer dizer, na parte do bosque que faz fronteira com o Reino do Inverno – disse ela.

– Isso mesmo. Não creio que haja muitas montanhas no Bosque da Proibição, aqui no norte, e portanto não deve ser difícil encontrá-lo – observou Saiph.

– Acha que teremos algum problema para respirar? Há muitos boatos acerca do Bosque da Proibição...

Saiph anuiu.

– A melhor solução seria seguir viagem na garupa de um dragão, como já fizemos para voar até aqui. A Pedra, já temos – disse apontando para o cristal pendurado acima de suas cabeças. – E podemos pegar um galho de Talareth para segurar o ar.

– Concordo – respondeu Talitha. – Partiremos logo de manhã. Mas precisamos estabelecer um limite em nossa busca por Verba. Dois meses no máximo. Se Cétus tiver de queimar este mundo, não quero passar meus últimos dias no encalço de um fantasma.

– E o que pensa fazer?

– O que é certo. Vingar-me daquilo que meu pai fez a mim e aos femtitas.

– Não haverá nada a ser vingado se nosso planeta for destruído.

– Dois meses – insistiu ela. – Depois daquilo que vi, nem sei se este mundo merece realmente ser salvo. Talvez Verba esteja certo. Talvez mereça queimar.

Saiph percebeu que não iria demovê-la.

– Como quiser. Dois meses.

Talitha anuiu, então se deixou cair no catre e puxou as peles até em cima da cabeça. Saiph fingiu adormecer, mas quando ouviu a respiração de Talitha, que ficava mais lenta e pesada, levantou e pegou de novo o diário e o pergaminho.

Se quisesse salvar a garota que tinha sido sua patroa e que era sua única razão de vida, tinha de se apressar.

4

Os sóis ainda não tinham surgido quando Talitha e Saiph partiram. Pegaram no abrigo os poucos suprimentos que restavam e todos os objetos úteis à viagem que conseguiram enfiar nas mochilas.

Saiph tirou do teto o cristal de Pedra do Ar e Talitha rachou-o com um golpe da espada. Os estilhaços resultantes eram pequenos o suficiente para que pudesse usá-los como pingentes no pescoço. Guardou alguns na bolsa e prendeu dois deles com tiras de couro para que pudessem colocá-los imediatamente.

Saíram do refúgio, no frio do alvorecer. Saiph viu pela primeira vez as extensas nevadas que se espalhavam diante da entrada da mina. Não se lembrava nada de sua chegada até lá em cima, e as últimas imagens que guardava na memória eram as da estrada que serpeava entre as montanhas. A paisagem o deixou boquiaberto. O Reino do Inverno desenrolava-se abaixo deles numa longa sequência de árvores unidas umas às outras por finos caminhamentos esbranquiçados de geada, como os fios de uma teia tecida por uma enorme aranha. Mas de repente os caminhos se interrompiam e, a partir daí, tudo o que se via era uma imensurável extensão branca. Da área embaixo deles levantavam-se altos penachos de fumaça, e por toda parte, como insetos em volta de uma luz, pontinhos pretos rodopiavam preguiçosos. Dragões, muitos dragões, mais numerosos do que Saiph já tinha visto na vida.

Talitha estava certa: aquelas não eram as cinzas de um incêndio já apagado, aquilo significava uma guerra. Compreendeu o que devia ter passado na cabeça dela durante todos os dias em que ficara sozinha a contemplar a planície em chamas, ainda guardando nos olhos as imagens de destruição de Orea.

No primeiro trecho foram andando ao longo das Montanhas de Gelo, na sombra do mesmo Talareth que os protegera enquanto estavam no refúgio de Verba. De longe, as montanhas tinham um aspecto imaculado, nítido e reluzente como um diamante, mas de perto dava para ver que o gelo estava sujo, salpicado de pedras e de poeira, tão escuro que em certos lugares parecia terra. O manto eterno da neve começava a derreter, e este era mais um sinal tangível do avanço de Cétus. Entre as folhas aculeiformes da árvore, vislumbravam-se rasgos de céu branquíssimos, e o frio, uma vez que já estavam mais acostumados, parecia mais suportável.

O único problema era a lentidão com que eram forçados a avançar devido às condições de Saiph. Depois de um começo a passo relativamente acelerado, começara a andar devagar, tropeçando, como se o avanço fosse penoso em demasia. Não raro tinha de apoiar-se nas pedras para tomar fôlego, e Talitha olhava para ele com crescente preocupação.

– Tem certeza de que está bem? – perguntou. – Nunca o vi tão esgotado.

– Claro que estou bem – disse ele com um fio de voz. – Só preciso recobrar as forças depois da convalescência, só isso.
Talitha recuou alguns passos e aproximou-se dele.
– Não acha melhor a gente parar?
Saiph apoiou as mãos nos joelhos, tentando respirar fundo, e fez que não.
– Fiquei deitado tempo demais. Nós escravos não estamos acostumados. Vamos lá.
Não sabia explicar nem a si mesmo aquele turbilhão de sensações que o atropelava. Não era o costumeiro cansaço, aquele que conhecia desde o começo de sua vida. Era a dor. Nunca teria imaginado que o ato de subir com alguma pressa uma encosta íngreme, por si só, fosse tão doloroso. Como é que os talaritas conviviam com aquela tortura? A dor estava em toda a parte. Quando não eram as pernas, o que pulsava era a cabeça, e quando não era a cabeça era o frio que, de mera sensação na pele, se tornara aflitivo e penetrante.
Sentia-se desnorteado, como se o corpo já não lhe pertencesse, mas precisava reagir. Tentou concentrar-se no caminho e na missão, e acelerou o passo antes que Talitha o deixasse de novo para trás.

Com o passar das horas o percurso tornou-se mais difícil. A temperatura ia subindo aos poucos, e o gelo, sob os pés, começou a derreter. Os caminhamentos, enquanto isso, haviam sumido, forçando-os a avançar no terreno nevado, sobre o qual logo se formou uma fina camada líquida que tornava o gelo extremamente escorregadio.
Tinham a impressão de caminhar numa estrada viva, que por um encanto misterioso animava-se e esquivava-se embaixo dos pés. As botas não mais se firmavam no terreno, e o avanço ia se tornando impossível. Pouco antes

do meio-dia sentiram na pele os leves raios de Miraval e Cétus, que haviam atravessado as nuvens acima de suas cabeças, filtrando através dos galhos dos raros Talareth. O gelo ficou ainda mais escorregadio e eles começaram a cair. Saiph, acostumado a mover-se em condições adversas, era capaz de manter-se de pé por mais tempo, mas Talitha não parava de ficar de pernas para o ar.

Isso só serviu para aumentar sua raiva.

– Se continuarmos assim, vamos morrer de velhice antes de sairmos destas malditas montanhas – desabafou ao levantar-se depois de mais um tombo. E quanto mais se irritava, mais seu traseiro acabava na neve.

– Vamos tentar não perder a calma. – Saiph tentou animá-la. – Já enfrentamos perigos bem piores, e não nos deixaremos vencer por um pouco de gelo.

Agachou-se e avaliou a bagagem deles: além da pequena reserva de mantimentos e dos cristais, também tinham guardado nas mochilas algumas peles trazidas como cobertores noturnos.

– Tenho uma ideia – acrescentou.

Coube a Talitha cortar as peles do tamanho certo. Tentou desperdiçar o mínimo possível, ciente de que teriam de dormir ao relento e que era vital dispor de alguma coisa com que se agasalhar. Tirou as medidas dos próprios pés e dos de Saiph, calculou o tamanho das peças e recortou-as com um golpe preciso do punhal. O couro ainda estava revestido com os pelos do animal do qual havia sido tirado.

Ataram os pedaços obtidos de forma que a parte peluda pisasse no solo enquanto o couro, por sua vez, ficava em contato com as botas. Ficaram então de pé e testaram a aderência dos novos calçados. A pele fazia mais atrito do que o couro liso, e começaram a andar com mais segurança.

– Gostaria de saber de onde você tira todas essas suas ideias! – exclamou Talitha.

Saiph abriu-se num sorriso maroto.

– Um escravo tem que ter imaginação se quiser sobreviver. É a primeira regra que aprendemos.

Avançando devagar, completaram o primeiro dia de viagem. Pararam quando tudo em volta deles se tingira de roxo e não havia mais visibilidade para seguir adiante. O céu, depois daquele vislumbre de bom tempo no meio do dia, voltara a ser compacto e impenetrável.

Sentaram-se e comeram os poucos víveres que haviam juntado. Dando uma vistoria nas mochilas, de qualquer maneira, perceberam que mesmo racionando, os mantimentos durariam no máximo mais dois dias.

– O que iremos comer, depois? – disse Talitha, preocupada.

– Deve haver algum bicho por estas bandas, não acha?

– E você? Como todos os de sua raça, você é vegetariano. Ou será que se tornou carnívoro, agora que sente dor?

– Para mim há a erva de Thurgan, tem de sobra.

De fato, em muitos lugares o gelo estava coberto por uma fina camada esverdeada: era a erva especial que os mineiros usavam para não sentir o cansaço, a única a crescer no gelo com os Talareth.

– É só fervê-la para ela não ter efeitos colaterais, e é boa de comer.

Talitha fitou-o, um tanto cética. E então deixou os olhos alcançarem o horizonte. Estavam chegando ao extremo limiar da sombra protetora do Talareth, e no local onde se encontravam agora os galhos quase roçavam no chão. Mais adiante, no caminho para o norte que levava ao Bosque da Proibição, divisou mais dois, menores, separados por espaços desprovidos de cobertura, e depois gelo, somente gelo a perder de vista. Ainda se viam algumas manchas de erva de Thurgan, mas o panorama era desolador. Talitha nunca tinha visto o deserto, mas não acreditava que fosse algo pior do que aquilo.

A escuridão não demorou a chegar, e os dois procuraram o aconchego das peles para dormir.

O ar estava gélido, mas, agasalhando-se direito com aqueles cobertores, era possível encontrar refúgio num agradável tepor que tornava a imensa vastidão menos hostil. Talitha puxou as peles em cima da cabeça, fechou os olhos e se esforçou para não pensar na irrequieta vontade que queimava em seu peito e que ela já não conseguia reprimir. Uma vontade que lhe fazia esquecer a missão e o perigo que ameaçava o mundo, aguçando seu desejo de lutar, de erguer as armas contra aquela que até pouco antes havia sido sua gente. O sono acalmou por algumas horas a fúria que se agitava em seu peito.

No dia seguinte o tempo não melhorou e a viagem ficou ainda mais difícil. O ar tornava-se cada vez mais fino, e Talitha e Saiph começaram a usar os primeiros fragmentos de Pedra do Ar presos aos pequenos galhos de Talareth que haviam recolhido no dia anterior. Calcularam que, dali a mais um dia, aqueles ramos iriam tornar-se uma necessidade vital para eles seguirem viagem.

Talitha cortou mais alguns ramalhetes e impôs neles uma magia a fim de preservar suas propriedades, para que não murchassem cedo demais.

Já não podia contar com o pingente, aquele que arranjara em Alepha e devido ao qual fora capturada por Melkise; tirara-o das ataduras de Saiph, esgotado, e jogara-o fora. Deu um jeito com um dos fragmentos de Pedra que estavam levando com eles, mas não era a mesma coisa. A Pedra do Ar usada na magia era, em regra, preparada pelas Rezadoras, de forma a desenvolver toda a potencialidade daquele material. Um fragmento bruto de Pedra do Ar não funcionava igualmente bem. Diante disto, Talitha até que gostou de ter uma Ressonância bem fraquinha e de possuir uma discreta capacidade de controle do Es, mais um dos presentes que a irmã Pelei lhe dera durante o breve período em que fora sua mentora.

De qualquer maneira, seguiram em frente. Saiph tentou decifrar mais alguns trechos do diário de Verba, conseguindo umas indicações mais precisas a respeito do lugar onde o herege buscara abrigo séculos antes.

Antes do alvorecer as nuvens haviam rareado, presenteando-os com um lindo dia, mas tornando ao mesmo tempo o gelo mais escorregadio. Os novos calçados ainda funcionavam, apesar de já estarem meio gastos e a caminhada voltar a ser problemática.

Lá pela sexta hora Saiph percebeu que a terra podia ser até mais traiçoeira que o gelo. Seu pé direito pisou numa mancha de grama e a mudança repentina pegou-o de surpresa. O outro pé escorregou e, incapaz de parar, ele se estatelou batendo o rosto no chão. Não conseguiu evitar um lamento de dor.

– Tudo bem? – perguntou Talitha, acudindo.

O rapaz levantou-se sacudindo a cabeça e segurando a mandíbula.

– Tudo...

Mas pronunciar a palavra doeu tanto que ele não reprimiu mais um gemido.

Talitha deu-lhe as costas e retomou o caminho.

– Espero que você se recobre. Do contrário, só significa uma coisa: que suas lendas femtitas contam realmente a verdade.

Parou e se virou olhando para ele.

– Pensei no assunto, e a capacidade de sentir dor é uma característica exclusiva do messias, certo?

De repente Saiph achou que o ar tinha ficado ainda mais frio.

– Não passam de antigas lendas.

– Sei lá... Muitos já acreditam que você é o messias, pessoas que gritaram seu nome enquanto morriam entre as chamas de Orea, gente que por você sacrificou a vida. Mas são apenas coincidências, não é verdade? Só coincidências.

– Isso mesmo.

– Acho que para você é uma desculpa para não assumir a liderança de seu povo.

Saiph apertou o queixo até os dentes rangerem.

– Quer mesmo a verdade? – desabafou. – Então vou lhe dizer, ainda que você já devesse estar farta de saber, pois me conhece bem. Não sou o messias, e mesmo que fosse não quero ser. E não quero ser porque o que vi em Orea já foi suficiente. Não quero um mundo dominado pela guerra, um mundo em que meus semelhantes estariam dispostos a qualquer infâmia só para se vingar dos talaritas. Você disse que conhece a história, não é verdade? Pois bem, o messias é enviado pelos deuses, patroa, e assinala o fim do longo exílio de minha gente, sanciona o perdão que as divindades nos concederão por aquele antigo crime: ter matado um dragão e usado sua carne como alimento, apesar de isso ter sido proibido, perdendo assim a percepção da dor. E quando alguém luta em nome dos deuses, não há horror ao qual não se rebaixe: tudo é permitido, tudo é legítimo. Você nunca olhou nos olhos dos femtitas, não viu a expressão deles quando dançam, à noite, e encenam a guerra invocando a chegada da libertação, não conhece as palavras das canções que pedem aos deuses o massacre dos talaritas. Eu não quero ser parte disto tudo.

– Mas não é justamente isso que os talaritas merecem? – disse Talitha com raiva.

– Não. Acredite ou não, para mim sua raça não é um inimigo como um todo. Talarita quer dizer você, sua irmã, Lanti e todas as pessoas que me demonstraram respeito e me ajudaram. Sei que lá fora está cheio de talaritas que não têm culpa, e eu não desejo a morte deles. E não quero ver você envolvida nesta guerra.

Talitha ficou algum tempo imóvel, depois fez um gesto impaciente com a mão.

– Faça o que achar melhor – disse, retomando o caminho.

Apesar de tudo, Saiph concedeu-se um sorriso de alívio.

5

A partir do terceiro dia de viagem os Talareth começaram a tornar-se menores e mais raros. Naquele panorama desolado de gelo a perder de vista, Saiph e Talitha só encontraram uns quatro ou cinco doentios e raquíticos quando comparados às imensas árvores que tornavam possível a vida em Talária.

Permaneceram no limite da copa do último Talareth por alguns momentos. O ar estava extremamente rarefeito e mal respiravam. Talitha olhou preocupada para os pingentes de Pedra do Ar que usavam em volta do pescoço, presos a ramalhetes de Talareth. Os cristais brilhavam com uma luz bem fraca, e deles dependia a sobrevivência dos dois por muitas léguas no meio daquele nada. E depois? Depois, só o desconhecido.

Contavam histórias aterradoras sobre o Bosque da Proibição: que não havia ar, ou até que era um lugar imbuído de mefíticos venenos; que uma só respiração já era suficiente para a pessoa morrer entre sofrimentos terríveis. E também diziam que estava cheio de animais ferozes e lá morava um bruxo que impregnara o lugar de sua maldade.

Mas não era devido ao ar que se demoravam sob as ramas daquele último Talareth. Era devido àquilo que os aguardava depois daquela fronteira, porque sabiam que ao darem mais um passo tudo mudaria. Todo gesto adquiria solenidade. Já tinham visto o céu, quando haviam subido até o topo do mosteiro, na noite do incêndio e de sua fuga. Mas estava escuro, e tudo o que brilhava acima de suas cabeças eram as estrelas e as duas luas, que ofereciam um espetáculo de assustadora beleza. E quando haviam chegado ao Reino do Inverno na garupa de um dragão, o céu estava encoberto e densas nuvens escondiam os sóis. Quer dizer, ainda não tinham desafiado o derradeiro tabu, aquele no qual se baseava a existência de Talária: ver Miraval e Cétus.

O céu era de um azul impiedoso. Nenhuma nuvem se via no horizonte, para qualquer lado aonde os dois dirigissem o olhar. A desolação da extensão de gelo que se abria diante deles parecia espelhar-se naquele céu de uma limpidez crua. Nada disseram, mas no fundo do coração sabiam que estavam experimentando os mesmos temores. E sentiam-se felizes por estarem juntos.

E, juntos, seguiram em frente. Três passos e pela primeira vez na vida estavam realmente fora, sob o imenso céu de Nashira. Nada mudara, tudo era igual, mas mesmo assim diferente. Sentiam-se nus, como se a qualquer momento um monstro pudesse descer sobre eles e agarrá-los, como se Mira estivesse a ponto de incinerá-los ali mesmo só por terem pensado em transgredir o mais importante dos mandamentos.

Talitha tomou coragem e levantou a cabeça, mas teve de baixá-la quase na mesma hora. Sabia que a luz dos dois sóis era ofuscante. Quando a vislumbrava entre as largas folhas do Talareth de Messe via transparecer seus raios, mas não imaginava que observá-la assim, sem qualquer proteção, fosse ser tão doloroso. Seus olhos logo ficaram ardendo e, quando os fechou, em suas pálpebras se desenharam dois círculos de deslumbrante brancura, um menor e mais resplandecente, o outro maior e menos brilhante. Lá estavam eles, Miraval e Cétus, O Bem e o Mal, o enigma que ela perseguira naqueles últimos meses.

– Não olhe para eles, prejudicam a vista – disse a Saiph. Seu coração batia descontrolado: sentia todo o peso daquela profanação, e a consciência disto criava nela uma mistura de temor e excitação.

Saiph parecia calmo. Não olhara diretamente para os dois sóis, e se protegia com a mão do excesso de luminosidade, que o gelo em volta multiplicava tornando ofuscante todo o panorama que os cercava.

– Vamos embora, quanto antes sairmos daqui, melhor – disse Talitha, apressada, e encaminhou-se na planície de gelo.

O terreno era escorregadio, mas não demoraram a entender como prosseguir evitando os tombos. O verdadeiro problema era a luz, tão intensa que bastavam uns poucos momentos para cegá-los. Sacrificaram uma fina tira dos casacos que usavam sob as túnicas e ataram-na sobre os olhos. A trama era rala a ponto de permitir que vissem para onde estavam indo, mas cerrada o bastante para protegê-los do fulgor.

A luz, no entanto, não feria somente os olhos. Talitha, cuja pele era escura, não sofria demais com o ardor dos sóis, mas Saiph, que como todos os seus semelhantes era pálido, sentiu os efeitos dos raios quase de imediato. As faces ficaram vermelhas e começaram a comichar terrivelmente, enquanto em algumas partes da pele iam se formando dolorosas bolhas. Mesmo assim, continuou avançando destemido, fingindo que não havia nada de errado.

Talitha percebia o sofrimento do amigo.

– Como vê, sentir dor não é propriamente uma dádiva – disse.

Procurou na mochila, entre os vidrinhos que haviam tirado do abrigo de Verba, e pegou um cheio de uma substância gordurosa.

– Chegue perto, pois do contrário daqui a pouco vai andar muito devagar – acrescentou bufando, enquanto passava o unguento na pele do amigo. – Melhorou?

– Um pouco... mas não precisa se preocupar, não é nada – respondeu Saiph.

– Está todo queimado! – exclamou ela, irritada.

Não suportava que Saiph continuasse a disfarçar o sofrimento daquele jeito. O receio de as lendas sobre o messias serem verdadeiras era tão grande que ele fazia de tudo para recusar sua nova condição, porém daquele jeito sofria ainda mais e podia até morrer.

O clima também começou a tornar a viagem mais difícil. Durante o dia a temperatura subia e, em certas horas, ficava tão quente que suavam, enquanto as botas chapinhavam na camada de água que cobria toda a superfície do gelo. À noite, no entanto, quando Miraval e Cétus desapareciam atrás das montanhas, a temperatura descia de maneira brusca, a água gelava e o frio se tornava intenso. As peles ajudavam, é claro, mas não eram suficientes. Em muitos casos o vento soprava tão forte que se insinuava em qualquer pequena dobra das roupas. Apesar do cansaço, custavam a adormecer. E, além do mais, havia o problema da comida.

Saiph dava um jeito com a erva de Thurgan, que crescia em quase todo canto. Ao fervê-la, entretanto, tinha de prestar atenção para não inalar demais o vapor, e depois era forçado a tampar o nariz enquanto a comia, pois cozida daquele jeito tinha um cheiro nojento. Engolia com cada vez mais dificuldade e, a julgar por sua magreza, não devia ser lá muito nutritiva.

Para Talitha, encontrar alguma coisa comestível era ainda mais difícil. A erva de Thurgan não era própria para seu organismo talarita, e no gelo não havia qualquer outra forma de vida a não ser alguns minúsculos insetos brancos que se agitavam nas moitas.

Mesmo assim, de vez em quando encontravam pequenos Talareth isolados na extensão gelada, e Talitha podia caçar algum animal que vivia sob aquelas copas protetoras. Mas quando tinha a sorte de capturar um deles, os bichinhos eram tão magros e miúdos que devia contentar-se com apenas um pouco de carne fibrosa.

– Se não for Cétus, a matar-me, será certamente esta porcaria que ando comendo – disse depois de assar numa pequena fogueira um ossero, uma criaturazinha de seis patas ligadas por uma membrana que, em caso de necessidade, permitia curtos voos planados. Pegar o bichinho não havia sido fácil.

– A fome também sabe matar com eficiência – comentou Saiph, continuando a engolir colheradas de caldo nauseabundo. – Ânimo, talvez a gente encontre algo melhor no Bosque da Proibição. Tenho uma boa notícia para lhe dar.

Talitha fitou-o, interrogativa, e ele apontou com o queixo para o horizonte.

– Está vendo aquela faixa mais escura?

Talitha se esforçou, aguçou a vista, mas não viu coisa alguma.

– Não.

– É porque tenho olhos melhores que os seus. É o Bosque da Proibição.
Ela tentou de novo. Mesmo apertando os olhos, no entanto, só continuou vendo a brancura do Reino do Inverno.
– Posso lhe assegurar que não há nada ali. Talvez seja uma miragem, ou o efeito da erva que subiu à sua cabeça.
– Não, não é uma miragem: eu estou vendo a faixa escura, tão bem quanto vejo você.
– Quer dizer que estamos quase chegando? Quanto deve faltar?
– Não sei. Mas se botarmos logo o pé na estrada, não vamos demorar a descobrir.

Retomaram o caminho, mas a neve começou então a atormentá-los. Era uma neve estranha, que parecia surgir do nada, pois o ar estava límpido e transparente, e o gelo, seco. Grudava em seus corpos como uma substância pegajosa, difícil de espanar.
O avanço ficou mais lento e cansativo. Enquanto prosseguiam, Saiph batia as mãos na roupa, em um gesto nervoso, para livrar-se daquele peso adicional. A camada branca se soltava por um momento, formando uma nuvenzinha densa, mas então voltava a grudar no tecido como se tivesse vontade própria.
Enquanto isso, Talitha também começou a enxergar a faixa escura no horizonte.
– Vamos lá, não falta muito – disse tentando se animar, mas aquela neve a deixava apreensiva.
Segurou a mão de Saiph, acelerando com mais convicção; cada passo, porém, era extremamente cansativo. Se antes tinham que tomar cuidado para não escorregar, agora era como se algo colasse seus pés ao chão. Talitha

olhou para as pernas. Estavam envolvidas pela neve, que, ao mesmo tempo, chegava a cobrir o peito de Saiph. De repente levantou-se do solo uma espécie de neblina esbranquiçada. Volutas lentas e leitosas começaram a cercar seus corpos e, apesar do frio, Talitha sentiu uma gota de suor correr pela espinha.

– Precisamos sair daqui o mais rápido possível – disse, assustada diante daquele estranho fenômeno.

Tentou apressar o passo, mas nesta altura suas pernas estavam quase soldadas ao solo pela neve. Saiph caiu para frente, e logo que suas mãos tocaram o chão começaram a ficar cobertas por aquela nevasca flutuante.

Talitha pôs-se de joelhos e tentou ajudá-lo a soltá-las, sem conseguir.

– Que negócio é esse? – gritou.

– Não sei, mas estou ficando congelado! – Saiph agitava-se em desespero, enquanto a neve continuava a grudar em seu corpo, encobrindo-o.

Talitha afastou-se dele ao reparar que suas próprias mãos estavam a ponto de ficar presas. Já não se viam seus pés, soldados ao solo por duas espessas colunas brancas que lhe chegavam à virilha. O frio era absoluto e penetrava nos ossos. Com raiva, desembainhou a espada, que trazia nas costas, e golpeou as colunas com a parte plana da lâmina, mas eram duras como pedra. Mais alguns minutos, e a neve solidificou-se numa impenetrável camada de gelo. Talitha voltou a golpear, mais e mais, enquanto Saiph, diante dela, se transformava num amontoado de neve e mal respirava.

– Maldição, Saiph, aguente firme! – gritou.

Ele não pôde fazer outra coisa a não ser fitá-la, transtornado: já nem era capaz de virar a cabeça.

Talitha berrou a plenos pulmões, para dar mais consistência aos golpes, e afinal um grande pedaço de gelo se quebrou na altura do joelho. Insistiu, ajudando-se mais uma vez com a espada, e, pouco a pouco, soltou as pernas. Mas já não dava para ver Saiph: só vagos contornos de seu corpo eram visíveis sob a espessa camada de neve.

A nevasca turbilhonava em volta deles em furiosos remoinhos, e Talitha teve de render-se diante daquela monstruosa evidência: não se tratava de uma tempestade normal, mas, sim, de alguma coisa viva.

Com um esforço sobre-humano livrou os pés do gelo e jogou-se com fúria em cima de Saiph, continuando a golpear com a parte plana da lâmina. Tinha medo de feri-lo, e isso tornava suas tentativas menos eficazes. Mas sua obstinação acabou dando certo: por fim quebrou a crosta de neve que o envolvia e grandes fragmentos começaram a soltar-se. Mais uns golpes bem dados, e uma boa parte do torso de Saiph ficou livre. Dava também para ver o rosto, pálido, os lábios roxos.

– Não se renda! – gritou Talitha, mas ele não estava em condições de responder. A neve, em volta, remoinhava em vórtices cada vez mais furiosos. Parecia de fato um animal sem forma, faminto, à cata do calor deles.

Talitha desferiu um último golpe, e Saiph ficou finalmente livre. Caiu ao chão de quatro, e ela se apressou a levantá-lo.

– Precisamos fugir! – berrou em seus ouvidos.

Ele estava de olhos fechados e parecia esgotado. Mal resmungou alguma coisa em sinal de assentimento.

Talitha segurou-o pelo braço, ajeitou-o em cima dos ombros e pronunciou uma fórmula. O pingente em seu pescoço respondeu com uma débil luminescência, mas de qualquer maneira formou-se em torno dos dois uma fina barreira mágica. Diante daquela defesa, a neve respondeu com raiva e remoinhou violenta, chocando-se contra o escudo invisível. Talitha enfrentou-a com todas as suas forças; cabisbaixa e de espada na mão lançou-se ao ataque correndo, no meio daquela brancura. Reparou, com espanto, que era capaz de caminhar, e quanto mais avançava menor lhe parecia a resistência que encontrava. Deu-se ao luxo de exultar intimamente: talvez sua barreira fosse suficiente, talvez estivessem mesmo vencendo aquela monstruosidade.

Então, de súbito, o ar se aclarou. A luz brilhou tão repentina que quase a ofuscou. O céu azul, os dois sóis, o gelo: tudo se mostrava calmo e nítido, como antes do pesadelo em que haviam se metido. A neve parecia ter derretido.

Nem teve tempo de soltar um suspiro de alívio, e uma vibração surda fez tremer a terra sob seus pés. Levantou os olhos e viu alguma coisa impossível.

A neve estava se coagulando na forma de uma criatura gigantesca. Pouco a pouco os contornos ficaram definidos, e o que parecia neve e neblina passou a ter a consistência do gelo. A surpresa quase fez com que ela soltasse a espada: diante dela havia um... ser, não encontrava outro nome para ele, imenso. Tinha a altura de pelo menos trinta braças. O focinho era pequeno, provido de puntiformes e obtusos olhinhos negros, com uma boca enorme e cheia de afiadas presas de gelo azul. As patas anteriores tinham um comprimento desproporcional e se arrastavam no chão. Cada uma tinha na ponta dez garras finas como estiletes, enquanto as posteriores eram atarracadas, elas também providas de garras.

A fera de neve ergueu-se em toda a sua altura, remoinhou as patas e urrou para o céu. O deslocamento de ar quase derrubou Talitha, paralisada de horror. Coisas como aquela não existiam em Talária, não *podiam* existir. Mas então o instinto guerreiro levou a melhor e venceu o medo. Soltou Saiph, afastou-se dele para não envolvê-lo na luta e segurou a espada com ambas as mãos. O monstro de neve deu-lhe uma patada extremamente violenta que Talitha, por milagre, deteve. A espada aguentou, mas o choque alastrou-se dos braços para todo o corpo, fazendo-a gritar de dor. A horrível criatura levantou mais uma vez a pata para desferir mais um golpe, que desta vez Talitha conseguiu evitar rolando de lado. A fera não desistiu: seus membros eram malhos, e cada vez que se abatiam no solo o faziam retumbar como um tambor. Talitha rolou de novo sobre um flanco, desesperada, já não sabendo o que estava em cima ou embaixo dela. Levantou-se aproveitando uma pausa dos ataques do monstro. Foi então que aconteceu: uma luz intensa e repentina chamou sua atenção. Sob o casaco, o pingente de Pedra do Ar brilhava insolitamente fúlgido e, ao mesmo tempo, uma estranha corrente movia pelo braço que segurava a espada. Quando olhou para ela, reparou que tinha vagos reflexos azulados, os mesmos da Pedra do Ar. Era como se os dois objetos estivessem em ressonância, fortalecendo-se um ao outro.

Talitha pulou adiante, impulsionou-se para cima para então cravar a espada no ombro do monstro. A lâmina de Verba cintilou por um instante e trespassou o gelo com absoluta facilidade. A enorme pata caiu ao chão, mas o grito de triunfo que Talitha lançou ao céu morreu em sua garganta: a fera apanhou o membro e grudou-o de novo no tronco, como se nunca o tivesse perdido. Talitha assistiu à cena, abismada, e sentiu-se perdida. Não havia como vencer aquela criatura que parecia imortal. Com a força do desespero apertou os punhos e atacou de novo, aos berros. Mas a pata da fera foi mais rápida que a espada. Desta vez Talitha não teve como detê-la nem evitá-la, e sofreu um duro golpe no flanco. Um segundo de dor excruciante, e então mais nada.

A fera permaneceu imóvel por alguns instantes, contemplando o corpo de Talitha deitado no chão. Já ia cravar as garras em seu peito, quando as notas de um chamado ressoaram no ar. Levantou a cabeça, confusa. Era um som harmonioso, quase uma melodia feita de somente três notas; mesmo assim a criatura parecia estar terrivelmente incomodada, tão enfastiada que foi forçada a tampar os ouvidos com as patas.

Um dragão apareceu no horizonte. Na garupa havia um homem que vestia um informe amontoado de roupas. Quem produzia a música era ele. O dragão cuspiu uma língua de fogo, traçando um círculo em volta do monstro. A fera de neve urrou apavorada, sentindo o corpo gelado, que se derretia devagar no calor daquelas chamas. Enquanto a parede de fogo ardia cada vez mais alta, o focinho da criatura começou a escorrer, com as patas posteriores, que se desfaziam. Mais uns poucos segundos e foi como se aquele monstro nunca tivesse existido.

O dragão planou até o solo com um poderoso bater de asas, e o sujeito que o cavalgava desmontou. Contemplou os dois corpos deitados no chão, curvou-se e apalpou seus pulsos para certificar-se de que estavam vivos. Continuou olhando por mais alguns instantes, pensando no que seria melhor fazer. Carregou-os afinal na garupa de sua cavalgadura e voou embora, rumo à linha escura do horizonte.

6

Talitha foi acordada por uma fisgada atroz no flanco. As lembranças voltaram aos poucos à sua mente, nítidas e assustadoras, tanto assim que por alguns instantes desejou que tudo não tivesse passado de um pesadelo: como se safara daquela criatura? E onde estava Saiph?

Abriu os olhos e tentou se mexer, mas o corpo não respondia: estava preso, atado a um tronco de Talareth com uma espessa corda. Desvencilhou-se com todas as suas forças na tentativa de soltar-se, mas foi inútil. Quem a imobilizara daquele jeito?

Olhou em volta e percebeu que estava numa floresta. Os Talareth que ali cresciam, de qualquer maneira, tinham algo estranho. Nunca os tinha visto daquele jeito antes. Suas folhas eram como agulhas, e deviam ser, portanto, da mesma espécie dos que ela encontrara no Reino do Inverno; as ramagens, por sua vez, não formavam uma abóboda como todas as árvores de Talária, e além do mais eram baixas, só um pouco maiores que arbustos. As agulhas eram finas, de um verde desbotado, e entre elas se viam pequenas bagas arroxeadas.

Aquele ao qual Talitha estava atada crescia à margem de uma ampla clareira. Diante dela, enroscado no chão, dormia um pequeno dragão alado com um curioso manto malhado, branco e azul. Tinha cerca de seis braças de comprimento, de focinho fino e pontudo, e no perfil da boca aparecia uma miríade de pequenos dentes aguçados. O corpo era esbelto, talvez até magro demais, e as asas fechadas, da cor do gelo, quase pareciam desproporcionais.

A poucos passos de distância dele, jazia Saiph. Talitha deu um suspiro de alívio. Estava acomodado embaixo de um cobertor e parecia dormir.

– Acorde, Saiph! – chamou ela, e logo ouviu passos apressados atrás de si. A lâmina de um punhal comprimiu sua garganta.

– Nada de brincadeiras – disse uma voz masculina.

– Quem é você? – perguntou Talitha.

O homem apareceu diante dela e fitou-a com dois olhos ardentes. Vestia roupas pesadas, um cachecol que só deixava entrever seus olhos dourados, e um turbante. Um femtita. Continuou de punhal encostado em sua garganta.

– Diga, antes, quem é você? – replicou.

Talitha demorou um momento antes de responder. Era um femtita, e portanto certamente não militava no exército de seu pai. Mas era, de qualquer maneira, um desconhecido, e nem todos os femtitas haviam aderido à causa dos rebeldes. Até que ponto podia confiar nele?

– Meu nome é Alkea, sou uma mestiça – disse afinal.

Percebeu que o homem devia estar sorrindo por baixo do cachecol. Com um gesto repentino deslocou o punhal e cortou uma mecha de cabelo dela pela raiz.

– Uma mestiça, não é? – exclamou mostrando as extremidades vermelhas. – Fale em dialeto femtita, então.

Talitha não soube o que dizer e o sujeito riu, escarnecedor.

– Procure dizer a verdade, pois do contrário talvez não veja o próximo amanhecer. – Apontou então para Saiph. – Aquele ali é seu escravo?

Talitha, nesta altura, percebeu que não tinha escolha. Se quisesse sobreviver, o melhor mesmo era dizer a verdade.

– Já foi. Agora é meu companheiro de viagem – admitiu.

– O que estavam fazendo no meio das Montanhas de Gelo?

– Estamos vindo de Orea, fugimos quando a aldeia foi arrasada.

O femtita apertou os olhos.

– Ninguém sobreviveu à batalha de Orea. Os poucos que não morreram na luta foram amontoados num galpão e queimados vivos pelos dragões.

A notícia foi uma punhalada no coração de Talitha.

– Nós fugimos antes.

– E por que estavam lá, afinal? Uma talarita que viaja com um escravo, que já não é seu escravo... sabe no que estou pensando?

Talitha mordeu o lábio e ficou calada.

– Andam dizendo que Megassa atacou Orea porque procurava Saiph, o herói que incendiou o mosteiro de Messe e pegou como refém uma jovem condessa talarita.

– Ele não me raptou! Fugimos juntos.

– Conte para outro.

– É a pura verdade, estou lhe dizendo. E quem incendiou o mosteiro fui eu.

O bofetão chegou repentino, e a face de Talitha chocou-se no tronco da árvore.

– Já avisei uma vez, não vou avisar de novo – rosnou o femtita. – Nada de mentiras, está me entendendo?

Talitha cerrou os dentes. Logo que se soltasse iria fazê-lo se arrepender daquela arrogância.

O femtita deu-lhe as costas e curvou-se sobre Saiph.

– Como é que ele está? – perguntou ela, mas o homem não se dignou a responder.

Verificou as condições do rapaz, então abriu sua boca e o forçou a engolir um pó que tirou da mochila.

– O que está fazendo com ele? – gritou Talitha.

O femtita fitou-a por cima do ombro.

– Sei que não se importa com ele, então acabe com essa piada... Estou curando-o. Pegou frio demais na neve. Mas daqui a pouco estará melhor, e aí partiremos.

– O que era aquele ser que nos atacou? – quis saber ela. – Nunca vi algo parecido.

– Você é uma talarita, nada sabe dos perigos reais. O problema mais grave que enfrentou na vida deve ter sido alguma escaramuça com as amiguinhas... – E o femtita voltou a rir com escárnio. – Era um espírito das neves que se alimenta de carne. É um milagre que tenham sobrevivido.

Talitha sentiu as pernas amolecerem, mas procurou mostrar-se forte.

– Eu estava quase a ponto de vencê-lo.

– Pois é, você gosta de piadas, não é?... Agora tente poupar o fôlego para a viagem. Uma longa travessia espera por você e seu amigo.

– Para onde? Saiph é seu irmão – insistiu Talitha. – É como você, não tem nada a ver com esta história. Deixe-o ir.

O femtita levantou-se, revistou de novo a mochila e pegou um embrulho imundo que jogou aos pés dela.

– Vou soltá-la, mas meu punhal continua a meu lado, e tem uma verdadeira paixão pela carne talarita... Nada de brincadeiras, portanto.

Desamarrou-a e atou um laço em seu pescoço, segurando uma ponta da corda. Talitha abriu o embrulho. Continha um pedaço de pão meio mofado e algo que parecia queijo.

– Coma. Partiremos amanhã bem cedo, e será uma viagem difícil para você também.

Ela gostaria de recusar, mas a fome levou a melhor. Caiu em cima da comida e engoliu tudo com tamanha avidez que nem chegou a reparar no sabor.

– Muito bem, jovem condessa – grasnou o femtita com uma risada, e também sentou para comer.

Talitha permaneceu atada pelo resto do dia. Quando a noite chegou, a floresta pareceu-lhe ainda mais esquisita.

As bagas nos arbustos começaram a reluzir num leve reflexo amarelado, como que animadas por uma espécie de energia interior, e no terreno da clareira apareceu um percurso de linhas azuladas, cuja luz filtrava através do solo. Pareciam raízes subterrâneas espalhando pelo bosque uma cor que ela conhecia bem: era o azul da Pedra do Ar. Queria dizer que lá embaixo havia um veio, aliás, mais de um. Contou três, finos e ramificados, que se entrecruzavam em vários pontos.

Os veios subterrâneos eram suficientes para iluminar toda a clareira e, Talitha imaginou, o bosque também. A claridade que difundiam parecia amplificar o que havia de misterioso naquele lugar, dando às árvores uma aparência espectral e quase aumentando o chiado de sua folhagem.

Logo que ficou escuro, o ar se encheu de chamados estranhos: tropéis, passos cuidadosos, sopros. Vez por outra, ao longe, ouvia-se um grito, que ressoava por um bom tempo até perder-se na ramagem. Pareciam urros de dragões, tão raivosos e selvagens que Talitha custava a reconhecê-los.

Toda vez que aquele som a alcançava, estremecia, enquanto o dragão malhado diante dela levantava a cabeça, preocupado, cheirando o ar. O animal não estava meramente acordado, estava de vigia, de cabeça quase sempre erguida, com os olhos que perscrutavam a planície com atenção. Receava alguma coisa, era óbvio, e Talitha não imaginava o quê. Estava acostumada a considerar os dragões os animais mais fortes e poderosos de toda Nashira, predadores que jamais se tornariam presas. Mas aquela floresta parecia esconder alguma coisa da qual até mesmo um dragão tinha medo.

Sentiu-se inquieta, enquanto dentro dela ia se definindo uma consciente certeza: não podia haver dúvidas, depois de tão longo vagar, tinham chegado exatamente aonde de fato queriam. Estavam no Bosque da Proibição.

7

Uma alvorada azeda tingiu de rosa a clareira e acordou Talitha de um sono leve. O céu continuava nublado, manchado em alguns lugares por um nevoeiro fino. Através do véu das nuvens, a luz dos sóis chegava fraca e mortiça, mas espalhava mesmo assim na pele um calor que a deixava inquieta, lembrando-lhe que seu mundo corria o risco de ser destruído e que o único capaz de dar respostas estava fugindo dela.

De repente ouviu um chiado à sua direita. Virou-se e a respiração entalou na garganta. Um animal desconhecido olhava para ela, curioso. Era um réptil com uma braça de comprimento, com oito patas, um rabo desmedido e uma língua azul irrequieta dentro e fora da boca. Fitava-a com dois olhinhos amarelos e predadores, como se a estivesse estudando antes de atacá-la.

Talitha tentou fazer barulho com o pé para afastá-lo, mas a reação do bicho foi inesperada: levantou-se sobre as patas posteriores, abriu uma vistosa crista, que lhe cercava a cabeça, e escancarou a boca num assovio que deixou à mostra duas longas presas retráteis.

Talitha gritou.

O femtita, que dormia ao lado dela, pulou de pé segurando com firmeza o punhal. Mas quando viu o que estava assustando a moça deu uma sonora gargalhada. Em seguida pegou um pequeno instrumento de sopro e tocou baixinho uma melodia. O réptil olhou para ele, fechou de pronto a crista e desapareceu correndo entre as moitas.

– Mas como você chegou até aqui e sobreviveu nas Montanhas de Gelo se até um palacerbo a deixa assustada?

Talitha não respondeu, rangendo os dentes de humilhação.

Seu carcereiro deu-lhe as costas e passou a cuidar de Saiph.

O rapaz estava acordado, ainda confuso, e quando se sentiu tocar, de instinto, pôs-se de pé. Mas estava fraco demais e teria caído se o outro não o segurasse.

– Está tudo bem, sou um amigo – disse o homem.

Saiph viu logo que Talitha estava amarrada.

– Se for amigo, solte-a – replicou.

O olhar do sujeito tornou-se duro.

– Sinto muito, as ordens são capturar e manter preso qualquer talarita que ultrapasse a fronteira das Montanhas de Gelo.

– Que fronteira?

O femtita sorriu de novo.

– Explicarei tudo no caminho, há muita coisa que precisa saber. Por enquanto, permita-me pelo menos isso. – Curvou-se, cabisbaixo, com as mãos no peito, perto do coração. – É uma honra encontrar um herói que todos admiram.

– Quem é você? – perguntou Saiph.

O homem ficou de pé.

– Eshar, para servi-lo. Sou um rebelde, segui suas pegadas ao longo da viagem. Encontrei vocês desmaiados nas

Montanhas de Gelo, a mais ou menos três léguas daqui. A talarita disse que estavam fugindo de Orea.

– É verdade. Procurávamos o Bosque da Proibição.

– É onde estamos. Mas, como você deve saber, não é assim que o chamamos. Para nós é o Bosque da Volta.

Longos arrepios correram pelas costas de Saiph. O Bosque da Volta. Já fazia muito tempo que não ouvia aquele nome; a última vez tinha sido nas histórias que a mãe lhe contava para fazê-lo dormir. Para os femtitas, o lugar não tinha nada de maldito: era a antiga casa deles, a terra onde tinham vivido livres e felizes antes de quebrarem o pacto com os deuses e de os talaritas torná-los escravos. E para lá iriam voltar, algum dia, quando seu desterro chegasse ao fim, quando os deuses enfim enviassem o messias.

– Sua romaria terminou: estou levando você para casa, para nosso refúgio – anunciou Eshar.

Saiph sacudiu a cabeça.

– Sinto muito, estamos à procura de uma pessoa... Deixe-nos ir embora. Preciso continuar minha busca, junto com ela – disse indicando Talitha.

– Não posso. Pode vir comigo de própria vontade, ou então à força, mas terá de acompanhar-me. Você é um herói e eu daria minha vida por você, mas temos uma lei: qualquer um que seja encontrado nesta terra deve ser levado a Sesshas Enar.

Saiph não rebateu. Tentar fugir não fazia sentido. Não em suas condições, e sem saber onde estavam.

No rosto de Eshar se abriu um grandíssimo sorriso. Deu-lhe um tapa no ombro.

– Você vai ver, vai gostar.

8

Eshar mandou-os sentar numa espécie de canoa de madeira revestida de peles, que atou ao ventre do dragão com robustas cordas. Prendeu os dois com cintos e, por mais que Saiph pedisse, insistiu em deixar as mãos e os pés de Talitha amarrados. Baixou então um capuz sobre o rosto deles.
– Que negócio é esse? – protestou ela.
– É para que possam respirar durante a viagem – explicou ele. – E chega de queixas.
O interior dos capuzes continha uma substância gelatinosa muito aromática, de cheiro inebriante. O de Talitha não tinha buracos para os olhos, ao contrário do de Saiph, que assistiu preocupado aos preparativos para a saída conversando sem parar com Eshar no dialeto deles.
– Que conversa foi aquela? – perguntou a jovem quando tudo ficou pronto e o femtita se ajeitou na garupa do dragão.
– Tentei convencê-lo a nos deixar ir embora, mas ele nem quis ouvir.
O dragão escancarou as asas. Um puxão, e a viagem começou.
Lá de cima Saiph podia alcançar com os olhos todo o Bosque da Proibição, ou da Volta. Pelos buracos para os

olhos o lugar pareceu-lhe um tapete aveludado verde e branco que começava logo depois das Montanhas de Gelo. Os Talareth que ali vingavam eram baixos e maciços, mas as copas eram incrivelmente espessas e só deixavam entrever umas poucas clareiras espalhadas, revelando o terreno coberto de neve. Por vezes apareciam pequenos lagos de forma irregular com águas de cores incomuns: verdes e azuis tão gritantes que pareciam de mentira, brancos leitosos, mas também vermelhos e amarelos.

Talitha, em seu capuz sem aberturas, não podia ver o panorama e tinha de se contentar com a descrição de Saiph.

– Estamos expostos demais – observou em certa altura. – Se os homens de meu pai nos enxergarem...

– Saberemos nos defender. Eshar tem um montão de armas. Estão penduradas na sela: uma lança, arco e flechas, uma longa espada de dois gumes.

– Não é o suficiente para eu ficar tranquila, a julgar pela maneira com que me trata – disse Talitha.

Um poderoso bufar vindo de baixo atraiu a atenção deles.

– O que foi? – perguntou Talitha.

Saiph debruçou-se para olhar e ficou sem fôlego.

Estavam sobrevoando um dos laguinhos que pontilhavam o bosque, e a superfície se transformara num espetáculo de cândidos borrifos. Saiph nem chegou a descobrir o que agitava as águas quando daquele vórtice emergiu um pescoço muito longo encimado por uma cabeça pontuda. O pescoço esticou-se para cima por pelo menos dez braças, e a bocarra se abriu revelando sua cor violácea, na qual sobressaíam presas extremamente brancas.

– É um dragão – disse Saiph –, mas pertence a uma espécie que nunca vi antes.

– Pode nos atacar? – perguntou Talitha, preocupada.

– Não creio, estamos altos demais – respondeu Saiph, procurando animar os dois. Mas, logo que completou a frase, uma longa e poderosa chama saiu da boca do dragão, só errando o alvo por um triz. Mais alguns instantes, e lá veio outra ainda mais poderosa. O calor envolveu ambos e, enquanto Talitha reprimia um grito, uma suave e simples melodia ecoou no ar. Era Eshar, que tocava seu instrumento acima da cabeça deles. Os urros e as labaredas do monstro se interromperam, e o femtita aproveitou para incitar seu dragão e fugir dos ataques.

O coração de Talitha ainda batia a mil por hora. Não via o que acontecia à sua volta e isso a deixava terrivelmente vulnerável.

Continuaram a viajar sem parar nem mesmo para comer. O femtita baixou a comida deles na canoa, o mesmo pão dormido da noite anterior com um pedaço de queijo para Talitha e algumas ervas desconhecidas para Saiph.

– Sinto não lhe oferecer coisa melhor – berrou para ele. – Mas quando chegarmos terá todas as honras que merece.

Saiph, de qualquer maneira, achou a comida ótima. Consistia numa meia dúzia de grandes folhas carnosas que envolviam um suculento talo roxo. Tinham um cheiro muito bom, fresco e aromático, e um sabor picante. Ele e Talitha tiveram de comer sem tirar o capuz, o que se mostrou bastante difícil. Enquanto isso, o ar se tornava mais quente.

Algum tempo depois da refeição o dragão começou a planar para uma altitude mais baixa. Saiph esticou o pescoço e viu um lago maior do que aqueles que haviam deixado para trás: na parte central, a mais profunda, a água assumia uma coloração quase preta. À medida que se aproximavam das orlas, a negritude esmorecia num azul intenso, até tornar-se quase roxa, com uma faixa vermelho-sangue perto das margens, onde se formava uma espuma amarela gritante. No meio da água negra surgia uma grande ilha coberta por espessa vegetação. Saiph descreveu a Talitha tudo o que via.

– Acha que alguém mora lá? – perguntou ela.

– Desta altura, é impossível dizer. Mas acredito que seja nosso destino.

Logo a seguir, com efeito, Eshar soltou um assovio para chamar a atenção deles.

– Vamos aterrissar, segurem-se.

Talitha reparou que o dragão descia depressa, com grandes movimentos circulares que a jogavam de um lado para outro da canoa.

– Não precisa ficar preocupada! – gritou Saiph, por cima do barulho que enchia seus ouvidos. – Está tudo bem!

– Não estou preocupada – gritou por sua vez Talitha, mas suas palavras foram cortadas pelo estrondo de outro par de asas membranosas que se aproximavam batendo com fúria. *Mais um dragão*, pensou. *Talvez tenha vindo para nos escoltar...*

Um puxão repentino quase a derrubou, enquanto o dragão deles dava uma virada rápida rugindo.

– O que está havendo?

– Um dragão está nos atacando! – respondeu Saiph. – Segure firme!

Talitha empurrou os pés na borda da canoa e, com as mãos atadas, tentou desesperadamente se livrar do capuz. Estar em perigo sem enxergar deixava-a furiosa. Se só pudesse pegar sua espada! Tentou mais uma vez tirar o capuz, enquanto ao redor os ruídos do ataque do dragão ficavam ensurdecedores, e os solavancos cada vez mais violentos. Ouviu o femtita tocar uma melodia, mas desta vez ela não surtiu qualquer efeito no agressor. Um rugido mais alto dominou todas as coisas, acompanhado do terrível rangido das garras, que destroçavam a madeira da canoa.

Talitha precipitou no vazio.

9

A queda foi tão curta que Talitha quase não teve tempo de perceber. Seu corpo logo se chocou com a copa de uma árvore. Ouviu os galhos que se quebravam sob seu peso enquanto ela passava entre eles sem poder segurá-los, e gritou de dor quando um ramo a golpeou no estômago. Acabou aterrissando de maneira desastrada no terreno macio coberto de folhas e ficou imóvel, aturdida. O dragão que os transportava, felizmente, havia descido quase até o nível do solo quando fora atacado, e só por isso ela não se espatifara no chão.

E Saiph? Chamou-o com as poucas forças que lhe sobravam, enquanto dava uns puxões nas cordas que atavam seus pulsos. Na queda, elas haviam se desfiado contra os galhos quebrados e, enfim, ela podia soltar-se, livrando-se logo a seguir do capuz também. Enxergar de novo foi um alívio, e o ar pareceu-lhe deliciosamente inodoro depois de todas aquelas horas passadas respirando as exalações aromáticas do unguento espalhado no capuz. Olhou em volta, apoiando-se no cotovelo.

O dragão que os levara até lá jazia sem vida não muito longe, de asas escancaradas e diláceradas. Seu ventre fora horrivelmente rasgado pelas garras do agressor, que, ao que parecia, sumira sem deixar rastro.

Atrás de um amontoado de galhos, no entanto, alguma coisa se mexia... Era Saiph!

Talitha voltou a chamá-lo aos gritos.

– Estou bem – respondeu ele, levantando-se a duras penas.

Perto dele, ainda deitado no chão, Eshar brandia uma lança e a agitava para manter a distância três pequenos dragões. Não tinham mais que duas braças de comprimento, com cabeças delgadas. As patas traseiras eram parrudas, as dianteiras curtas, mas providas de longas garras afiadas. As asas, nas costas, eram miúdas demais para permitir o voo. Com apenas um palmo de comprimento, estavam abertas, eriçadas; a membrana que as constituía era diáfana e tremelicava no ar. Estes animais, assim como o dragão do femtita, também tinham uma libré berrante, listrada de preto e de azul. Ao longo do dorso havia uma única fileira de protuberâncias ósseas pretas.

Apesar do pequeno tamanho, tinham uma aparência realmente ameaçadora. Seus olhos expressavam uma maldade que Talitha nunca tinha visto em qualquer outro dragão.

Eshar continuou a mantê-los a distância, enquanto os bichos tentavam acossá-lo, sibilando. Procurou tocar uma melodia, mas não adiantou. Dois dos pequenos dragões arremeteram contra ele, enquanto o terceiro atacou Saiph, confuso demais para reagir. Talitha acudiu segurando-o, empurrou-o rolando até tirá-lo do alcance da pequena fera.

O animal lançou-se mais uma vez na direção deles, as garras esticadas. Talitha e Saiph mais uma vez livraram-se do ataque, e o rapaz pulou por cima do dragão, evitando por um triz uma patada que cortou de um só golpe uma mecha de seus cabelos. Rolou até alguma coisa que brilhava ao lado de uma moita e jogou para Talitha a Espada de Verba. Ela pegou-a ainda no ar: segurar de novo *sua* arma fez com que se sentisse mais segura.

Com um único movimento pulou no animal. Pela primeira vez, ele reagiu cuspindo fogo. Talitha deu uma estocada com toda a força que tinha, e a arma penetrou facilmente a barriga da fera. O dragão urrou de dor, um urro que chamou a atenção dos companheiros, e tombou sem vida.

– Talitha!

A voz de Saiph soou como uma advertência. Ela virou-se de lado o bastante para não ser trespassada pelas garras de outro dragão, mas sem poder evitar por completo o ataque. Caiu ao chão, machucando de novo o flanco que havia sido atingido pelo monstro de neve. Viu o dragão em cima dela, encontrou em seus olhos uma ira quase humana à qual não soube dar uma explicação. Colocou a espada na vertical, de cabo apoiado no chão. O animal, no afã de mordê-la, caiu em cima da arma, que o trespassou. Ficou assim, imóvel, no silêncio só quebrado por seu arquejar.

Com dificuldade, Talitha empurrou o corpo de lado e se levantou. Seus olhos cruzaram com os de Eshar: aos pés do homem jazia o terceiro dragão, e ele ainda segurava com força a lança sangrenta. Por um instante sentiram-se unidos pelo destino dos que sobrevivem ao campo de batalha, e Talitha se iludiu de ter merecido o respeito dele. Baixou a guarda um instante, mas o femtita, como um raio, levou a mão ao bolso e tirou dele alguma coisa que jogou nela. Era um simples barbante com, nas pontas, dois pesos esféricos. O cordão envolveu-a prendendo seus braços, o choque das bolas, nas costas, derrubou-a no chão.

– Ficou louco? Acabou de salvar sua vida! – insurgiu Saiph, que enquanto isso se levantara e ia se aproximando dela.

Eshar não respondeu. Afastou-o com firmeza, curvou-se em cima da jovem e prendeu-a ao chão com o joelho, tirando a espada dela.

Ela tentou desvencilhar-se.

– Será que não entende que estamos do mesmo lado? – gritou.

– Solte-a – insistiu Saiph.

Eshar fitou-o duramente.

– Pode ser que você tenha seus motivos para defender esta talarita, mas nossas leis são claras, o inimigo é o inimigo, sempre. Sinto muito, mas não posso obedecer a você.

Saiph olhou para Talitha. Apesar de detestar qualquer forma de violência, estava disposto a atacar Eshar para libertá-la, mas ela acenou que não. Aquele femtita era a única pessoa que podia levá-los à meta, sozinhos acabariam morrendo.

Eshar forçou Talitha a se levantar com um puxão.

– Já não falta muito para chegarmos a Sesshas Enar – disse afinal, dirigindo-se a Saiph.

Caminhando no bosque, com cuidado para não fazer barulho demais, chegaram às margens do lago que tinham visto de cima.

– Os tempos não estão maduros, ainda não podemos considerar nosso este lugar – explicou Eshar, falando com Saiph. – Os animais que o povoam continuam achando que é deles, é por isso que são tão agressivos. Aqueles três pequenos dragões, assim como o que nos atacou durante o voo, fazem parte de um grupo mais numeroso que dominava este território. Ao que parece, não se conformam com nossa presença – disse rindo.

– E as melodias que você tocou com aquele instrumento estranho? – perguntou Saiph.

– Chama-se ulika. Descobrimos quase de pronto que a música os incomoda, principalmente algumas melodias, não sabemos a razão. Se ficar com a gente, também irá aprender a tocá-las. Há um verdadeiro repertório, cada uma apropriada a um bicho diferente... embora não funcione com todos, como já deve ter reparado.

Eshar foi atrás de uma moita e puxou para fora um barquinho de madeira de Talareth coberto de lascas de Pedra do Ar esboçadas de forma tosca. Ele e seus companheiros o tinham escondido ali para usá-lo em caso de perigo: uma vez que haviam perdido o dragão, era o único meio de transporte para alcançar a ilha. Empurrou-o devagar na água, depois esticou a mão para Saiph.

– Tome cuidado para não se molhar: estas águas são ácidas, dissolveriam sua carne num piscar de olhos.

No fundo do barco havia um remo; o cabo era de osso de dragão, enquanto a pá era formada por um disco de Pedra do Ar. Eshar pegou-o e começou a vogar. A superfície do lago estava imóvel, mas, depois daquilo que o femtita dissera, Talitha não se sentia nem um pouco segura. A água, em volta deles, tinha uma transparência incrível, e no fundo coberto de algas dava para ver alguma coisa branca: os ossos de quem caíra no lago. Não sobrara mais nada.

A travessia não levou muito tempo. Atracaram à ilhota repleta de vegetação no meio das águas, e logo que pisaram em terra firme outros femtitas surgiram de trás das moitas, armados até os dentes.

Eshar tirou o cachecol e, enfim, Talitha e Saiph viram seu rosto. Era um jovem com uma longa cicatriz branca que lhe riscava a face do olho esquerdo até a boca. Levantou as mãos e ficou imóvel. Os companheiros disseram-lhe alguma coisa no dialeto femtita, ele respondeu da mesma forma e os outros baixaram as armas.

Talitha os viu se aproximando de Saiph, tocando nele como se fosse algo sagrado.

– É ela – disse um homem apontando para Talitha com a lança. – A jovem condessa.

– É um título que já não tem sentido para mim – rebateu ela.

A frase foi acompanhada por uma série de exclamações sibilantes.

– Talária inteira está à cata desta jovem – acrescentou outro, perscrutando-a da cabeça aos pés. – Ora essa, olhando para ela, não parece uma grande guerreira.

– Se me soltar, terei o maior prazer em lhe mostrar do que sou capaz – replicou Talitha.

O sujeito deu-lhe um soco no ventre, fazendo-a cair de joelhos. Saiph acudiu, entre os olhares consternados dos femtitas.

O que golpeara Talitha segurou-o pelo braço.

– Fico triste em ver que lhe presta seus serviços como se fosse sua patroa. Não é mais, e nunca mais voltará a sê-lo.

Saiph desvencilhou-se.

– Ela é nossa amiga, será que não entendem? Se realmente me respeitam, nunca mais deverão tocar nela – disse dirigindo-se aos demais. – Nenhum de vocês, estou sendo claro?

Os femtitas entreolharam-se constrangidos.

– Caberá a Gerner decidir o que será dela – declarou Eshar. Empurrou Talitha para frente, com a ponta da espada encostada em suas costas.

Saiph ficou ao lado da jovem.

– Não se preocupe – sussurrou. – Vou convencê-los de que está do nosso lado.

– Estão me pondo a uma dura prova – respondeu ela. – Mas, não importa o que acontecer, lembre-se, Saiph, de que temos uma missão. Se por acaso eu fracassar, terá de continuar sozinho.

– Não diga uma coisa dessas, nem de brincadeira, Talitha.

– Prometa! – insistiu ela.

Saiph fitou-a nos olhos, mas não respondeu.

Não tiveram de ir muito longe, a ilha era pequena, e o vilarejo ocupava uma boa parte dela. Tratava-se de umas vinte esquálidas choupanas erguidas de qualquer maneira entre as árvores. O material de que eram feitas era uma mixórdia de madeira, pedra e peles. Mais que a toca de perigosos rebeldes parecia o acampamento de um grupo de foragidos desprovidos de qualquer recurso.

Vultos apareciam na porta dos barracos, homens em sua maioria, que observavam pasmos os recém-chegados. Olhavam para Talitha com expressão dura, enquanto não escondiam sua curiosidade por Saiph.

No meio surgia uma cabana de aspecto mais sólido do que as demais. Tinha mais ou menos dez braças de comprimento, e a metade de largura, com um telhado de duas águas coberto de neve meio derretida, e a fachada de trás, que dava para o lago. Preso na entrada, via-se um cartaz com o rosto de Saiph e a quantia da recompensa. Estava meio chamuscado, de forma que os traços eram quase irreconhecíveis.

Eshar parou no limiar.

– Esperem aqui.

– O que fazemos com estes dois? – perguntou um dos guardas.

– Arranjem alguma comida para nosso irmão, o melhor que temos. Quanto a ela, tranquem-na na cadeia.

Fez um sinal e dois femtitas agarraram Talitha pelos ombros e a levaram embora. Saiph procurou juntar-se a ela, mas ela voltou a sacudir a cabeça e ele parou.

– Eu lhe peço... deixe que lhe mostremos nossa hospitalidade – disse Eshar.

Saiph suspirou. O melhor a fazer era concordar, pelo menos por enquanto. Limitou-se a anuir, e isso bastou para que no rosto do jovem desabrochasse um sorriso largo. Enquanto uma mulher o levava embora, Saiph virou-se para ver o que estavam fazendo com Talitha: um grupo de rebeldes a forçava a entrar numa choupana, dirigindo-lhe gritos de escárnio. Sentiu um aperto no coração, mas forçou-se a seguir adiante.

10

Saiph foi tratado com todas as honras. As mulheres derreteram a neve na fogueira para que pudesse tomar um banho quente e, enquanto isso, trouxeram uma enorme cesta de frutas e verduras, de formas e cores que ele nunca vira antes. Ficou imaginando quantas pessoas, naquela noite, iriam ficar sem comida por culpa dele. Embora tivesse quase jejuado, nos últimos dias, sentia um nó no estômago só de pensar em Talitha trancada numa cela, e mordiscou alguma coisa sem a menor convicção. Todos, além do mais, ficavam à sua volta com olhares cheios de admiração, e só o deixaram em paz quando o banho ficou pronto e ele apartou-se.

Entrou devagar na banheira quente, explorando com cautela as novas sensações que o corpo lhe transmitia. Eram motivo de contínua maravilha. Mesmo antes sentia o frio e o quente, mas de forma branda, como se estivesse sempre enrolado num espesso cobertor. Agora a água que lhe avermelhava a pele e queimava de leve, e ainda assim era uma dor prazerosa, apesar das preocupações que o impedia de relaxar.

Apoiou a cabeça na tina de madeira, batendo ritmicamente a nuca nas aduelas. A dor parecia ter outros aspectos positivos: ajudava-o a controlar a frustração, dando-lhe a impressão de participar, em parte, do sofrimento de Talitha.

Não suportava aquela situação. Seu nome começara a passar pela boca de todos, e nesta altura todo mundo sabia quem ele era. Os femtitas olhavam para ele numa mistura de temor e veneração, do mesmo jeito com que as pessoas reverenciam a estátua de uma Essência quando vão pedir uma graça, ou a efígie de Mira num templo. Para eles era um herói, e ainda não sabiam que tinha adquirido a capacidade de sentir dor. Fechou os olhos tentando aproveitar o conforto da água, que já ficara morna. Sentia a urgente necessidade de sair de lá, antes de ficar envolvido numa trama grande demais para ele. Até quando fingiria? Como poderia disfarçar na hora de uma ferida, de uma queda, ou de qualquer fato capaz de arrancar de sua boca um lamento ou uma expressão sofrida? Agora que podia pensar com calma em sua vida, percebia que na existência de um femtita havia muitas ocasiões em que se podia sentir dor. Nenhum deles estava acostumado a prestar atenção em certas pequenas coisas que um talarita automaticamente evitava.

Talvez eu estivesse errado desde o começo. Talvez não haja como fugir disto tudo.

Afinal de contas a guerra estourara e já estava semeando mortes por todo canto. Se chegara até o Bosque da Proibição, queria dizer que toda a Talária estava em chamas, e que a revolta não iria se acalmar antes de colher os frutos de morte e destruição. Pela primeira vez sentia nos ombros o peso da história, uma força que esmagava a vida dos indivíduos para sacrificá-la a um hipotético bem superior, fundindo-a num cadinho de onde surgiria uma nova Talária. Mas Saiph achava que nenhum fim justificava o preço de uma única vida, e estava desiludido demais, ou talvez sonhasse demais, para acreditar que do sangue pudesse surgir um tempo melhor. Não, não queria participar daquele massacre purificador, e menos ainda queria ser seu estopim.

A cabeça de um garotinho apareceu timidamente no limiar da cabana.

– Queira perdoar o incômodo – disse com voz trêmula.

– Não está incomodando. E não precisa ser tão formal – respondeu Saiph.

– Estão pedindo sua presença na sala do conselho daqui a meia hora. Gerner gostaria de jantar com o senhor.

O menino desapareceu, e Saiph ficou olhando mais uma vez para o teto de madeira, de tábuas desconexas, montado de qualquer maneira. Precisava de toda a sua lucidez se quisesse salvar Talitha.

O interior da sala do conselho – um nome altissonante para indicar a cabana um pouco mais apresentável na qual, apenas uma hora antes, entrara o jovem que os capturara – era despojado e frugal. No chão havia umas peles nas quais estavam sentados uns dez femtitas, entre homens e mulheres. No meio do aposento via-se uma depressão, no chão de terra batida, cercada por pedras de várias formas. Na cavidade reluziam os tições que esquentavam o ambiente. Gerner sentava no círculo, junto aos outros, apoiado em algumas almofadas de cetim. Pareciam forradas com retalhos de trajes talaritas, como testemunhava a presença de mangas costuradas em conjunto e colarinhos remendados. Aquele era o único sinal distintivo que o qualificava como líder da pequena comunidade.

Era um homem na plenitude do vigor físico, de corpo enxuto e atlético, quase como o de um guerreiro. No rosto fino e determinado brilhavam dois olhos irrequietos e profundos que pareciam cavar na alma de quem estivesse diante dele, até penetrar os mais ocultos recantos do espírito. Uma sombra de barba escurecia-lhe as faces, um vezo bastante incomum num femtita, uma vez que os talaritas exigiam que os escravos se escanhoassem regularmente. Os cabelos eram compridos, de um verde vivo, mas estriado de preto, sinal de que já não era tão jovem, e os usava soltos, mais uma transgressão das normas dos amos. Era impossível saber quantos anos tinha: a pele parecia couro, marcada por rugas profundas, mas o corpo era o de um homem na flor da idade.

Convidou Saiph a sentar com um rápido sinal da cabeça. O banquete que mandara preparar em sua honra era frugal, mas convidativo. Saiph, no entanto, continuava sem apetite, pensando em Talitha faminta e trancada sabe lá onde. E, para piorar, Gerner não tirava os olhos dele. Examinava-o quase com desconfiança, e isso deixava o hóspede bastante constrangido.

Não falaram muito, durante a refeição. Gerner não era do tipo loquaz, e seu rosto tinha algo de imperscrutável. Saiph não se atrevia a fazer perguntas, queria entendê-lo melhor antes de expor-se. O chefe femtita demonstrava-lhe deferência como os demais, mas não a admiração cega que marcava a expressão dos outros habitantes do vilarejo.

Quando acabaram, Gerner dispensou os comensais e pediu para ficar sozinho com Saiph.

– Quer dizer que você é o herói de quem todos falam – disse depois de uma intensa pausa. – Mas não me parece ter o olhar de um femtita capaz de levar a cabo uma ação tão corajosa. E veja bem, disto eu entendo.

O comentário soava um tanto inquisitivo.

– As coisas não foram como andam dizendo por aí – respondeu Saiph com firmeza. – Seu pessoal nem nos deu tempo de explicar.

– O que quer dizer com isso? – perguntou Gerner, afiando o olhar.

– Quem incendiou o mosteiro não fui eu, mas Talitha. Não é a talarita privilegiada que vocês todos imaginam, ela está a seu lado. E precisam soltá-la, pois Nashira está ameaçada por um perigo muito grave.

Saiph explicou a situação, falando da mudança climática, de Cétus, e também mencionando o herege.

Gerner não parecia impressionado nem interessado.

– Típico dos talaritas, acham que são os donos do mundo, até dos astros – comentou apenas.

– Nada disso – rebateu Saiph. – Estamos diante de um perigo real, e terrível. Não haverá mais lugar para femtitas nem talaritas se não encontrarmos o herege, o único capaz de nos dar respostas.

Gerner levantou a mão, e Saiph calou-se por instinto. Aquele homem tinha um carisma natural, uma autoridade nos gestos e nos modos que, mesmo a contragosto, o sujeitava.

– Perdoe-me. Entendo perfeitamente que ainda se sinta parte do mundo de Talária e que tenha dificuldade de pensar como nós, mas estou certo de que no devido tempo acabará vendo as coisas de uma outra perspectiva. Nem é minha intenção culpá-lo por ter fugido do campo de batalha em Orea, afinal de contas estava sozinho, e assistiu a um massacre pavoroso, como poucos outros que já aconteceram em Nashira. Mas agora está em casa, entende?

– Com todo o respeito, quem não está entendendo é o senhor. O que eu disse é verdade. Por que não quer acreditar?

Gerner prosseguiu como se nem o tivesse ouvido:
- A primeira comunidade assentou-se aqui muitos anos atrás. Eram uns poucos foragidos, gente que se livrou da escravidão arriscando a vida e vivendo na clandestinidade, pessoas tão desesperadas que escolheram como seu novo lar justamente o lugar que haviam aprendido a recear e detestar. A pequena comunidade acabou crescendo, mas continuava sendo formada por um grupo bastante pequeno de migrantes que só buscavam a paz e a liberdade. Até que, certo dia, decidimos levantar a cabeça, como você bem sabe.

Como clarões, diante dos olhos de Saiph apareceram as imagens de violência em Orea.

- Transformamo-nos em combatentes, compreendemos que este lugar era perfeito para nos escondermos e planejarmos nosso ataque contra os patrões. E aí começaram as revoltas. Chamam-nos de rebeldes, mas preferimos definir a nós mesmos como "Novo Povo". Os deuses nos abandonaram, e estamos cansados de pagar pelas culpas de nossos antepassados. Se ninguém vier nos libertar, vamos nos libertar com nossas próprias forças. Não estamos sozinhos: há muitos outros grupos, aqui no Bosque da Volta, por toda parte, e de uns tempos para cá começaram a agir.

Ficou olhando para Saiph por um bom tempo, mas ele não fez comentários.

- Queremos um mundo novo, Saiph, um mundo em que os talaritas paguem por aquilo que nos fizeram e onde os femtitas sejam mais uma vez livres e donos do próprio destino. Provavelmente, quando você incendiou o mosteiro e raptou aquela nobre arrogante, nem pensou que estava fazendo um gesto revolucionário. Só agiu levado pela raiva, a mesma raiva que também se agita em nós. Mas ninguém jamais chegara tão longe, percebe? Ninguém jamais dera um sinal tão forte: raptar a filha de um conde, de um conde poderoso como Megassa, além do mais. E, depois de tudo o que fez, continua vivo, e é justamente isso que nos anima, que enche nossos corações de esperança: você está vivo!

Agora os olhos de Gerner também brilhavam de uma luz febril. Sob o semblante de homem controlado, de cuidadoso estrategista, ardia o mesmo fogo que unia todos naquele acampamento, um fogo que podia levar a grandes feitos, mas também a resultados trágicos.

– Acho que aqui, conosco, encontrará uma família. Somos como você, partilhamos seus ideais e seus objetivos. Sua raiva, aqui, pode ser endereçada a um fim. Sua mera presença, para nós, representa mais que mil vitórias.

Saiph não acreditava em seus próprios ouvidos. Já se tornara um mito para os rebeldes, e provavelmente Gerner percebia a importância simbólica que ele representava na luta pela liberdade, a ponto de recusar qualquer versão diferente de como as coisas tinham acontecido.

– Eu fico... feliz em tê-los encontrado, e compreendo os motivos de sua batalha. Mas tenho outra missão a cumprir – murmurou. Gerner pareceu surpreso. – Já lhe expliquei, algo terrível está acontecendo no céu, eu preciso tentar evitá-lo.

– Não entendo você. Aqui na terra o mundo está mudando: não sente o sangue ferver em suas veias só de pensar no que aconteceu em Orea? Não pensa em toda aquela gente que morreu? Os sobreviventes foram trancados num barraco de madeira e queimados vivos!

Saiph sentiu um nó na garganta. Até aquele momento, contra qualquer lógica, esperara que seus parentes estivessem salvos. De repente aquela hipótese se tornava desesperadora. Permaneceu imóvel, petrificado, enquanto sua cabeça ficava cheia das imagens de seus semelhantes que tinha visto morrer.

– Claro que o sangue ferve em suas veias. Posso ver, posso sentir... – insistiu Gerner.

Saiph estremeceu e olhou para o outro, abalado.

– Eu...

– Você vai se juntar a nós. Sei disto. Ficará aqui por alguns dias, aprenderá nossos hábitos, compartilhará a vida que estamos construindo, uma vida onde os patrões não existem, e os femtitas são todos livres e iguais. Você verá, e vai acreditar...

Saiph custava a reencontrar a meada de seus pensamentos.

– E Talitha? – murmurou.

Os olhos de Gerner tornaram-se duas finas frestas.

– Ela já não é sua dona. – Seu olhar suavizou-se. – É mais uma coisa que aprenderá, com o tempo. No que diz respeito àquela talarita idiota, no fundo você está certo: é um recurso extremamente precioso para nós. Pretendo usá-la como mercadoria de troca com o pai dela.

O rosto de Saiph ficou vermelho.

– Ela é diferente dos demais talaritas – disse num tom nervoso mas Gerner calou-o na mesma hora.

– É o que eles todos dizem. Todos tiveram uma criança talarita pela qual criaram afeição, um velho que lhes sorriu, uma patroa que mandava espancá-los menos que os outros. Mas são apenas ilusões. Um patrão é um patrão, e é maldoso em sua essência, pelo mero fato de nos ter escravizado. Por mais que você tente defender sua querida talarita, o destino dela está marcado.

– Não quero defendê-la, só estou dizendo a verdade! Quem incendiou o mosteiro foi ela, sempre odiou aquele lugar: ela decidiu fugir, ela levou-me a procurar o herege. Ela, sempre ela. E desde então a acompanho porque tem uma missão importante a cumprir.

Gerner ficou silencioso. Embora aparentasse indiferença, parecia de alguma forma surpreso diante daquela obstinação.

– Já enviei um de meus homens para dar início às negociações com o conde – disse seco, afinal.

– Por que não lhe concede pelo menos uma chance? – insistiu Saiph. – Fale com ela, ouça o que tem a dizer. Assim poderá escolher se vai ou não acreditar nela, e agir conforme esta decisão.

Gerner fitou-o com olhos flamejantes.

– Amar uma talarita é contra a natureza – sussurrou.

– O que me prende a ela é uma profunda amizade, salvou minha vida inúmeras vezes, a última delas aqui mesmo, nas margens do lago, quando fomos atacados. Pergunte a seu homem, o que nos capturou.

Gerner apertou seu braço.

– Farei de conta que não ouvi. Você acaba de chegar, sua mente ainda está ofuscada pelas mentiras deles. Mas irá mudar, e algum dia achará graça nestas ridículas afirmações. A jovem é traiçoeira, Saiph, como todos os talaritas, e quanto mais cedo se afastar dela, melhor.

Saiph não reprimiu um gemido.

– Mas se é isso que você quer – acrescentou o chefe dos rebeldes –, tudo bem. Falarei com ela.

A prisão era um buraco cavado no subsolo, fechado com uma sólida grade de madeira. Mal tinha espaço para um único prisioneiro e, para não bater a cabeça, Talitha tinha de ficar agachada. Haviam tirado dela a mochila e a Pedra do Ar que usava no pescoço. Nem mesmo a magia a ajudaria. Não havia jeito algum de se libertar.

Não lhe tinham trazido nem comida nem água. Durante a viagem que a levara para lá não deixara de pensar por um só momento na resistência. Apesar de ter decidido ficar no encalço de Verba, não podia esquecer os femtitas que estavam lutando. Imaginava juntar-se a eles, via-se envolvida em batalhas que julgava justas, legítimas. E, em todas as suas fantasias, os rebeldes sempre a recebiam de braços abertos. Mais uma vez, havia sido ingênua demais. Sua imaginação a iludira de novo. A ideia de ser considerada uma inimiga por aquelas pessoas deixava-a louca. Amaldiçoava seu sangue talarita, o sangue do pai. Era um veneno que a tudo contaminava. Gostaria de se livrar dele, uma gota depois da outra, para então passar para o lado dos escravos, porque era nas fileiras deles que queria lutar naquela guerra.

Quando a grade foi levantada e dois femtitas armados vieram buscá-la, Talitha quase tinha perdido as esperanças de alguém voltar para tirá-la de lá.

Os dois femtitas a levaram até Gerner. Logo que superaram o umbral, jogaram-na ao chão, aos pés do chefe.

Talitha levantou-se com algum esforço, as mãos ainda atadas nas costas.

– Não lhe dei permissão para se levantar – disse Gerner.

Talitha continuou de pé.

O femtita esquadrinhou-a.

– O que estava fazendo nas Montanhas de Gelo? – perguntou.

Talitha procurou o olhar de Saiph, que anuiu de leve.

– Estamos procurando Verba, o herege – respondeu. – É o único que pode evitar a catástrofe que está a ponto de se abater sobre Nashira: Cétus está ficando cada vez maior, vai queimar a nós todos. – E falou da viagem e da missão.

Gerner riu sarcástico.

– Então é esta sua história, para se salvar?

– Não acredita mesmo em mim? Não vê o que está acontecendo? Não percebe que faz cada vez mais calor, que as pessoas morrem de fome e de sede?

– Cabe aos deuses decidir acerca do destino de nosso planeta.

– Não é verdade. Nós podemos mudar este destino.

– Ou está mentindo, talarita, ou então perdeu de fato a razão.

– Mas se eu estiver dizendo a verdade, você não gostaria de salvar sua gente? De que adiantaria vencer a guerra, salvar seu povo, se depois nós todos tivermos de morrer?

Gerner hesitou por um momento.

– E como pretende impedir que Cétus queime nosso mundo?

– Eu... não sei – respondeu Talitha, indecisa. – Mas sei que Verba pode nos ajudar.

Gerner riu.

– E onde está esse seu Verba, posso saber?

– Foi embora, e precisamos encontrá-lo.

– Um homem que afirma ter cinquenta mil anos... Seria este nosso salvador? E quais são os poderes de que dispõe para mudar a vontade dos deuses?

Talitha permaneceu calada.

– E quais seriam seus argumentos para convencê-lo a nos ajudar, uma vez que, como você mesma disse, já não quis fazê-lo da primeira vez que o encontrou?

— Não sei, eu...

— Se está tão convencida daquilo que afirma — interrompeu-a Gerner —, são, de fato, muitas as coisas que você não sabe. Mas não importa, pois de qualquer maneira daqui a pouco estará novamente em casa.

— Não! — gritou Talitha.

— Meu mensageiro acaba de partir com seu punhal: deixaremos que seu pai o veja, negociaremos sua soltura. Poderá contar sua história a ele, e veremos se o conde vai acreditar.

— Ele jamais acreditará.

— Então é mais sábio do que parece. — Gerner deu dois socos no chão e um guarda logo apareceu na entrada. — Leve-a embora.

— Não, não! — gritou Talitha procurando desvencilhar-se. Tentou pular adiante, mas o guarda deteve-a. — Está nos condenando, a todos nós! Está condenando nosso mundo!

Foi arrastada enquanto ainda se debatia. Gerner nada disse. Saiph, ao lado dele, percebeu com horror que não havia mais nada que pudesse fazer. O que mais receara estava de fato acontecendo.

II

Finalmente um verdadeiro templo. Não aquele esquálido galpão erguido às pressas e de qualquer maneira depois do incêndio, apertado entre os casebres que se amontoavam em volta do tronco do Talareth, mas, sim, uma construção antiga, sólida. Era semicircular, como todos os templos, de madeira branca de Talareth. As colunas que separavam as naves haviam sido esculpidas como fustes de árvore e, no lugar dos capitéis, onde se apoiavam os arcos, havia esculturas em forma de maços de flores. O chão e o teto eram especulares, aparecendo em ambos a imagem de Mira. No pavimento estendia-se um precioso mosaico de pedras multicoloridas, enquanto no teto brilhava um imenso vitral de cores tão intensas que feriam os olhos. A parede da entrada também era de vidro, mas transparente, e a luz entrava puríssima. Era um dia tórrido, mais um naquele ano. Muitos já nem lembravam quando fora a última chuva.

Grele estava deitada, de bruços, de braços abertos. O frio do mármore era agradável sob a face, mas o que a tornava mais feliz, acima de qualquer outra coisa, era a sensação de vitória que permeara aquele dia desde o momento em que acordara. Duas escravas haviam chegado para aprontá-la. Vinham diretamente do palácio de Megassa, e era raro Grele encontrar criadas tão prestativas e disciplinadas.

Apresentaram-se de cabeça baixa, numa atitude obsequiosa. O toque de suas mãos era delicado e atencioso, como se estivessem cuidando de alguma coisa preciosa. Já fazia muito tempo, desde antes do acidente, que ninguém a tratava com tamanha deferência. Surpreendeu-a, também, o fato de elas não mostrarem qualquer perturbação diante da metade desfigurada de seu rosto. Tinham sido treinadas realmente bem. Sob suas finas túnicas Grele vislumbrou vistosos hematomas escuros, o sinal das pancadas. Apreciou a coisa. Os femtitas eram animais, e como animais deviam ser tratados.

Para a ocasião deixara de vestir os trajes de Combatente a fim de usar, pela última vez, a túnica amarela e o penteado de noviça. Quando, finalmente, viu a própria imagem refletida no espelho, achou que estava linda. A parte desfigurada do rosto estava coberta por uma grotesca máscara de madeira, a mesma usada por todas as Combatentes, mas cortada ao meio no comprimento.

Quem a levara àquele templo, a Lakesi, na parte oriental do Reino do Verão, havia sido Megassa. Era mais uma coisa que não fazia parte do cerimonial, segundo o qual uma sacerdotisa devia ser ordenada no mosteiro ao qual pertencia.

– Eu estou acima das regras – explicara o conde, com desdém. Quisera conceder a si mesmo mais aquela demonstração de força. A chave de sua autoridade também se encontrava naquele seu incontido desejo de poder, e em sua capacidade de surpreender.

Além das sacerdotisas que ali moravam, todas as coirmãs de Messe estavam presentes no templo. O pai não enviara nem mesmo uma delegação que testemunhasse o apoio da família num momento tão importante para uma de suas filhas. Quando Grele vistoriara a sala com o olhar, à entrada, não ficara nem um pouco surpresa ao constatar que nenhum dos seus estava presente. Para o pai, ela era uma coisa sem valor; última de sete filhos e, além do mais, menina, era desprovida de utilidade política.

Como você estava errado... e agora vai ver, pensou Grele enquanto a Pequena Madre pronunciava as palavras rituais. Já tinham tirado dela as roupas de noviça, deixando-a apenas com uma leve camisola branca que mal disfarçava suas formas. Pelo menos do corpo continuava sentindo orgulho, ainda mais depois do treinamento para se tornar Combatente. Tinha um físico atlético, elástico, e mesmo assim feminino e macio.

Também haviam soltado seus cabelos, que, loiros como ouro e só levemente iluminados por um suave matiz avermelhado, formavam um esplêndido leque em suas costas.

– Levante-se, irmã – disse a Pequena Madre. E Grele obedeceu, lenta e solene.

Duas coirmãs idosas se aproximaram, carregando nas mãos, como uma relíquia, a túnica vermelha das sacerdotisas de Alya.

– Antes de a vestidura começar, confirma sua vontade de dedicar seu espírito à deusa Alya, de doar-lhe toda a sua respiração e batimentos cardíacos, e de consagrar-lhe todo o seu corpo até Mira chamá-la para sempre às moradas subterrâneas dos deuses?

– Eu confirmo.

As duas sacerdotisas começaram a vesti-la.

– Receba então a veste das sacerdotisas de Alya. Ela a acompanhará até o fim de seus dias, e será o sinal tangível de sua condição de beata servidora da deusa.

Comparado com a túnica áspera de cânhamo das Combatentes, o algodão da veste de sacerdotisa era tão leve quanto uma carícia. Grele aproveitou por muito tempo a sensação de prazer que aquela fazenda lhe dava em contato com a pele. Sabia a desforra.

– E, finalmente, que seus cabelos sejam penteados como convém a uma servidora de Alya.

Os dedos das sacerdotisas percorreram ágeis e experientes suas melenas. Só tiveram alguma dificuldade onde as tiras da máscara se juntavam, atrás da nuca, e na testa coberta pela madeira.

– Eu a saúdo, Grele de Mantela, sacerdotisa de Alya.

Grele baixou a cabeça em um gesto pudico, e a sala explodiu num estrondosa aclamação.

À cerimônia seguiu-se um almoço ostentoso nos jardins do palácio do conde de Lakesi. O nobre, parente de Megassa, oferecera logo sua morada para os festejos. Só o banquete, que não estava à altura do evento, mostrava a real situação do Reino do Verão. A carestia continuava a dizimar a população, e a comida escasseava até na mesa dos ricos. A água já quase desaparecera das cidades menores e, apesar dos compromissos assumidos por seu soberano, o Reino da Primavera não tinha desviado o curso do rio Asselho para irrigar as terras do Verão. Já se falava de ferozes brigas na fronteira, com mortos e feridos, devido às tentativas de alguns camponeses que queriam se apossar da água do Reino da Primavera de qualquer maneira. Para piorar a situação, havia a guerra contra os rebeldes femtitas, que se tornavam cada vez mais numerosos. Apesar das penas extremamente severas cominadas aos suspeitos de traição, a cada dia que passava mais e mais escravos fugiam de seus donos, quase sempre levando consigo armas e mantimentos.

Por estas razões todas, Megassa decidira ajudar o parente com enormes quantidades de água que ninguém imaginava de onde tirara. Grele poderia ter respondido com facilidade a esta pergunta: já fazia muitos anos que Megassa mandava secar os poços dos vilarejos nas cercanias de Messe para abastecer sua mesa. Reprimiu um sorriso enquanto tomava uma taça de suco de purpurino. Era a ordem natural das coisas: os fortes se salvavam à custa dos fracos, e quem não era bastante esperto para sobreviver tinha de perecer.

E, além do mais, nos últimos tempos, Megassa aumentara consideravelmente seu poder. Acabava de ser nomeado chefe das forças armadas enviadas aos Reinos do Inverno e do Outono. Fora nomeado por aclamação uma vez que, desde o começo, demonstrara ser o mais atuante na luta contra os femtitas. Alistara-se sem demora em um exército, insistira em organizar uma coordenação única para as tropas de toda a Talária, e levara a cabo algumas ações muito significativas. De forma que, quando a guerra começara a alastrar-se, todos acharam natural nomeá-lo comandante supremo.

Os festejos continuaram até a noite, e Grele demonstrou ser uma habilidosa diplomata. Para cada um tinha a palavra certa, um elogio, uma observação perspicaz, e não demorou a fazer com que todos esquecessem a estranheza da máscara que lhe cobria metade do rosto.

No dia seguinte, o próprio Megassa cuidou de levá-la de volta a Messe em seu coche puxado por dois dragões de terra. Durante a viagem tirou de um pequeno estojo de madeira um embrulho de veludo. Desenrolou-o e revelou o conteúdo. Grele sentiu uma raiva repentina subir à cabeça.

No pano preto brilhava um punhal, um punhal que só tinha visto uma vez na vida, mas que nunca esqueceria: era a arma com que, numa noite daquela que considerava sua vida anterior, Talitha a ameaçara. Ainda podia sentir a mão que lhe tampava a boca, e a sensação glacial do metal afiado que lhe apertava o pescoço.

– Onde foi que o senhor encontrou? – perguntou com voz esganiçada.

– Foi trazido por um de meus homens que está destacado no Reino do Inverno.

– Ela foi... capturada?

Megassa voltou a embrulhar a arma e guardou-a no estojo.

– Não. Este punhal foi entregue por um rebelde femtita. Um emissário, foi assim que se definiu. Os companheiros dele a interceptaram nas Montanhas de Gelo.

Grele rangeu os dentes. Não havia uma única noite em que não sonhasse ter Talitha em suas mãos. Se ela morresse antes, se alguém que não fosse ela a matasse, nunca teria perdoado.

– O que querem do senhor?

– Propuseram uma permuta: ela em troca da libertação de um quarto dos escravos das minas de gelo, mais alguns rebeldes prisioneiros à espera da execução.

– E o que o senhor pensa em fazer?

Megassa olhou para fora da janela, levou algum tempo antes de responder.

– O que está em jogo, aqui, é minha confiabilidade como chefe das forças armadas. Sujeitar-se aos pedidos de quatro escravos que chamam a si mesmos de "Novo Povo" significaria criar dúvidas a respeito de minha autoridade.

– Pretende, então, deixá-la com eles?

– Deixá-la? – rugiu Megassa. – Movimentei um exército inteiro para capturá-la! Arrasei Orea! Ela é minha. *Minha!* E não vou deixar algo que me pertence nas mãos de quem quer que seja. Vou pegá-la de volta de acordo com minhas condições, não com as deles. Estou sendo claro?

Fitou Grele com olhos tão cheios de ódio que a jovem ficou assustada.

– Sim, muito claro.

O conde continuou a olhar para ela por alguns instantes, então virou de novo a cabeça para fora da carruagem.

– O que acontecer com Talitha, de agora em diante, será um segredo nosso. Assim como a maneira com a qual pretendo capturá-la.

Grele anuiu satisfeita.

– E o que será dela, em seguida?

– Em seguida, será só sua – respondeu Megassa.

Grele estremeceu de impaciência. Quase não acreditava.

– O senhor tem certeza? Não vai dar para trás? Afinal de contas, é sua filha.

– Eu já lhe disse, não é mais coisa alguma para mim. Desiludiu-me e traiu-me de todas as formas com que se pode desiludir e trair um pai. Mostrou ser minha inimiga, e como inimiga vou tratá-la. Mas é claro, espero que você aja com discrição.

– Como assim?

– Faça com ela o que bem quiser, é mera carne em suas mãos. Mas terá de parecer um acidente. Precisamos defender nosso bom nome, somos personagens públicos, e até esta história acabar, até conseguirmos o que queremos, temos de manter um comportamento irrepreensível.

Grele anuiu.

– Pode ter certeza, não precisa se preocupar. A única coisa que almejo é pôr as mãos nela. Quanto ao resto, tudo será feito conforme o senhor deseja.

Megassa sorriu satisfeito.

– Faremos grandes coisas, você e eu juntos. Grandes coisas.

12

Talitha passou boa parte da noite pendurada na grade acima de sua cabeça, tentando de todo jeito forçá-la, até um guarda perceber e começar a espetá-la com a lança, para ter certeza de que desistisse. E então ela só pôde esperar, enquanto os dias passavam.

Só lhe era permitido manter contatos humanos uma vez por dia, quando o guarda trazia a refeição. Nem falava com ela, e baixava a gamela com a comida através de uma pequena abertura na grade.

Ao entardecer do quarto dia Talitha ouviu chegar passos diferentes dos costumeiros e, entre os quadrados irregulares da madeira, viu finalmente aparecer o rosto de Saiph. Vestia os trajes dos rebeldes: pesadas peles de animais desconhecidos, turbante e um volumoso cachecol em volta do pescoço.

– Pensei que tinha se esquecido de mim – disse nervosa, puxando-se com os braços até perto da grade e encostando o rosto no dele.

Saiph olhou em volta, circunspeto.

– Eu sei, e você nem imagina como isso me dói. Até mesmo para vir falar com você hoje tive de inventar uma desculpa mirabolante. Toda vez que a menciono, eles aniquilam-me com o olhar.

– Mas não o consideram um herói? Não pode pedir o que quer?

– Estão em guerra. Têm admiração e respeito por mim, mas não a ponto de esquecer o ódio por seu povo.

– Meu pai decidiu alguma coisa quanto à oferta? – perguntou Talitha nervosa.

– O mensageiro de Gerner já chegou ao Reino do Inverno.

– Megassa o matou e mandou de volta sua cabeça?

– Não – respondeu Saiph.

Talitha deixou-se cair e aterrissou no fundo da cela, as pernas apertadas no peito.

– Significa que a negociação continua. Meu pai me quer de volta... Preciso fugir daqui antes que me levem novamente a Talária!

– Acha que não pensei nisto? Mas estamos numa ilha, as águas do lago são ácidas, e só há um barco, que eles guardam com todo o cuidado num quartinho secreto da sala das reuniões. Se estivesse a meu alcance, por mim você já estaria livre.

– Tem mais alguma boa notícia para me dar? – disse Talitha, irritada.

– Precisaremos tentar fugir durante a viagem. Permitiram que a acompanhasse.

– Não! – exclamou ela. – Se tiver a chance de fugir, farei isso sozinha. Se me matarem, pelo menos você encontrará Verba em meu lugar.

– Se a matarem, sabe que nunca conseguirei sozinho.

Entreolharam-se por um bom tempo.

– Conte mais – concedeu Talitha.

– São dois dias de viagem até a fronteira com o Reino do Inverno: ali haverá a troca. O que eles querem são alguns prisioneiros. Nestes dois dias, vamos inventar alguma coisa.

– Precisaremos de um milagre, e não apenas de uma boa ideia.

– Aquela gente confia em mim. Não estarei amarrado, poderei me movimentar à vontade e elaborar um plano de fuga.

Talitha continuou cabisbaixa.

– Daremos um jeito, eu prometo. – Saiph tentou animá-la. – Mesmo que tenha de afundar o barco para queimarmos todos no ácido.

Ela acalmou-se um pouco.

– Afinal, não temos outra escolha...

Saiph observou o rosto dela, pálido e tenso, no fundo daquele buraco. Perguntou a si mesmo como ela podia manter-se sempre tão distante, tão inalcançável. Tanto no palácio, onde a separá-los havia a condição de escravo e patroa, quanto em território inimigo, onde ele era o privilegiado e ela a prisioneira, sempre havia alguma coisa entre os dois que o impedia até de roçar nos dedos dela. Sentiu aquela distância como uma ferida na carne.

– Preciso ir. Nos próximos dias quero convencê-los de que estou mudando de opinião sobre você, pelo menos em parte. Do contrário, não conseguiremos fugir. – Então jogou um embrulho na cela. – Pegue, é carne. Um pequeno animal que cacei e assei às escondidas. Melhor que a gororoba que lhe serviram até agora.

Talitha viu Saiph desaparecer e, além da grade, só ficaram as silhuetas do Talareth contra o céu cada vez mais escuro. Pegou o embrulho e o abriu. O cheiro da carne invadiu suas narinas, irresistível. Começou a comer devagar, saboreando até o fim o que sabia ser sua última boa refeição por muito tempo.

Vieram buscá-la ao alvorecer do terceiro dia após a visita de Saiph. Eram três, de rosto já encoberto, e a puxaram para fora depois de amarrar seus pés e mãos. Talitha vislumbrou Saiph entre os rebeldes, e reparou em seu olhar preocupado.

Havia três dragões esperando por eles, parecidos com aquele que os levara ao vilarejo, embora cada um fosse de uma cor diferente. Esbeltos e de tamanho reduzido, um era preto, outro tinha manchas de um roxo intenso e o último era vermelho e amarelo. Em todos eles, as asas diáfanas tinham a mesma tonalidade do corpo, embora mais clara. Atado ao ventre, cada um levava um barquinho idêntico àquele em que tinham viajado na ida.

Talitha contou oito rebeldes prontos para partir, incluindo Saiph. Ele também estava armado: a longa espada presa à cintura destoava de sua figura. Como já lhe acontecera em outras oportunidades, ela achou que de fato ele não nascera para ser um guerreiro, e que qualquer arma, nele, assumia um aspecto grotesco. Tinha matado por ela, é verdade, mas a violência continuava sendo alguma coisa alheia a seu caráter.

Gerner supervisionava a partida e se aproximou de Saiph.

– Tem certeza de que quer ir? – perguntou. – Você é um símbolo desta guerra, e não quero arriscar perdê-lo. Para os talaritas representa uma presa preciosa quase quanto sua ex-patroa.

Saiph ficou pensativo por alguns instantes. Só quem o conhecia bem, como Talitha, podia perceber que estava fingindo uma indecisão que na verdade não tinha.

– Trata-se de uma parte importante de minha vida, sinto que, de alguma forma, preciso encerrá-la – disse afinal.

Gerner anuiu, não muito convencido.

– Meus homens têm a ordem de defendê-lo a custo da vida, mas nunca mostre seu rosto. Nosso mensageiro cuidou de dizer aos talaritas que você já não estava viajando com a jovem quando a capturamos, e portanto nenhum deles desconfia de sua presença.

– Está bem – respondeu Saiph. Em seguida se disfarçou com o turbante e o cachecol. Agora, nada podia distingui-lo dos demais rebeldes.

Gerner deu uma olhada severa em Talitha.

– Amarrem-na direito – insistiu. – E fiquem de olho nela. Não gostaria que aproveitasse a ocasião para tentar alguma coisa. – Então, curvou-se para cochichar algo no ouvido de Eshar.

Este anuiu, depois enfiou um capuz na cabeça dela e a empurrou bruscamente para o barquinho, ao qual foi atada com tiras de couro. Talitha ouviu os femtitas sentando-se nos outros barquinhos ou subindo na garupa dos dragões; umas rápidas ordens foram gritadas ao céu, e eles partiram.

Estava de novo entregue à vontade dos outros. Mais uma vez cega, mais uma vez movendo-se por terras desconhecidas, tendo nas narinas o cheiro forte da substância gelatinosa que aquela gente usava para respirar fora da sombra protetora dos Talareth. Tampouco fazia ideia de onde estava Saiph. Só percebia, atrás dela, a mão de Eshar que a segurava pelo ombro, os dedos que roçavam em seu pescoço. Podia senti-los vigilantes, prontos para reagir a qualquer movimento, e passou toda a viagem em estado de tensão.

Pararam ao anoitecer e, finalmente, tiraram seu capuz. Estavam mais uma vez no Bosque da Proibição, numa pequena clareira cercada de Talareth e cortada no meio por um regato. Os femtitas sentaram e jantaram, formando um círculo, enquanto ela foi afastada para um canto diante da costumeira ração de pão e queijo. Mantiveram suas mãos amarradas mesmo durante a refeição, enquanto um femtita tentava dar-lhe comida na boca. Mas Talitha recusou alimentar-se, apesar de a fome apertar seu estômago e de os rebeldes ameaçarem enfiar-lhe a comida goela abaixo, pois queriam entregá-la ao pai em boas condições. Depois de muita conversa, Saiph convenceu-os a encarregá-lo da tarefa.

– Precisamos tentar esta noite – murmurou Talitha enquanto mordiscava o pão.

– Temos de entender, antes, como funcionam os turnos de guarda, descobrir os pontos fracos...

– Com você tudo é estudo, espera... Ou vai ou racha, Saiph. Mais um dia não vai mudar as coisas.

Ele não replicou. Talvez Talitha estivesse certa, mas a ideia de perdê-la o aterrorizava.

Depois do jantar os femtitas ficaram algum tempo conversando em volta do fogo. Saiph parecia bem entrosado, à vontade entre eles, até os fez rir contando divertidas anedotas de seu passado no palácio de Messe. Talitha nunca o vira daquele jeito, e por um momento pensou que parte dele, afinal, se sentia realmente feliz por ser aceita numa comunidade livre, onde os femtitas não eram obrigados a servir a ninguém, a não ser à sua própria causa. Reparando na maneira amigável com que o tocavam e sentavam a seu lado, e na hostilidade com que continuavam a tratá-la, sentiu-se ainda mais sozinha.

Chegou a noite e cada um recolheu-se para dormir, a não ser um guerreiro que ficou de vigia com seu dragão.

O bosque era um contínuo rumorejar de assovios, de gritos longínquos, suspiros e chiados, e a sentinela olhava em volta sem largar a arma enquanto o dragão cheirava o ar cauteloso.

Ao alvorecer Talitha acordou de repente. Tinha adormecido, afinal, vencida pelo cansaço da viagem, e teve de render-se diante da evidência: aquela noite tinha passado sem ela conseguir coisa alguma. Saiph nem olhou para ela, continuando por sua vez a mostrar-se amigável com o pessoal, de forma que dali a pouco todos retomaram seus lugares nos barquinhos ou na garupa dos dragões, e a viagem continuou. A Talitha, parecia que o tempo corria muito mais veloz do que o normal. Ficava imaginando se já era a sexta hora, às vezes achava até que estava anoitecendo.

Quando pousaram, à noite, um dos rebeldes deu-lhe de comer, enquanto Saiph se entretinha com os demais, mais alegre do que nunca. O que estava esperando? Talitha começava a ficar nervosa e a recear que o rapaz nunca teria a coragem de libertá-la.

Enquanto todos adormeciam em seus catres, ela ficou acordada, penosamente consciente de cada segundo que passava. Então – devia faltar só uma hora para a alvorada – Saiph espreguiçou-se e se aproximou da sentinela como se quisesse dizer alguma coisa. Talitha ainda estava imaginando quais poderiam ser suas intenções quando o viu tirar de baixo da roupa um longo pedaço de madeira, com o qual golpeou o rebelde na nuca. Este caiu de cara no chão. Saiph tirou alguma coisa da mochila e a deu de comer ao dragão de vigia, que já começava a se mexer nervoso. Depois de engolir o alimento, o bicho pareceu acalmar-se.

Saiph correu então para um dos barquinhos e apanhou um longo embrulho de pano. Movia-se rápido e silencioso, justamente como aprendera a fazer no palácio de Messe. Entre as dobras do tecido alguma coisa brilhou, algo que Talitha reconheceu na mesma hora: a Espada de Verba. Ele logo se aproximou dela e começou a soltá-la sem demora.

– O que deu ao dragão? – perguntou ela enquanto ele sacava o pequeno punhal que todos os rebeldes levavam nas botas e cortava as cordas.

– Ervas soporíferas. Funcionam com minha gente, espero que tenham o mesmo efeito nele também.

Talitha já tinha as mãos livres. Só faltavam as pernas. Saiph curvou-se para também cortar as tiras que prendiam os tornozelos, quando uma sombra apareceu atrás dele e o jogou longe, fazendo-lhe soltar a faca. Era Eshar, que logo encostou a ponta do punhal no pescoço de Talitha.

Saiph levantou-se e tentou pegar a Espada de Verba, mas nesta altura o acampamento inteiro estava acordado e dois femtitas o detiveram.

– Gerner bem que me disse para ficar de olho em você – disse Eshar, de punhal ainda apontado na garganta de Talitha.

– Quem o forçou fui eu – disse ela, numa tentativa desesperada de salvar o amigo.

Eshar sacudiu a cabeça.

– De mãos e pés atados? Impossível, ele fez de sua própria vontade. Por que nos traiu, Saiph?

Saiph fitou-o nos olhos.

– Porque não merece o tratamento que estão lhe dando.

Eshar meneou de novo a cabeça. Tinha uma expressão de sincera surpresa e desgosto.

– Você é a razão pela qual muitos de nós estão aqui. Por que está nos fazendo isso?

– Eu não sou o que imaginam, nunca fui – desabafou Saiph. – Também contei a Gerner, mas não acreditou em mim. Não quis acreditar. – Olhou para os homens, que formavam um círculo à sua volta, e levantou a voz. – Nunca desejei ser seu herói. Tudo o que fiz, a fuga, até as pessoas que matei, eu fiz por ela. E nunca queimei o mosteiro de Messe, nem matei as sacerdotisas. Foi ela. Se dependesse de mim, eu ainda estaria nas cozinhas limpando o chão.

Saiph acabou de falar, e por alguns momentos todos se mantiveram calados. Então Eshar empurrou Talitha aos braços de outro rebelde para que a amarrasse de novo, e aproximou-se de Saiph.

– Sei que está mentindo para salvá-la.

– Mas por que ninguém quer acreditar em mim? – berrou Saiph, exasperado.

– Sorte sua – prosseguiu Eshar. – Porque, se fosse verdade, morreria aqui e agora. O que fez se chama traição. Mas será julgado por Gerner quando voltarmos. Enquanto isso – disse, puxando uma tira de couro do cinto para prender seus pulsos –, considere-se nosso prisioneiro também.

Naquela hora Talitha soltou um grito:

– Cilada!

E foi o caos.

13

Enquanto o rebelde amarrava de novo suas mãos e seus pés, só por mero acaso Talitha levantou os olhos ao céu, que começava a clarear nos primeiros raios do amanhecer. De início só distinguiu o perfil dos galhos escuros cercados pelas típicas folhas agulheadas. Depois vislumbrou algumas figuras estranhas, que se destacavam na folhagem dos Talareth como pequenos cachos escuros. Enquanto procurava focalizá-los melhor, lembrou o começo de sua fuga, quando ela e Saiph haviam se arrastado nos galhos mais altos da imensa árvore que encobria Messe. Ninguém, em sã consciência, jamais pensaria numa coisa como aquela. Ou, pelo menos, era o que ela achava até dar-se conta do que logo mais iria acontecer acima de suas cabeças.

Passou-se um instante, e a tranquilidade da floresta se dilacerou em uma confusão de corpos e armas.

Quatro talaritas com os uniformes da Guarda e de espadas erguidas surgiram de repente da ramagem e desceram ao chão com cordas, logo acompanhados por outros, enquanto um número indefinido de arqueiros fazia chover flechas lá de cima. Um guerreiro aterrissou exatamente atrás de Talitha e, com um movimento decidido, afundou a lâmina no ventre do femtita que a segurava. Antes mesmo que ela tivesse tempo de dar-se conta, o Guardião agarrou-a com firmeza e colocou-a nos ombros.

Os femtitas, no entanto, graças a seu sinal não haviam sido pegos de surpresa e reagiram. A batalha explodiu com extrema violência. A posição dos rebeldes não era das melhores: estavam em número inferior e, pior ainda, tinham de enfrentar guerreiros de verdade, treinados para serem mortíferos e precisos como uma arma. Eles, ao contrário, eram apenas um pequeno grupo de escravos que tentavam pôr em prática as artes do combate aprendidas ao longo de sua vida nômade, ou que transmitiam de pai para filho ao se reunirem, à noite, para dançar e brincar de guerra quando moravam na casa de algum rico patrão. Em ambos os casos, de qualquer maneira, nunca tinham tido, de fato, a oportunidade de se aventurar em um combate de verdade.

Talitha foi afastada à força do campo de batalha pelo Guardião que a tinha capturado e que continuava andando sem se importar com seus gritos, com seus pontapés e suas tentativas de mordê-lo. Enquanto ela tentava soltar-se, viu outro Guardião investir com a espada contra um rebelde que, no entanto, esquivou-se em cima da hora e só ficou ferido de raspão. Uma mancha de sangue do tamanho da mão espalhou-se no casaco do homem, mas não foi por isso que Talitha ficou impressionada: o femtita gritou de dor, como se tivesse recebido um golpe do Bastão. Aquelas que os Guardiões estavam usando não eram armas comuns: tinham fragmentos de Pedra do Ar, para machucar e debilitar os adversários.

Talitha debatia-se, desesperada, mas o Guardião a segurava com firmeza e estava a ponto de sumir com ela nas profundezas do bosque, quando um rebelde surgiu do nada e derrubou os dois. Talitha rolou de lado, e o femtita apressou-

-se a cortar as cordas que amarravam seus tornozelos. Ela nem parou para pensar no que tinha acontecido, e aproveitou o lance de sorte. Era sua chance, e não a desperdiçaria. Voltou a levantar-se com a rapidez de um raio, pulou adiante e derrubou o soldado com um poderoso pontapé na mandíbula. O homem caiu com um baque surdo e bateu a cara no chão, mas logo voltou a se pôr de pé, o nariz sangrando, e tentou segurar Talitha. Ela acertou-o com mais um pontapé, e mais outro, até vê-lo jazer imóvel. Respirou fundo e, enfim, virou-se para ver quem era seu salvador. Tinha o rosto coberto, mas o reconheceria numa multidão. Saiph.

– Solte minhas mãos, rápido – disse ofegante.

Ele obedeceu de pronto e também cortou facilmente as tiras que imobilizavam os pulsos. Ajudou-a a levantar-se e tomou o caminho que levava para longe do campo de batalha, mas Talitha desvencilhou-se.

– Não, não posso fugir – disse ao amigo.

Saiph descobriu o rosto. Estava pálido e suado.

– Ficou louca? É nossa única oportunidade!

– Não posso. Não vou abandoná-los.

– Mas sua tarefa é outra... Verba – disse Saiph, arquejando.

– Neste momento não é o que mais importa. Os soldados de meu pai vão trucidar esta gente se eu não ficar aqui para defendê-la. Conheço os Guardiões e suas técnicas melhor que qualquer um. Se quiser, pode ir embora sozinho.

Saiph ficou imóvel diante dela por alguns instantes, transtornado. Então, fitou-a decidido.

– Sua batalha também é minha, sempre – murmurou baixinho. Cobriu mais uma vez o rosto e brandiu o punhal.
– Vamos!

Talitha dirigiu-lhe um sorriso cúmplice e belicoso, e ambos voltaram para onde a batalha se desenrolava sangrenta. A Espada de Verba estava nas mãos de um talarita que ia levando a melhor sobre um rebelde. Com um berro Talitha pulou em cima dele e afundou o punhal em suas costas. O homem tombou sem um único lamento, e ela recuperou sua arma. A sensação que experimentou ao segurá-la foi algo indescritível: sentia-se novamente inteira, como se tivesse reencontrado um pedaço de si que havia muito tempo tinha perdido. Acariciou por um momento a lâmina, e fez isso com tamanho arroubo que feriu um dedo. Foi uma dor penetrante que pareceu espalhar-se pelo resto da mão, depois pelo braço inteiro, para então explodir nos olhos. Chegou a vacilar um instante diante do impacto daquelas sensações, mas logo se recuperou, evitando por um triz ser trespassada por uma flecha vinda de cima, que arranhou dolorosamente seu ombro. Levantou os olhos e viu quatro arqueiros empoleirados nos galhos. Perto deles ainda estavam penduradas as cordas usadas pelos companheiros para chegar ao solo, e não muito longe jazia a espada de um Guardião morto. Talitha apanhou-a com rapidez e se concentrou no fragmento de Pedra do Ar encastoado na ponta da lâmina. Lembrava a fórmula muito bem, e sentiu o Es remexer em seu peito até condensar-se em torno da pedra. Esticou a mão para cima, pronunciou uma palavra e deixou a energia por tanto tempo reprimida jorrar solta. Uma única labareda explodiu em volta dela, atingindo as cordas. O fogo vingou de imediato e, num instante, percorreu todas as cordas de uma só vez, como se estivessem impregnadas de algum material inflamável. Mas não se tratava de um mero fogo: era o próprio Es que ardia, mais avassalador que um incêndio, e nem mesmo a água o apagaria.

Os talaritas ficaram envolvidos pelas chamas num piscar de olhos e começaram a debater-se nos galhos do Talareth, como archotes à mercê do vento. Um deles perdeu logo o equilíbrio e estatelou-se no chão como uma tocha jogada num poço. Talitha saboreava a vitória, mas de repente sentiu-se extremamente fraca. Havia sido uma magia desgastante, que quase a levara a desmaiar de exaustão.

Por instinto, apertou a mão na empunhadura da Espada de Verba, e esta pareceu brilhar por um instante, apenas num piscar de olhos.

Enquanto isso a batalha continuava feroz. Quatro guerreiros talaritas jaziam no chão numa poça de sangue, com um rebelde. Ao mesmo tempo, mais cinco ainda se empenhavam na luta com todas as suas forças.

Talitha jogou-se em cima do guerreiro mais próximo e o pegou de surpresa, acertando-o com um amplo corte horizontal. Logo que a lâmina penetrou a carne do Guardião, sentiu de novo o choque que experimentara antes, só que muito mais forte. Foi coisa de um momento, mas um momento de dor absoluta. Não se tratava do mero contragolpe do ataque, era sofrimento de verdade, tanto assim que acreditou ter sido ferida. Mas, tão repentina como apareceu, a dor sumiu enquanto o adversário tombava. Talitha ficou imóvel diante do corpo do homem que acabava de matar. Sentia-se cada vez mais confusa.

O que está acontecendo comigo?

Não teve tempo de ponderar o assunto, pois dois Guardiões acossaram-na brandindo pesadas espadas. Com uma série de movimentos incrivelmente rápidos, Talitha parou os fendentes deles que procuravam atingi-la de todos os lados. Depois tentou abrir a guarda e atacou com um corte horizontal, que feriu de raspão um deles. Mais dor, como se a arma estivesse rasgando sua própria carne e não a do inimigo. Passou num piscar de olhos, mas foi mais uma vez terrível. Mesmo assim, quanto mais dor sentia, mais suas forças pareciam multiplicar-se.

O outro Guardião estava a ponto de atacá-la, mas ela, com uma ofensiva extremamente precisa, trespassou os dois. Ambos os guerreiros esbugalharam os olhos, incrédulos diante do prodígio levado a efeito por aquela jovem, antes de caírem ao chão sem vida. Talitha teve de agachar-se, aos gritos, tomada por uma dor excruciante. Achou que ia morrer. Então, de repente, a dor sumiu. Estava transtornada, mas se levantou e ficou olhando pasma os dois homens mortos. Como tinha conseguido matá-los daquele jeito? Nem mesmo em seus melhores combates chegara perto de uma perfeição como aquela.

Estava a ponto de virar-se e voltar à luta, quando outro Guardião surgiu à sua frente. Mas, justamente quando ia desferir o golpe nela, ficou parado no ar. Abriu a boca num grito mudo e tombou no chão.

Atrás dele estava Saiph, ainda com o punhal na mão.

– Tudo bem? – perguntou aflito.

Talitha assentiu, olhando para a espada.

– Tudo, mas...

Interrompeu-se, atraída por um grito. Vinha de um talarita, um rapaz só um pouco mais velho que ela, que ao ver que ficara sozinho largou a espada e se ajoelhou levantando as mãos em sinal de rendição.

– Eu me rendo, eu me rendo! – berrou. Seu rosto estava marcado pelo mais absoluto terror. À Talitha pareceu ainda mais jovem do que devia ser, nada mais que um garoto jogado na guerra. Os quatro femtitas sobreviventes cercavam-no olhando para ele com desdém. Um deles, por trás, levantou a espada.

– Por favor, estou desarmado, eu suplico! – choramingou o rapaz, de olhos fechados e rosto pálido, molhado de suor.

O rebelde estava a ponto de desferir o golpe, mas Talitha segurou seu braço e, com delicadeza, o deteve. O jovem apoiou as mãos no chão, de quatro, ofegante e perdido entre o medo e o alívio por ainda estar vivo.

Talitha achou que se parecia com Saiph depois do castigo do Bastão. Sua raiva desapareceu, junto à sede de sangue que a arrebatara durante o combate.

– Vou poupar sua vida – disse.

O rapaz levantou a cabeça, com um sorriso confuso estampado no rosto.

Ela encostou a ponta da espada em sua garganta.

– Deixo-o livre para que possa contar a meu pai o que aconteceu. Diga-lhe que nunca mais procure por mim, se não quiser que muito mais sangue seja derramado. E, agora, pode ir.

O jovem levantou de um pulo, tropeçou, então saiu correndo o mais rápido que podia até desaparecer entre as árvores do bosque.

Por alguns momentos a clareira foi tomada por um silêncio estupefato.

Em seguida, um dos rebeldes se adiantou e parou na frente de Talitha com ar desafiador.

– Percebe o que acaba de fazer? Não cabe a você decidir acerca da vida dos prisioneiros! Nem deveria estar livre, ainda mais segurando uma espada! – gritou estremecendo de raiva.

Talitha não reagiu, mas Eshar botou a mão no ombro do companheiro.

– Modere-se, Thres – disse com calma.

– Mas ela... não pode fazer uma coisa destas – protestou o outro arreganhando os dentes. Mesmo assim não se atreveu a bater de frente com Eshar. Talitha percebeu que aquele femtita exercia algum tipo de autoridade sobre o grupo dos rebeldes.

Ele fitou-a, sério.

– Demonstrou ser uma valente guerreira, lutou a nosso lado, e por isso não precisa continuar amarrada. Mas lhe peço que baixe a espada – disse ele.

– Não. Ela nunca mais deixará minha mão, a partir de agora.

– Não pode ficar com ela.

– Já viram o que ela é capaz de fazer. Acho melhor vocês não me desafiarem.

– Então tem de dar sua palavra de honra que não a usará contra nenhum de meus irmãos.

– Confia em minha palavra agora? Na palavra de uma talarita asquerosa?

Eshar não replicou. Via-se claramente que enfrentava uma luta dentro de si mesmo. Dava-se conta daquilo que Talitha tinha feito por sua gente, mas o ódio que acumulara contra sua raça ainda ardia em sua alma.

Diante de seu silêncio, Talitha pareceu acalmar-se.

– Dou-lhe minha palavra: se não for atacada, não a usarei. Mas se tentarem me aprisionar de novo, serei forçada a me defender, ainda que isso não seja meu desejo. Então, vamos voltar ao vilarejo?

– Que assim seja – concedeu Eshar.

– Ótimo. Espero que agora, pelo menos, o chefe de vocês esteja disposto a me ouvir.

14

— Falso e traiçoeiro como todos os talaritas. O que mais podíamos esperar de Megassa? – trovejou Gerner.

Eshar estava de pé diante dele, na sala das reuniões, com as roupas ainda manchadas do sangue da batalha.

– Tudo aconteceu de repente. As tropas do conde estavam esperando por nós.

– Perdemos homens à toa. Não podemos nos dar a esse luxo.

– Teríamos perdido muitos mais, não fosse pela talarita.

Gerner ficou andando de um lado para outro da sala.

– Já soube. Não se fala de outra coisa no acampamento.

– Poderia ter fugido, mas escolheu ficar e lutar a nosso lado... – insistiu Eshar. – Se me for permitido expressar minha opinião, é um gesto que não deveríamos subestimar.

Gerner fitou-o.

– Está por acaso sugerindo que deveríamos confiar nela? – disse com dureza.

– Estou dizendo que arriscou a vida para combater do nosso lado. O valor merece um prêmio.

O chefe femtita ficou pensativo por alguns instantes.

– Você é um dos homens em quem mais confio, e sabe que levo a sério suas opiniões. Sim, talvez haja alguma verdade no que diz. A talarita me surpreendeu, não posso negar. Demonstrou dar mais peso à nossa causa do que a seus devaneios sobre aquele herege... Mas não podemos confiar completamente nela.

– Concordo. Mas acho que merece um tratamento melhor, depois do que fez – rebateu Eshar.

– Está certo – concedeu Gerner. – Ficará conosco e não será mais tratada como uma prisioneira. Uma espada a mais até ajuda. Mesmo assim, não poderá ficar a par de nossas estratégias.

Eshar já ia se despedindo quando Gerner o deteve com um gesto.

– E não se esqueça: quero que continuem de olho nela – disse. – Agora pode ir.

Eshar relatou o resultado do encontro a Talitha, ainda magoada porque o chefe não aceitara recebê-la pessoalmente. Depois Gerner mandou chamar Saiph, enquanto ela se instalava numa das cabanas vazias e tirava as roupas sujas e rasgadas para vestir as dos rebeldes, trazidas por uma femtita, que ficou olhando cheia de curiosidade.

Saiph chegou uma hora mais tarde com uma tigela de verduras.

– Amanhã vou preparar um prato de carne para você – disse. – Hoje, no entanto, só tem isso.

– Como foi com Gerner?

– Diz que preciso combater ao lado dele, e mostrar mais entusiasmo pela guerra.

– Por que não lhe mostrou que sente dor? Todos se jogariam a seus pés, e aí nada mais de punições e ameaças.

– Sabe muito bem por que não faço isso.

Talitha esticou-se no catre e olhou para ele, apoiando a cabeça na mão.

– Não, para dizer a verdade, não sei. Você poderia convencê-los a fazer o que bem quisesse, poderia até acabar com esta guerra, uma vez que a odeia tanto.

– Isso não a deteria, acho até que a tornaria mais violenta; eu me tornaria um ídolo, em nome do qual os femtitas continuariam a derramar sangue para conquistar a liberdade. Não quero ser nada disto. E de qualquer maneira Gerner deixou bem claro: meu papel é ser o herói de que os femtitas precisam, só isso. De outra forma, ainda que eu fosse o messias, cortaria minha cabeça.

– Nunca. Não lhe traria qualquer vantagem: você é importante demais para ele.

– Não é bem assim. Se eu tentasse rebelar-me, poderia eliminar-me e fingir que morri em combate. E então me tornaria um símbolo ainda mais forte: um mártir a ser vingado.

– Mas se soubesse que você é o messias, não se atreveria, não teria a coragem...

– Como herói, já provoquei rios de sangue... imagine só como messias, então.

– É sangue necessário, Saiph.

– Você já sabe, não acredito na guerra.

Talitha espichou-se na cama tosca. Desde que demonstrara seu valor no campo de batalha, sentia-se exatamente onde queria estar, como se enfim tivesse voltado para casa.

– Temos que dar um jeito de tingir meus cabelos de novo – disse baixinho, quando os dois já estavam no escuro.

– Acha realmente importante? – perguntou Saiph. – Todos já sabem quem você é.

– Não faço isso por eles, faço por mim. Esta cabeleira assinala minha estirpe, e quero evitar qualquer coisa que me lembre dela.

– Como quiser – disse ele, condescendente. – Amanhã vou ver se encontro as ervas necessárias.

– E mais uma coisa... aconteceu algo muito estranho comigo enquanto lutava – prosseguiu Talitha.

– O que foi?

– A espada. Quando matei os Guardiões... experimentei sensações horríveis. – Saiph ficou logo atento. Ela contou da dor que sentira quando a espada penetrava a carne dos talaritas.

Ele pareceu preocupado.

– Sem dúvida alguma é magia – disse.

– Não a que eu conheço, no entanto – replicou Talitha. – Para operar magias é preciso estar em contato com a Pedra do Ar.

– Talvez fosse um sortilégio imposto às armas, ou às roupas deles...

– Não, eu teria percebido. Foi a primeira coisa que a irmã Pelei me ensinou. Foi dor de um instante, uma coisa que não sei explicar. Era como se... bem, como se eu *sentisse* na pele a dor daqueles homens. Como se eu tivesse sido ferida, mas nada me atingira. Nenhum sinal visível, pelo menos.

Saiph ficou um bom tempo em silêncio, pensando.

– Talvez seja a espada – disse afinal.

– Como assim?

– Sabemos muito pouco da Espada de Verba. Ele só nos contou que a forjou com suas próprias mãos, mas sabe-se lá qual foi o material que usou.

– A irmã Pelei me disse que Verba impôs nela um encanto que lhe conferiu poderes extraordinários e que ninguém jamais entendeu de que metal ela é feita. Mas nunca tive problemas com ela antes.

– Alguma coisa mudou, enquanto isso?

Talitha revistou os acontecimentos mais recentes. Haviam acontecido muitas coisas desde a última vez que a usara para matar alguém. Verba tocara nela, os femtitas também...

– Eu me cortei com ela – disse de súbito.

– Como aconteceu?

– Quando a recuperei, depois de matar o talarita que a empunhava, estava tão contente que acariciei a lâmina e, por engano, cortei o dedo. Foi a partir daí que fiquei sentindo toda aquela dor...

– Algumas antigas magias requerem o sangue, dizia minha mãe. O único que poderia dar uma resposta é Verba.

– Temos que recomeçar nossa busca por ele, eu sei – disse Talitha. – Mas os rebeldes precisam de nós.

– Cétus está ficando cada vez maior... não vai ficar parado à espera de ganharmos a guerra. O único jeito é a gente ir embora às escondidas.

– Por quê? Eu não sou mais uma prisioneira.

– Mas não confiam plenamente em você. Precisaria, antes, convencê-los de que não contará a ninguém onde fica o esconderijo deles e como se organizam. E, acredite, nunca iriam acreditar em você. Sem falarmos de mim: não têm intenção alguma de deixar-me partir.

– Encontraremos um jeito – disse ela, cansada.

– Teremos de dar um tempo. Precisamos esperar que as coisas se acalmem.

– Até que gosto de ficar aqui.

– É mesmo? – perguntou Saiph.

– Pela primeira vez, sinto-me no lugar certo.
– Se Cétus explodir, não haverá mais lugar algum, nem certo nem errado.
Talitha bufou.
– E então continue decifrando o diário, seu espírito de porco. Assim saberemos para onde ir.
Saiph pegou o diário e se aninhou num canto. Na fraca luz de uma vela recomeçou a traduzir penosamente as palavras de Verba.

Segunda Parte

15

Enquanto esperava a hora certa para sair de lá, Talitha fez o possível para não chamar a atenção. Comia com os rebeldes, usava as mesmas roupas deles e ajudava com as tarefas do acampamento. Por mais que se esforçasse, porém, ninguém confiava nela completamente, e ninguém gostaria de tê-la a seu lado num combate. Não só porque era talarita, mas também porque era mulher. Para Talitha tratava-se de uma regra incomum, porque entre os talaritas o combate não era uma atividade exclusiva para homens. Sim, claro, as mulheres que se alistavam na Guarda eram por regra das classes mais baixas da população, destinadas a trabalhos nas cidades antes que a verdadeiras operações bélicas, mas não havia nada de estranho numa mulher empunhando uma espada. Para os femtitas, contudo, as coisas eram bem diferentes. As mulheres, em Sesshas Enar, não podiam combater. Os punhais de que eram providas serviam principalmente para a autodefesa, e suas obrigações no acampamento limitavam-se a preparar a comida para os homens, a limpar as armas e a cuidar de tarefas que pouco tinham a ver com a batalha: trabalhar como espiãs ou estafetas, manter os contatos com outros grupos. Sendo assim, todos olhavam com reprovação para a grande espada presa à cintura da jovem talarita.

Naqueles dias de liberdade no vilarejo, Talitha teve a chance de observar mais de perto os hábitos dos rebeldes.

Apesar de seu limitado conhecimento sobre as estratégias militares, compreendeu que eles tinham aprendido a se organizar usando da melhor forma possível os parcos recursos de que dispunham. Os dragões, por exemplo: o Bosque da Proibição era povoado pelas mais variadas espécies, de todas as formas e tamanhos. Havia uns parecidos com aqueles que ela estava acostumada a ver em Talária, mas também havia outros pequeninos, voadores ou terrestres e, como tinha tido a oportunidade de ver ao sobrevoar a floresta, alguns até viviam nas águas ácidas dos lagos.

Uma espécie, em particular, chamara sua atenção: os emipiros. Eram do tamanho da mão, pretos, com grandes asas de uma maravilhosa cor azul-cobalto, e uma cabeça fina provida de um bico pontudo. Não tinham patas anteriores, mas as de trás eram fortes e bem desenvolvidas, enquanto as asas, abertas, ficavam esticadas entre longos dedos armados de garras. Sua característica principal era a extraordinária velocidade no voo. Nenhum dragão em toda a Talária podia igualar-se a eles na rapidez e na resistência com que enfrentavam distâncias tão longas: eram incansáveis e sabiam alcançar lugares longínquos com incrível precisão.

Era por isso que os rebeldes os usavam como mensageiros: toda vez que era preciso entrar em contato com alguém, prendiam a mensagem, rigorosamente codificada, à pata de um emipiro, e depois o soltavam. Se a distância fosse inferior a um dia de voo, o dragão seguia até o lugar de destino. Se a distância fosse maior, havia entrepostos ao longo do percurso onde os emipiros cansados eram substituídos por outros que continuavam a viagem. Era um sistema de comunicação rápido e infalível, graças ao qual a rebelião mantinha-se compacta e sempre a par do que estava acontecendo.

Saiph, enquanto isso, levava adiante sua tarefa de decodificação do diário de Verba. Ao ler aquelas páginas, descobria um espírito congenial, alguém que, como ele, desprezava a guerra. Mas enquanto este desprezo nascia nele de forma instintiva, por ter visto apenas o reflexo dela no modo em que os talaritas tratavam os femtitas, Verba aprendera a odiar a chacina depois dos inúmeros combates que tinha enfrentado. Passara anos sem se poupar, indo de um campo de batalha para outro, até o dia em que percebera com clareza que a ferocidade da guerra apagara por completo os limites entre o certo e o errado.

Quanto mais lia, mais Saiph ficava convencido de que o herege realmente sabia alguma coisa a respeito de Cétus e Miraval. Havia constantes referências a uma antiga catástrofe, e anotações acerca do clima e da luminosidade dos sóis e sobre os efeitos que isso provocava no planeta.

Naquela tarde caiu uma chuva estranha e avermelhada, tão intensa que os caminhos de terra batida do acampamento logo se transformaram em verdadeiros rios.

– Precisamos agir sem demora – murmurou Saiph depois de dar uma olhada fora da choupana. Nunca tinha visto gotas tão grandes.

Talitha anuiu.

– Eu sei, mas estão nos vigiando. Não daríamos nem dez passos antes de sermos detidos. E não é minha intenção matar um semelhante seu.

Enquanto olhavam o céu, que derramava neles aquela chuvarada perturbadora, um rebelde veio anunciar que Gerner tinha convocado Talitha. Ela ficou surpresa. Desde que lutara ao lado dos femtitas na emboscada, o chefe nunca quisera falar com ela em pessoa.

Estava esperando na sala das reuniões, de expressão tensa.

– Preciso de sua ajuda – disse.

Talitha dirigiu-lhe um olhar interrogativo.

– Minha ajuda?

– Isso mesmo. Em combate – explicou Gerner.

Ela não podia acreditar no que ouvia.

– Pensei que não confiava o bastante em mim para deixar-me lutar a seu lado – replicou.

– Vejo-me forçado a fazer isso.

Gerner contou o que tinha acontecido aos escravos de uma pequena mina no extremo norte do Reino do Inverno. Haviam tentado rebelar-se, mas foram derrotados e aprisionados. A execução aconteceria dali a dois dias, justamente o tempo necessário para eles chegarem ao local.

– Não vai ser fácil, e não tenho tempo para mandar buscar reforços em outros acampamentos. Preciso de qualquer um que possa ajudar na batalha. É por isso que lhe peço para juntar-se à expedição.

Talitha achou que o coração iria explodir no peito. Sabia que sua tarefa era outra, mas fremia só de pensar em participar de uma verdadeira operação de guerra. Era o que sempre desejara: lutar ao lado dos rebeldes, como uma deles. Escondeu o entusiasmo com um sinal de assentimento.

– Darei meu melhor.

– Espero não me arrepender – disse Gerner, fitando-a com algum ceticismo. – É sua oportunidade de provar que é o que afirma ser. Não me decepcione.

– Não o decepcionarei – respondeu Talitha.
– Pode ir – dispensou-a Gerner. – Dias difíceis esperam por nós.

Saiph assistia impotente aos preparativos da partida.

Enquanto amolava a espada e juntava aquilo de que precisaria na batalha, Talitha tinha uma luz nos olhos que o deixava preocupado. O punhal dela, o que ficaria na bota, brilhava em cima da mesa, tinindo.

– Estamos perdendo tempo, Talitha, deveríamos já estar viajando, à procura de Verba – procurou convencê-la. – Pelos seus escritos, acho que descobri onde pode estar. Por que arriscar sua vida justamente agora?

– Como enfim Gerner mostrou confiar em mim, não posso traí-lo – respondeu ela sem tirar os olhos da espada. – E além do mais não quero abandonar uns femtitas inocentes que poderão ser massacrados. Não fiz isso antes, e não farei agora. Temos de adiar a partida. Depois da missão, confiarão em mim, e tudo será mais fácil.

– Desse jeito, nunca sairemos daqui – protestou Saiph. – A guerra entre os rebeldes e os talaritas não vai acabar com este combate, e sempre haverá um bom motivo para você ajudá-los. Mas não é só por isso, não é verdade? O que a atrai é o próprio chamado da batalha.

Talitha parou de amolar a lâmina e virou-se para ele com expressão dura.

– Talvez. Parte de mim é assim mesmo, e você sabe disso. Mas o que realmente importa é que quero ficar do lado de quem está certo, nada mais. E, depois, neste caso, a coisa também nos ajudará em nossa missão.

– Mas se algo lhe acontecer não haverá mais missão alguma.

– Nada vai me acontecer. E você lutará a meu lado, não é?
Saiph concordou.
– Não fará muita diferença...
– Só depende de você – disse ela dando uma última passada na espada com a pedra de afiar.

Saiph pegou as botas de Talitha, jogadas num canto, e colocou-as direitinho ao lado da cama, conformado. Se não podia detê-la, disse a si mesmo, pelo menos faria o possível para protegê-la mais uma vez.

A viagem para a mina do Reino do Inverno durou dois dias. Não pararam nem de madrugada, mesmo correndo o risco de cansar demais os dragões. Haviam sido reunidos todos os guerreiros do vilarejo, trinta pessoas ao todo, incluindo Gerner.

Ao alvorecer do terceiro dia avistaram a meta: era um vilarejo em ruínas, com as cabanas arrasadas e consumidas pelo fogo, embaixo de um Talareth magro e doentio. Tudo estava pronto para a execução. Talitha podia entrever o brilho azulado dos Bastões e uns vinte femtitas, que se apertavam uns aos outros, amedrontados e cercados por pelo menos o dobro de guerreiros talaritas. Não havia tempo para planejar qualquer ação, nem de tomar posição. Desceram, apressados, no vilarejo com seus dragões, e a guerra explodiu.

Talitha deixou-se dominar pela fúria. Tudo era incrivelmente parecido com aquilo que acontecera em Orea, até o cheiro do fogo que queimava as casas e seus habitantes. As lembranças da aldeia destruída pelo pai sobrepuseram-se às imagens da batalha e desencadearam nela uma raiva irrefreável. Berrou a plenos pulmões, alucinada, desembainhou a espada e começou a lutar.

Um Guardião correu para ela brandindo uma maça de ferro, mas ela foi rápida e trespassou seu braço com a espada. Na mesma hora em que o adversário caía ao chão, sentiu em todo o corpo uma fisgada de dor. Era a mesma sensação terrível que experimentara ao matar os talaritas durante a cilada. Ainda assim, embora excruciante, a dor não impedia que vibrasse golpes mortíferos. Era como se fosse, aliás, um aspecto natural da guerra, que a impelia a golpear cada vez mais, numa espécie de incontrolável desejo de ferir e ser ferida, de infligir dor e de senti-la na própria carne.

Isso é que é combater de verdade, isso é que é guerra, disse a si mesma, e não teve receio do arrebatamento que agitava seu peito.

Aquela gente merecia pagar por cada femtita que tinha matado, e o fato de sofrer toda vez que acertava o inimigo com a espada absolvia-a do que estava fazendo. Haviam ficado bem longe os escrúpulos que a torturaram da primeira vez que tirara a vida de um homem; tinha a impressão de ter-se tornado uma pessoa completamente diferente.

Naquela época não fazia isso por uma finalidade mais alta, mas agora sim, pensou enquanto a batalha prosseguia furiosa à sua volta.

Saiph lutava a seu lado, limitando-se apenas a protegê-la. Nunca a perdia de vista e, sem ela perceber, duas vezes tirou do caminho um Guardião que poderia atacá-la por trás.

Depois de deixar fora de combate mais um adversário com alguns habilidosos golpes, Talitha se viu de repente no meio de uma clareira sem inimigos por perto. O cheiro de sangue, cinzas e morte era tão intenso que chegava a enjoar. Estava ofegante, e toda a dor experimentada durante o combate atingiu-a de uma só vez.

– Você está bem? – perguntou Saiph. Viu tornar-se ainda mais intensa a luz perturbadora que já percebera nos olhos dela. Nunca sentira a amiga tão distante, devorada por um fogo que a tornava horrivelmente parecida com qualquer guerreiro que lutasse para matar.

– O que importa é que vencemos – respondeu ela.

Em volta, muitos corpos jaziam sem vida no chão, em sua maioria Guardiões. Os prisioneiros femtitas haviam sido libertados e Gerner, com os companheiros, procurava informar-se sobre as condições deles.

Foi então que Talitha se deu conta do ferimento de Saiph. O braço esquerdo tinha um longo corte vermelho do qual o sangue ainda escorria.

– Você foi atingido – disse ela.

O rapaz anuiu, preocupado.

– Preciso encontrar um jeito de fazer uma atadura sem eles descobrirem, pois do contrário vão entender logo que sinto dor.

Como se tivesse ouvido suas palavras, naquela mesma hora um Curandeiro se aproximou.

– Está com um corte feio, Saiph – disse com deferência. – Deixe-me cuidar dele.

Cada grupo femtita sempre tinha nas próprias fileiras alguém que sabia curar as feridas, mas se tratava de tratamentos tradicionais, que não recorriam à magia e, portanto, quase sempre muito menos eficazes do que os das sacerdotisas.

– Não passa de um arranhão – minimizou ele.

– Precisamos pelo menos limpá-lo, pois do contrário irá infeccionar.

Antes que se opusesse, o Curandeiro segurou seu braço e passou um pano na ferida em gestos grosseiros.

Saiph esforçou-se ao máximo para manter-se impassível, mas a dor foi imediata e extremamente intensa.

— Deixe comigo — interveio Talitha, vendo que o amigo cerrava os dentes.

— É meu trabalho... — protestou o Curandeiro.

Talitha apanhou uma espada talarita largada no chão e, com o punhal, tirou o fragmento de Pedra do Ar encastoado na lâmina.

— O meu também. Magia, está lembrado? — disse apertando o cristal entre os dedos.

O Curandeiro meneou a cabeça e se afastou.

— Obrigado — murmurou Saiph enquanto ela aplicava em seu braço um leve encanto.

— Mais cedo ou mais tarde terá de contar a verdade — ciciou em seus ouvidos, bem baixinho para não ser ouvida pelos demais femtitas.

— Não será necessário, se formos embora conforme combinamos — respondeu Saiph. — Precisamos aproveitar esta batalha. Uma vez de volta ao vilarejo, irão comemorar a vitória e a festança durará a noite inteira. É a oportunidade que estávamos esperando. Já decifrei uma boa parte do diário, e acredito saber de um possível refúgio de Verba.

Saiph voltou a ver a hesitação nos olhos da amiga.

— Mas não pode ter certeza — objetou Talitha.

— Não, não posso. Mas nunca vou sentir-me mais seguro do que agora. E tampouco creio que teremos outra ocasião tão boa nos próximos dias. Você mesma viu os sinais... A missão não pode esperar.

Ela concordou, pensativa e triste.

— Você está certo — disse. — A missão não pode esperar. Mas eu tampouco posso abandonar seus irmãos. Não agora.

Ele estava pasmo.

– Mas do que está falando?

– Saiph... eles são poucos e não estão bem equipados. Precisam de qualquer um que saiba lutar, foi o que o próprio Gerner disse. E, além do mais, eu estive na Guarda, posso fornecer informações que de outra forma eles nunca conseguiriam... E tenho a magia. Cuidei de você, poderia cuidar de todos os outros muito melhor do que qualquer femtita. Saiph, que sentido terá salvar este mundo se os rebeldes forem derrotados, se continuar havendo sofrimento, morte e escravidão?

– Mas, Talitha, poderemos lutar depois.

– Não! Se os rebeldes forem derrotados, levará séculos antes que uma nova revolta possa amadurecer. É agora mesmo que eles precisam de minha ajuda, não está entendendo? Não posso virar-lhes as costas. Não depois daquilo que minha gente fez com eles.

– E o que faremos, então? – perguntou Saiph. – Quem irá procurar Verba?

Talitha fitou-o.

– Você – disse.

16

Na noite em que voltaram a Sesshas Enar, como Saiph tinha previsto, houve uma grande festa, e os méritos de Talitha foram louvados diante de todos. Ela reparou em olhares menos hostis e, em alguns casos, até cheios de admiração, mesmo por parte das mulheres.

Quando todos se recolheram para dormir, Gerner chamou-a para um canto e sacou de um bolso interno da túnica uma pequena ampola de vidro, que continha um líquido branco.

– Saiph me contou que tingir os cabelos é uma coisa importante para você. Aqui está, com isso poderá continuar a pintá-los.

Talitha segurou a ampola como se fosse a mais preciosa das relíquias. Não era tanto pelo conteúdo, mas pelo sentido simbólico daquele gesto. Era um atestado de consideração, uma prova de que Gerner, agora, via nela uma aliada.

– Não deve ter sido fácil encontrá-la – disse comovida.

– Temos nossos sistemas – respondeu ele, recuperando o ar distante. – E, de qualquer maneira, você mereceu.

Talitha experimentou uma sensação reconfortante que se espalhava pelo peito. Enfim fazia parte da comunidade, e até na atitude ríspida e arisca de Gerner percebeu um vislumbre de autêntica gratidão.

Depois de despedir-se, foi logo à nascente e aplicou a compressa nos cabelos. Quando voltou à cabana encontrou Saiph, que já estava aprontando suas coisas, e só então se deu conta daquilo que estava a ponto de acontecer. Seu companheiro de viagem, seu amigo de sempre, iria partir sem ela. Depois de tantas aventuras, seus caminhos estavam prestes a separar-se. De repente, toda a alegria experimentada durante os festejos desapareceu.

– Talvez você possa esperar mais uns dias... – disse.

– Não faria sentido – respondeu Saiph. – Não sei por quanto tempo terei de viajar para encontrar Verba. E, além do mais, esconder o fato de que sinto dor está se tornando cada vez mais difícil. Receio que alguém já desconfie de alguma coisa. Todo dia acontecem situações que me forçariam a gemer, é um risco que não quero correr. Mas você ainda pode vir comigo, como tínhamos planejado – acrescentou encarando-a.

Talitha suspirou.

– Não, Saiph. Tomei minha decisão. Meu lugar é aqui, agora.

– Tinha decidido outra coisa, quando fugimos do mosteiro, está lembrada? Quando resolveu seguir a vontade de sua irmã.

– Sei que ela também preferiria que eu ficasse aqui, ajudando seus semelhantes.

Saiph pareceu estar pensando em alguma coisa que não disse.

– Às vezes me pergunto se você faz isso por nós ou por você mesma – murmurou afinal.

– Que bobagem é essa? – reagiu Talitha, ofendida.

– Está tão ansiosa em vingar-se de seu pai que está disposta a esquecer o que acontecerá com todos nós.

– O que *talvez* aconteça.

– Está duvidando agora?

– Não, não tenho dúvidas. Só quero dizer que poderia acontecer daqui a cem anos, ou mil, pelas informações que temos, enquanto a guerra pela libertação de sua gente está ocorrendo hoje. Eu desempenharei o papel que me cabe aqui, enquanto você continuará no encalço de Verba. E se tiver algum problema... eu acudirei. Manteremos contato com os emipiros. – Cortou com o punhal um pedaço do cobertor com que se agasalhava e entregou-o ao amigo. – Aqui está, poderá dar a um dos bichinhos que encontrará no caminho para que cheire, de forma que possa voar até mim e trazer suas mensagens.

Saiph pegou o pano sem fazer comentários, enquanto uma sensação pungente inundava seu peito. Estava abandonando Talitha a seu destino, a jovem que sempre protegera e pela qual estava disposto a sacrificar sua vida. Estava a ponto de deixá-la sozinha, combatendo contra um exército. Teve vontade de ficar, de mandar tudo às favas, pois para ficar ao lado dela aceitaria até queimar sob os raios de Cétus. Mas não podia.

Talitha segurou a mão dele.

– Já decidiu para onde ir?

– Os diários falam de um refúgio cavado em uma montanha, numa parte do Bosque da Proibição que deveria ficar muito para o norte, pelo que pude deduzir a partir de suas anotações sobre o clima. Foi lá que ele lutou, e é o lugar para onde provavelmente voltou.

– Cuide-se lá fora, seu escravo bobo – tentou brincar Talitha.

– Sabe muito bem que é a coisa em que me saio melhor – respondeu ele. Botou o alforje a tiracolo e entreabriu a porta.

Um guarda estava sempre de vigia não muito longe da cabana deles: seria preciso recorrer a algum estratagema para não ter de lutar e permitir que Saiph partisse sem ninguém reparar.

Talitha segurou o fragmento de Pedra do Ar recuperado na batalha nas minas, que havia transformado num pingente, e infundiu nele o Es. Logo que o pequeno cristal emitiu uma leve luminescência no escuro, a jovem saiu do barraco, aproximou-se da sentinela femtita e o pegou de surpresa. Tampou sua boca e pronunciou um encanto para adormecê-lo. O homem caiu ao chão sem um único lamento.

– Vai, corra! Só vai durar um momento.

Saiph olhou para ela, e achou que os olhos da amiga estavam úmidos.

– Cuide-se, você também.

Talitha nada disse. O nó que sentia na garganta não a deixava falar. Limitou-se a acenar com a cabeça e deixou Saiph partir. Sozinho, na noite.

Quando Gerner, como todas as manhãs, convocou os rebeldes no meio do acampamento, reparou de pronto na ausência de Saiph.

Com uma desculpa, levou Talitha para um canto para falar com ela em particular.

Ao ficar diante dele, a jovem quase ficou com medo. Nunca o tinha visto tão furioso e preocupado.

– Para onde Saiph foi? Por que não o deteve? – trovejou, com o rosto vermelho de raiva.

– Porque Saiph tem o direito de ir aonde bem quiser – rebateu Talitha. – Partiu em busca de Verba, mas ignoro a direção que tomou. Estava decifrando o diário do homem, e não me revelou onde ficava seu esconderijo. E, de qualquer maneira, não esqueça que está fazendo isso para nós também. Sacrificou-se, deixando-me ficar para lutar com vocês.

– Saiph é nosso símbolo, não podemos permitir que algo lhe aconteça. É o homem que deu a partida à revolta!

– Mas não é isso que ele queria ser, e você tem de respeitar sua vontade – afirmou Talitha.

Gerner deu as costas, tentando controlar-se, com os ombros frementes de raiva. Quando voltou a virar-se para ela já estava mais calmo.

– Ninguém deve saber, está me entendendo?

Talitha anuiu.

– Oficialmente, Saiph está numa missão por minha conta.

– Se isso servir para não desanimar os homens, é a melhor solução – comentou ela.

– Mas pelo menos você procure mostrar serviço. Irá explorar o bosque com Eshar: depois da batalha nas minas, os talaritas estão multiplicando os esforços para nos encontrar.

– Farei o que está me pedindo.

– Assim espero – disse Gerner, enfastiado. – E, se acabar descobrindo que sabe onde Saiph está, aconselho que recite suas últimas orações a Mira.

Talitha afastou-se satisfeita com o resultado do encontro. O chefe femtita estava realmente furioso e, por um momento, ela receara que a mandasse prender de novo, mas também sabia que para manter seu prestígio entre os homens e não desanimá-los não podia contar a verdade sobre Saiph.

Encontrou Eshar nos estábulos dos dragões. Estava cuidando dos arreios, depois de ter dado de comer ao animal que iria sobrevoar com eles o Bosque da Proibição. Era um majestoso espécime de pescoço fino e comprido, de pele com um leve tom de azul, a cor mais oportuna para eles passarem despercebidos.

Na garupa do dragão, segurando Eshar, Talitha sentiu-se feliz. Dominar a paisagem chispando a toda a velocidade no céu era uma experiência inebriante.

Sobrevoaram o Bosque da Proibição até o fim da tarde, mas não viram qualquer sinal das tropas de Megassa.

Enquanto mandavam o dragão mudar de direção para voltar ao acampamento, vislumbraram uma grande nuvem branca no horizonte. Talitha teve um estremecimento de medo, e Eshar confirmou seus temores.

– É a fera de neve – disse. – E do jeito que se mexe deve ter capturado alguma presa.

– Precisamos intervir – exclamou Talitha sem a menor hesitação. – Está com aquele instrumento musical que amansa os monstros?

– Claro, mas para usá-lo é preciso tomar todo o cuidado. Para que a fera ouça o som temos de ficar bem perto e, se não formos rápidos, sempre há o risco de que se levante e nos derrube.

– Vamos logo, então – Talitha o exortou. – Pode ser um escravo foragido que está tentando juntar-se a nós, ou talvez um inimigo, mas de qualquer maneira vale a pena averiguar, não acha? – O que ela não disse é que receava tratar-se de Saiph. Amaldiçoou a si mesma por tê-lo deixado partir sozinho, e levou automaticamente a mão à empunhadura da espada, pronta a lutar.

Eshar concordou e começou a descer rápido. Logo que considerou estar a uma distância conveniente, pegou a ulika e encostou-a aos lábios para tocar a melodia.

Mas a fera, como ele receara, percebeu sua presença e, como um raio, empinou-se no ar transformando-se num turbilhão arrasador. Eshar acabou soltando o instrumento, que caiu no chão com um leve baque. Estavam perdidos.

Talitha procurou controlar o medo e segurou o pingente de Pedra do Ar que lhe cingia o pescoço: evocou um encanto que envolveu em chamas o corpo do monstro, e a neve esfarelada que ia se coagulando em volta do dragão recuou na mesma hora, como que assustada.

Foi coisa de um momento, e o cúmulo branco em que a criatura se transformara voltou a assumir as feições da fera. Tornara-se uma gigantesca coluna cândida que subia espiralada para o céu, escancarando uma enorme boca cintilante. Iria fechar-se em cima deles, mas Talitha reagiu com rapidez: impôs a chama à lâmina, esticou-se o máximo possível e infligiu um golpe que abriu um grande buraco no corpo do monstro, fazendo-o cambalear.

Eshar não perdeu tempo e, aproveitando a hesitação da fera, forçou o dragão a descer de cabeça. Podia ver seu instrumento na extensão gelada e, logo que o animal pousou, pulou no chão e começou a soprar a melodia.

A fera de neve ficou estática escutando-a, como se estivesse cheirando o ar, levou as enormes patas aos ouvidos e dissolveu-se num ofuscante remoinho.

Um silêncio absoluto tomou conta da planície. Dois corpos restavam no gelo, um femtita e um talarita.

Eshar correu para o primeiro.

– Tudo bem, está vivo – disse.

Ela virou o talarita e ficou sem fôlego. Reconheceu-o de imediato. O homem, de traços marcados, cabelos de um tom vermelho escuro e com uma sombra de barba, mal chegou a abrir os olhos antes de perder de vez os sentidos. Mas ainda sorriu descaradamente para ela, sinal que também a tinha reconhecido.

– Veja só quem temos aqui... minha presa – murmurou. Era Melkise.

17

Enquanto Grif era entregue aos cuidados das mulheres do acampamento, Melkise, ainda inconsciente, foi levado à cela cavada no subsolo.

Talitha estava um tanto pasma. O que levara o caçador de recompensas e seu escravo àquele lugar perdido? O que acontecera depois que ela e Saiph fugiram do estábulo dos dragões onde ele os trancara?

Queria saber mais e convenceu Gerner a lhe permitir cuidar do homem jogado naquele buraco em que ela mesma havia ficado presa.

Não mudara muito desde a última vez em que estiveram juntos. Até enquanto dormia, tinha o mesmo aspecto rude e insolente que mostrara quando os capturara pare entregá-los a Megassa. Talvez estivesse um pouco mais magro e macilento, mas se tinha vindo pelo mesmo caminho que ela e Saiph haviam percorrido não era de se surpreender que estivesse esgotado. No mais, vestia até as mesmas roupas.

Até que tivera sorte com a fera de neve: seus ferimentos, um corte num dos braços e outro numa das pernas, eram superficiais. Enquanto Talitha tratava deles, Melkise abriu os olhos de chofre, como despertando de um pesadelo.

Puxou-se para cima até ficar sentado e olhou em volta, meio ofegante, assustado. Os olhos fixaram-se em Talitha e um sorriso debochado estampou-se no rosto.

– Não sabia que os mortos ficavam com outra cor de cabelos – disse indicando a cabeleira verde.

– Parece que não perdeu a arrogância – respondeu ela. – Como vê, estou viva, e você também está... graças a mim. Então trate de ir parando, maldição!

Melkise assumiu uma expressão de fingida surpresa.

– Ainda bem que o arrogante sou eu – rebateu. – Essa aí não é certamente a linguagem de uma jovem condessa...

– Não sou mais uma jovem condessa, e tampouco era quando me raptou para entregar-me a meu pai.

– O cartaz com a recompensa por sua captura dizia outra coisa.

Talitha tirou o punhal da bota e apertou-o contra sua garganta.

– Diga logo, o que veio fazer aqui?

– Nem sei onde fica *aqui*.

– Estamos num acampamento de rebeldes femtitas. Fale a verdade, estava procurando por mim?

– Você? Ora, eu nem sabia que ainda estava viva!

Talitha ficou surpresa ao ouvir aquelas palavras, e por um momento baixou a guarda. Foi suficiente. Melkise chutou sua mão com a bota, desarmou-a e pegou o punhal. Com um único movimento contínuo agarrou-a pelas costas e encostou a lâmina em seu pescoço.

– Você melhorou, mas nem tanto assim, não é? – sussurrou em seu ouvido. Ela empurrou a cabeça para trás e golpeou-o bem no nariz, que emitiu um leve estalido. Em seguida se virou e recuperou o punhal. Melkise deixou-se cair sentado, apertando a mão no rosto.

– E você, ao que parece, não se recobrou tanto quanto achava.

O homem deu uma risadinha e levantou os braços em sinal de rendição.

– Você venceu.

– Se não estava procurando por mim, o que o levou às Montanhas de Gelo?

Melkise fitou-a por alguns segundos, achando graça. Talitha nunca tinha reparado na rara estranheza do verde esmaecido de seus olhos, que mesmo daquela cor azeda tinham uma profundidade perturbadora.

– Fique à vontade. É uma longa história.

– No dia em que fugiu, enquanto eu voltava depois de dar a notícia de sua captura, sabia que o perigo de alguém roubar minha presa era concreto e real, mas achava que ainda tinha tempo, e acreditava principalmente que Grif pudesse dar conta do recado sozinho. Foi um grave erro que me custou muito caro. Que *nos* custou muito caro – suspirou.

Enquanto falava, Talitha voltou a tratar seu braço.

– O que eu queria mesmo era ir logo ao seu encalço, mas Grif estava doente demais. Decidi então permanecer por lá, mas jurei que iria recapturá-la, mesmo que fosse a última coisa que fizesse na vida.

– Antes de ir embora, usei um encanto de cura em Grif – interrompeu-o Talitha. – Fiz o possível para ajudá-lo: os caçadores de recompensas que queriam pegar-me tinham-no deixado muito ferido, mas sabia que iria sobreviver. Quer dizer, então, que continuaram a nos procurar...

– Houve um contratempo. A mensagem avisando que você estava comigo já tinha chegado a seu pai. E quando veio buscá-la e não a encontrou... não gostou nem um pouco. Mandou nos prender.

– Sempre achei que, para os caçadores de recompensas, perder uma presa fosse bastante normal.

– E de fato é, mas Megassa não pensava assim – disse Melkise dando de ombros. – De qualquer maneira, não era a primeira vez que eu visitava as prisões talaritas... O problema era Grif.

Explicou que, ao passo que ele só teria de enfrentar o pelourinho depois de ser torturado, Grif, que era propriedade dele, e ainda mais mudo, seria morto a pauladas.

– E como fugiu? – perguntou Talitha.

Melkise mexeu o braço ferido e contraiu o rosto numa careta de dor.

– Sabe como é, um caçador de recompensas tem muitos amigos na Guarda, amigos que podem se revelar preciosos num momento de aperto... Um deles me devia um favor. Mas quando fui embora...

– Sua situação piorou – concluiu Talitha.

– Bastante. Não só eu cometera um erro que seu pai considerava imperdoável, eu desafiara sua autoridade.

– E você tornou-se um fugitivo, com uma recompensa por sua captura.

– Isso mesmo, a roda da sorte virou-se contra mim.

– E decidiram fugir de Talária.

– Não exatamente. Queríamos vir para cá.

– Para cá? No meio dos rebeldes? – exclamou Talitha.

Antes que Melkise pudesse explicar o guarda debruçou-se por cima da grade.

– Já acabou com o prisioneiro?

– Ainda não – respondeu ela.

– Uma vez que tem forças suficientes para ficar de pé, acho que não precisa de mais coisa alguma. Saia daí, Gerner quer interrogá-lo.

Foi um interrogatório público. Todos os homens do acampamento estavam reunidos na sala do Conselho. Talitha era a única mulher presente.

Melkise foi forçado a ficar de joelhos no meio do aposento, diante de Gerner. Ela vislumbrou Grif num canto. Estava mais magro e pálido desde a última vez em que haviam se encontrado. A maior diferença, no entanto, estava no olhar, que agora o tornava bem distante da criança que conhecera. Parecia mais velho. Um rebelde segurava-o pelo braço, tentando em vão acalmá-lo.

Melkise disse o próprio nome, mas antes de responder à segunda pergunta parou.

– Gostaria de pedir que soltassem Grif.

Gerner dirigiu-lhe um olhar pasmo.

– Parece-me um tanto agitado demais... O que espera dele, que o ajude a fugir?

– Só sei que não gosta de sentir-se preso, agarrado por mãos estranhas. Deixe-o livre, aí contarei tudo o que desejar saber.

Gerner ficou pensativo por alguns instantes, então acenou de leve com a cabeça na direção do homem que segurava Grif. O sujeito soltou a presa e o rapazinho correu para Melkise. Entre o garoto e o caçador de recompensas seguiu-se uma frenética troca de mensagens na língua dos sinais. Grif mostrava-se extremamente perturbado e movia as mãos sem parar, em um gesto nervoso, enquanto Melkise procurava acalmá-lo. Em seguida apontou para Talitha. Todos olharam para ela, que, por um momento, percebeu de novo a instintiva desconfiança que os femtitas sentiam por sua raça, e que esperava ter vencido.

– Cuide dele – murmurou Melkise.

– Não sei como...

– Ele confia em você.

Talitha segurou os ombros de Grif, forçou-o delicadamente a se levantar e levou-o até os outros femtitas sentados em círculo. Enquanto mantinha a mão em seu ombro, reparou que se tornara mais alto, e em seu corpo começava a aparecer algo do homem em que se transformaria. Mas tremia como uma criança, sem tirar os olhos de Melkise. Este, por sua vez, logo que o viu um pouco mais calmo, reassumiu a costumeira expressão arrogante.

– Agora que está tudo certo, quero deixar bem claro que não foram vocês que me encontraram, mas, sim, eu que encontrei vocês. Estava à sua procura – explicou.

– Como descobriu onde estávamos? – perguntou Gerner.

– Tenho alguns amigos entre os femtitas, e sei juntar os murmúrios que ouço. As indicações que recebi, no entanto, eram bastante vagas. Teríamos morrido no gelo se vocês não tivessem chegado.

– Por que estava nos procurando? – insistiu Gerner, desconfiado.

– Para pedir abrigo.

Um rumorejar indignado correu pela sala.

Com um gesto, Gerner impôs o silêncio e observou Melkise com interesse. Nunca tinha recebido de um talarita um pedido como aquele.

– E por que acha que deveríamos dar amparo a você e a seu escravo?

– Não estou pedindo por mim. Só quero que fiquem com Grif.

Melkise contou como o garoto tinha sido ferido pelos outros caçadores de recompensas, falou da fuga da prisão de Megassa e da recompensa prometida por sua cabeça.

– Grif nunca se recobrou do ferimento que Talitha tratou quando era minha prisioneira, e os homens de Megassa estão no encalço dele para matá-lo. Eu já não tenho condição de protegê-lo, aliás, nem posso mais proteger a mim mesmo. Este é o único lugar onde ele pode se refugiar. Se aceitarem ficar com ele, eu voltarei para o local de onde vim e nunca mais verão minha cara.

– Para que possa dizer a seus semelhantes onde o inimigo se esconde, para entregar a nós todos?

– Matariam Grif também. Acham que me daria a todo este trabalho só para deixá-lo morrer nas mãos dos soldados do conde? Tudo bem, sou um talarita, mas não sou um idiota.

Uma vozearia exaltada ecoou pela sala.

Talitha não tirava os olhos de Melkise. Sabia muito bem do laço profundo que o unia a Grif, mas nunca imaginaria que o homem pudesse chegar a tanto. Para ela sempre fora o sujeito sedento por dinheiro que queria vendê-la ao pai por um punhado de nephens. De qualquer maneira, tinha certeza de que nenhum dos rebeldes iria acreditar nele.

Gerner, com efeito, sacudiu a cabeça.

– Sua história é ridícula, mas pode poupar a si mesmo muito sofrimento se me contar a verdade. Quem o enviou para cá?

– Ninguém. Em minha mochila vai encontrar o cartaz com a recompensa por Grif. Pode conferir, se quiser.

– Poderia ter desenhado você mesmo. E, além do mais, para que ter esse trabalho todo por um femtita? Para os talaritas, nós não passamos de escória.

– Querem matá-lo para punir a mim. E, de qualquer maneira, tenho certeza de que alguns dos seus, em missão no Reino do Outono e do Inverno, devem ter visto o cartaz.

Gerner olhou para os seus.

– E então?

Uns dois ou três deles levantaram a mão em sinal de que, de fato, o viram.

Gerner anuiu.

– Isso pode servir de garantia para ele, mas não para você.

Melkise deu de ombros.

– Só quero que ele fique em segurança. Afinal, é por minha culpa que está encrencado. Devo isso a ele.

A incredulidade e, ao mesmo tempo, a admiração por aquele talarita capaz de um gesto tão nobre corriam pelo auditório como uma sutil corrente subterrânea. Talitha chegou a esperar que tudo desse certo, que Melkise se salvasse, e esta esperança a deixou surpresa.

Gerner ajeitou-se melhor nas almofadas em que estava sentado.

– Levem-no de volta à cela – disse aos guardas.

Melkise deixou-se levar da sala do Conselho sem opor resistência, e Talitha observou incrédula a docilidade com que se entregava ao próprio destino. Antes de sumir a caminho da prisão, ele se virou e sorriu para ela. Seus lábios formaram uma breve, muda frase: *Cuide dele*.

18

Grif, sentado no catre que já fora de Saiph, tinha um ar inquieto e perdido. Suas mãos eram sacudidas por um tremor leve, e olhava para Talitha com olhos tristes. Ela se aproximou. Não sabia se o rapaz podia entender, mas falou mesmo assim, acompanhando as palavras com gestos tranquilizadores.

– Tudo vai dar certo, você vai ver. Ficará trancado por algum tempo, mas depois irão soltá-lo, tenho certeza.

Na verdade, receava justamente o contrário. Sabia que Gerner desconfiava de Melkise. Na melhor das hipóteses, ficaria preso para sempre, forçado a cumprir as ordens dos patrões.

Grif começou a mexer as mãos em um gesto nervoso.

– Sinto muito, não entendo... – disse Talitha meneando a cabeça.

O rapazinho encostou os dedos na testa e articulou as palavras com os lábios. *Eles não confiam*, dizia. *Nunca irão confiar.*

Talitha falou devagar, exagerando o movimento dos lábios:

– Em mim, eles acabaram confiando.

Ele não é como você. Ele não parece confiável. Jure que vai ajudá-lo.

Talitha ficou sem saber o que dizer.

– Grif... a decisão não cabe a mim.

Você salvou minha vida quando poderia ter me deixado lá, a morrer, e nada me devia. Sei que pode ajudá-lo.

Talitha segurou a mão do jovem e a apertou com força.

– Não deixarei que lhe façam mal. – Grif sorriu e pareceu reencontrar alguma serenidade. – Procure se deitar. Precisamos dormir.

Ele obedeceu e, antes de fechar os olhos, dirigiu-lhe um olhar de profunda gratidão, diante do qual Talitha ficou constrangida. Agora o destino daquele pequeno femtita dependia dela.

Acomodou-se na cama, mas não tirava da cabeça a imagem de Melkise. Tinha lido, em seus olhos, a tranquilidade de quem está disposto a enfrentar a morte sem lástimas ou arrependimentos, e este pensamento a deixava profundamente perturbada. Em sua cabeça, ele sempre fora o ávido caçador de recompensas que tratava as pessoas como objetos, o infeliz imprevisto que a levara a perder um tempo precioso enquanto procurava Verba. Nunca poderia imaginar que fosse capaz de sacrificar-se por amor a alguém. Este pensamento manteve-a acordada noite adentro, até a leve respiração de Grif, adormecido ao lado, niná-la e entregá-la a um sono suave.

Logo que acordou, foi falar com Gerner.

– Queria conversar com você sobre o talarita – anunciou logo que entrou na sala do Conselho.

– Suas visitas estão se tornando frequentes demais nestes últimos tempos – disse ele irritado. – Fale logo, preciso organizar uma expedição para entregar armas a um novo grupo de rebeldes, não tenho tempo a perder.

– Gostaria que pensasse com calma no que vai fazer com ele.

Gerner esquadrinhou-a.

– E por que está tão interessada no que vai acontecer com aquele homem, qual é o motivo?

– Se há um talarita que eu deveria odiar é ele. Queria vender-me a meu pai, arriscou minha vida. Mas o que está acontecendo com ele não me parece justo. Sua afeição por Grif é sincera, eu bem sei disso. Ele *adora* aquele menino. E demonstrou não ser o torpe mercenário que eu pensava que fosse.

– E então?

– Então é um dos nossos.

Gerner pegou uma pitada de erva de Thurgan de uma pequena caixa na mesa e começou a mascá-la nervosamente.

– No máximo, seria um dos *meus*, e de qualquer maneira acho que você não entendeu direito a situação. Somos femtitas lutando contra os talaritas, certo?

– Mas ele demonstrou ser diferente.

– Pois é, é até pior: não só é um talarita, mas também um caçador de recompensas. Não se pode confiar em pessoas como ele. Muitos de nós caíram nas garras de canalhas como Melkise: são pessoas traiçoeiras, a escória talarita – disse Gerner cuspindo a erva fora do casebre.

– Está demonstrando com grande coragem como se preocupa com aquele menino, que considera seu amigo, e quem está preparado para sacrificar a própria vida por um escravo é um aliado.

– Disse bem, está preparado para sacrificar a vida por *seu amigo*. Mas nós, aqui, estamos prontos para morrer por *nosso povo*: o que pode prendê-lo aos femtitas, além da tênue afeição por aquele rapazinho? E, de qualquer maneira, como é que você sabe que não se trata de uma armação, de um subterfúgio para nos trair?

Talitha não tinha uma resposta. Não conhecia Melkise tão bem, não podia garantir sua lealdade com a mesma certeza com que sempre acreditara na de Saiph. Mas tampouco podia aceitar que o sacrifício do homem fosse punido.

– Sabe melhor do que eu quão difícil foi fazer com que aceitassem sua presença aqui. Não pretendo repetir a experiência – prosseguiu Gerner.

– E o que irá acontecer com Grif? Só depende de Melkise. Ainda que eu me encarregasse de cuidar dele, não seria a mesma coisa. Acabaria se entregando e morreria.

– Ficará com a gente. Não sentirá falta de seu algoz.

– Não é um algoz. Salvou-o de um destino terrível quando o levou consigo.

– Muitos de nós tinham laços de afeto com seus amos, mas compreenderam que não faz sentido querer bem a alguém que lhe nega a liberdade. O rapazinho vai acabar entendendo. E se não entender...

– Matará a ele também – completou Talitha, reprimindo a raiva.

– Vejo que entendeu o conceito. – Gerner se levantou. – Volte a seus afazeres e esqueça essa história, pois não há coisa alguma que possa fazer por aquele homem. Talvez esteja tão interessada nele porque ainda não esqueceu quem você é e de onde vem.

– Sei muito bem de onde venho, e nunca esquecerei quem são meus semelhantes. E vocês estão começando a se parecer com eles, se não sabem distinguir entre quem age direito e quem só pensa em maldade.

Talitha deu as costas e dirigiu-se à saída.

* * *

O destino de Melkise foi discutido publicamente naquela mesma tarde, diante de todo o vilarejo.

O caçador de recompensas estava mais uma vez no meio do círculo de femtitas, amarrado. Quando Gerner chegou, o silêncio tomou conta do auditório.

– Tomei uma decisão a respeito de nosso prisioneiro. Ainda que tenha afirmado que veio em paz, Melkise é um caçador de recompensas e suas mãos estão sujas do sangue de nossos semelhantes. Disse que nunca revelaria a localização do acampamento, mas todos nós sabemos quanto vale a palavra de um talarita. Principalmente de um como ele. Portanto, em nome de nossa segurança, decidi justiçá-lo.

Um murmúrio de aprovação correu pelos presentes.

Foi então que Talitha deu um passo adiante.

– Peço a palavra.

Gerner fitou-a, hostil, mas ela já atraíra a atenção do público.

– Só lhes peço para pensarem direito no destino deste homem. Sim, é verdade, no passado foi um inimigo que não fazia distinção entre femtitas e talaritas quando o negócio era embolsar uma recompensa. Até poucos dias atrás eu também queria vê-lo morto. Mas chegou aqui desarmado, enfrentando os perigos das Montanhas de Gelo, e entregou a vida às suas mãos para salvar a de um menino que criou como se fosse filho dele. Exatamente como eu, renegou seu sangue.

Olhou em volta, procurando compreensão naquela multidão de olhares que sentia apontados sobre si mesma.

– Eu sei, em meu caso Saiph garantia por mim, enquanto Melkise não tem qualquer testemunha tão respeitada.

Mas eu lhes digo que um aliado é um aliado, independentemente de sua raça. Na verdade, aliás, deveriam estar contentes com o fato de haver talaritas prontos a ficar a seu lado. Significa um inimigo a menos e um bom conhecedor da raça contra a qual lutam. Asseguro-lhes que, nesse sentido, Melkise pode ser muito útil à sua causa.

Calou-se. Melkise olhou para ela, pasmo. Por motivos óbvios, não esperava uma defesa tão apaixonada. Um leve murmúrio percorreu a audiência.

– E, então, qual seria sua proposta? – disse Gerner gélido. – De aceitarmos todos os talaritas que sobrevivem às Montanhas de Gelo? De nos tornarmos o refúgio de todos os seus semelhantes que, por qualquer motivo, fogem de Talária?

– De aceitarmos qualquer um em condições de juntar-se à nossa causa.

– Você não é uma de nós, não entende – continuou Gerner. Talitha percebia que sua voz vibrava de raiva. – Não entende o que fizeram com a gente, não entende o que sentimos quando vemos um de vocês. Achava que uns poucos dias nas minas lhe bastariam para entender o que significa uma vida inteira, uma *vida inteira*!, sem liberdade? Só quer salvá-lo porque é seu semelhante. – Virou os olhos para os presentes. – Alguém, aqui, põe em dúvida minha decisão de justiçar este homem?

Todos se entreolharam, perplexos. Era evidente que as palavras de Talitha tocaram pontos sensíveis, mas ninguém se atrevia a desafiar a autoridade do chefe.

Gerner reparou com preocupação e raiva na indecisão de sua gente.

– Qualquer um que seja contrário, levante a mão! – intimou.

Um murmúrio preocupado percorreu o auditório; cada um olhava o vizinho, esperando que fosse ele a dar o primeiro passo. Talitha levantou a mão, decidida, fitando Gerner nos olhos. Ninguém a imitou. Ela cerrou os dentes e virou-se para os presentes.

— Vamos lá, não precisam ter medo! Vocês são homens livres ou não, afinal?

Gerner sorriu, sarcástico.

— Acho que a vontade do povo de Sesshas Enar está bem clara...

Virou-se para um dos seus, um femtita grandalhão e zarolho, que se limitou a anuir. O homem levantou-se pesadamente, apoiando-se numa grande espada de dois gumes e avançou para o centro do círculo. Melkise continuou ali, inerte, com o costumeiro sorriso de desencanto no rosto.

Talitha sentiu o sangue ferver nas veias. Pulou em frente, sacando a espada, e ficou a seu lado, a lâmina estendida entre ele e o carrasco.

Gerner mudou de expressão na mesma hora.

— O que deu em você? — disse, severo. — Minha gente expressou sua vontade.

— Sua gente está com medo. Sinto muito, mas não vou permitir isso. É uma injustiça, é uma estupidez, diabos!

Baixou a arma com um suspiro.

— Eu garanto por ele — disse.

Gerner arregalou os olhos, incrédulo. Um murmúrio frenético se ouviu dos presentes, e Talitha leu nele uma silenciosa aprovação, alguma coisa parecida com admiração.

— Responderei, eu mesma, por qualquer ação de que ele seja responsável. Estou pronta a sacrificar-me se ele os trair.

— Talitha... — sussurrou Melkise, desconcertado, mas ela o ignorou. Virou-se para os femtitas e os desafiou com o olhar. Todos observavam Gerner, sem dar um pio, à espera que desse o veredicto.

Quem quebrou o silêncio foi Eshar.

– Gerner, não podemos recusar este direito. A jovem valeu-se da Lei da Garantia. E as leis que valem para nós devem valer para ela também.

O chefe franziu a testa, em dúvida. Então fixou os olhos em Talitha.

– Eshar está dizendo a verdade. Lei é lei, e nós femtitas a respeitamos. Isso nos torna diferentes daqueles que, durante milênios, nos mantiveram na escravidão. Você tem certeza do que está fazendo, sua garota desajuizada?

Talitha anuiu.

– Está ciente de que, se o talarita for descoberto roubando, cortaremos sua mão, e se ele revelar nossa localização você será justiçada?

No silêncio denso da assembleia podiam-se ouvir claramente os dentes de Gerner, que rangiam. Não era pelo fato de ele fazer tanta questão assim de matar Melkise, o que o incomodava mesmo era ver sua autoridade posta em dúvida por uma jovenzinha qualquer, recém-chegada, e além do mais talarita.

– Estou – respondeu Talitha.

Gerner olhou para ela e Melkise, depois desviou o olhar para sua gente.

– Que seja – disse afinal, enfastiado. – Mas no primeiro deslize, na primeira suspeita, vocês dois terão um triste fim.

Em seguida, sem acrescentar mais uma palavra, foi embora.

Talitha segurou Melkise pelo braço e ajudou-o a se levantar. Eshar desamarrou-lhe as mãos, dirigindo-lhe um olhar intenso, cheio de implicações.

– Obrigado – disse Melkise.

– Siga-me – limitou-se a dizer o femtita.

Enquanto saía, Melkise virou-se para Talitha e deu-lhe um sorriso aberto, cheio de alívio e gratidão. Ela respondeu com um simples aceno da cabeça. Num canto, Grif fitava-a irradiando felicidade.

Talitha e Melkise foram transferidos para a mesma cabana, logo fora do vilarejo. Os rebeldes tentaram convencer Grif a se instalar com os demais femtitas, mas ele nem quis ouvir falar.

– Faça como quiser – bufou Gerner afinal. – Não temos tempo a perder com os caprichos de um menino.

No começo, a novidade deixou Talitha perplexa. Partilhar com um desconhecido um espaço tão limitado não a deixava à vontade. Sem pensar que aquela situação lhe trazia à memória o tempo do cativeiro, que preferia esquecer. Mas, de qualquer maneira, o homem diante dela não se parecia nem um pouco com o cínico caçador de recompensas que conhecia.

Naquela noite Grif adormeceu quase de imediato, enquanto Melkise ficou deitado, com as mãos atrás da cabeça, de olhos fixos no teto. Talitha revirava-se no catre sem pegar no sono. Estava mais quente que de costume, e nos últimos tempos a neve tinha começado a derreter.

– Está acordada? – murmurou Melkise de repente.

– Estou – respondeu Talitha, sem se virar.

– Obrigado pelo que fez.

Talitha sorriu na penumbra.

– Posso fazer uma pergunta? – disse para ele, depois de um curto silêncio.

– Claro.

– Por quê? Por que faz isso tudo por Grif?

Melkise pareceu pensar. Em seguida, virou para ela. Mesmo naquela pouca luz, Talitha percebeu que estava sério como nunca o vira antes.

– E você, por que fez aquilo? Até que se prove o contrário, eu queria levá-la de volta a seu pai.

Talitha sentiu o rubor corar suas faces, e ficou grata à escuridão que a escondia.

– Muito simples: achei injusto que você morresse.

– Mas se há alguém que merece a morte, ninguém a merece mais do que eu. Justamente como todos os caçadores de recompensas. Mais cedo ou mais tarde, acabamos nos rebaixando a qualquer infâmia.

– Talvez eu tenha feito por Grif, então – disse Talitha. – E também porque, lá no fundo, acho que você é melhor do que quer aparentar. Pelo menos, é capaz de querer bem.

Melkise concedeu-se um rápido sorriso.

– Nunca tive vínculos em toda a minha vida. Nunca precisei. Não passam de estorvos inúteis que limitam a liberdade. Mas Grif... não sei, quando o vi chorar em cima do cadáver de seu algoz é como se eu tivesse entendido, de repente, que ainda há alguma coisa que presta neste mundo. Há pessoas como ele que... – Melkise pareceu procurar as palavras certas – ... *nasceram* inocentes e continuam inocentes. Nem imaginam o mal, não importa o que lhes aconteça. Às vezes chego a pensar que eu e Grif vivemos em dois mundos diferentes: onde eu só vejo morte e miséria, Grif sempre vislumbra algo de bom. Entende o que estou dizendo?

Talitha assentiu, e se descobriu a olhar Melkise de forma diferente. Pareceu-lhe até bonito, com o rosto e os olhos marcados pela experiência e por tudo aquilo que tinha visto, um universo desmedido e terrível do qual ela só tivera um pálido vislumbre naqueles últimos meses.

Desviou o olhar, um tanto sem jeito.

– Você deve ter algum poder, jovem condessa... o poder de tornar-me sentimental – acrescentou Melkise.

– Então eu deveria usar mais – disse ela corando de novo, sem entender por quê.

Um tamborilar insistente interrompeu a conversa e os dois levantaram-se, juntos, para olhar pela janela. Grandes gotas de chuva haviam começado a cair. Ficaram, ambos, de nariz para cima, a olhar o mundo, que dava mais um passo a caminho do caos.

19

Pouco a pouco as meninas foram se reunindo na sala. Eram todas noviças recém-chegadas ao mosteiro, mas já deviam ter sido informadas quanto ao caráter da nova professora, pois entraram em silêncio e cabisbaixas. Grele, sentada num grande assento em cima do estrado no fundo do aposento, ficou satisfeita. Apreciava a disciplina mais que qualquer outra coisa, e se deliciava em saborear os efeitos de sua autoridade.

Observou as novas alunas, uma por uma, e avaliou que a mais velha não devia ter mais que dez anos. Isso era bom, pensou. Preferia trabalhar com crianças: eram mais dóceis e impressionáveis, e era certo que sua máscara iria inspirar-lhes o devido medo.

Pigarreou e as meninas ficaram atentas.

– Como já devem saber, sou sua Educadora de religião. Acredito que não haverá problemas entre nós: comigo as coisas são extremamente simples. Exijo de vocês a máxima dedicação e o maior respeito. Estudem e mostrem a deferência devida a uma sacerdotisa de minha condição, e eu não terei motivo para castigá-las. Mas se falharem numa só destas tarefas, acabarão lendo hinos no genuflexório, sem o jantar. Fui bastante clara?

Um silêncio cheio de medo pairou na sala de aula.

– Fui bastante clara?

– Sim, mestra – murmuraram algumas delas em tom tímido.

– Quero ouvir suas vozes em alto e bom som, ou esta noite terão de levantá-las para ler orações até o alvorecer.

– Sim, mestra! – repetiram em coro as meninas.

Grele sorriu satisfeita.

– Muito bem, podemos começar.

Tornar-se Educadora havia sido uma escolha sugerida por Megassa. Convencera-a depois que voltara da fracassada expedição para recuperar Talitha, na fronteira com o Reino do Inverno. A notícia chegara a Grele antes mesmo de o conde lhe dar pessoalmente. Quando o mensageiro, com voz trêmula, explicou o que havia acontecido, uma fúria incontrolável havia explodido em seu peito. Batera nele pela simples necessidade de desabafar, e tinha literalmente destruído o próprio quarto. Mesmo assim, ninguém fizera queixa; a Pequena Madre sabia muito bem que Grele era uma peça importante, uma vez que nesta altura o mosteiro dependia do dinheiro do conde.

Grele teria preferido continuar o treinamento nas artes das Combatentes, porque isso lhe permitia manter-se em plena forma e aplacava sua ira, à espera do encontro mortal no qual mediria forças com Talitha.

– Como Educadora passará a fazer parte do pequeno grupo que governa o mosteiro – explicara Megassa. – Poderá participar das reuniões da diretoria e votar na eleição da Pequena Madre, além de se candidatar. É uma questão de poder, Grele, de estar no lugar certo na hora certa. Precisamos ocupar os cargos que nos permitirão orientar a eleição da próxima Pequena Madre. Não vai demorar para acontecer, e nós estaremos preparados.

– A Pequena Madre é idosa, mas sua saúde não dá margem a qualquer preocupação – observara Grele.

– Até agora – murmurara Megassa com um sorriso malicioso.

Grele logo entendera o sentido daquele tom. Era incrível: o homem a conhecia melhor do que ela conhecia a si mesma, e entendera perfeitamente o que desejava antes mesmo de ela se dar conta.

E o melhor ainda está por vir..., pensara.

Kora levantou-se a duras penas. Sentia uma dor terrível nos joelhos. Já havia alguns dias que estavam daquele jeito, devido às longas horas que passava rezando. Precisava de muita força, e só a oração era capaz de reanimá-la.

Começara a ter medo depois do incêndio no mosteiro de Messe, uma calamidade que a marcara mais do que podia imaginar. Embora fossem poucas as sacerdotisas que admirava, amava aquele lugar afastado do mundo, amava a quietude que reinava entre suas paredes. Aprendera a considerá-lo sua casa, onde tinha certeza de passar o resto de sua existência, dedicada àquilo com que mais se importava: os deuses e a oração. Mas tudo mudara em apenas uma noite. A ideia de tudo aquilo ter sido provocado por sua amiga mais querida deixava-a perturbada. Perguntava-se com frequência por onde andava Talitha naquela altura, como podia aguentar o peso daquilo que tinha feito.

Mas o pior acontecera depois, quando Grele conseguira uma espécie de poder absoluto, inferior somente ao da Pequena Madre, no novo mosteiro. Era como se o acidente que a tinha desfigurado tivesse exasperado alguns aspectos de seu caráter. A ambição, que nunca lhe faltara, assumira os traços de uma verdadeira obsessão. E a sutil crueldade com que gostava de atormentar as coirmãs e criar desavenças não era mais velada, como se fazer o mal lhe proporcionasse um prazer obscuro do qual não se pudesse privar. Era *perigosa*. E ainda mais perigosa se tornara uma vez que ela decidira desafiá-la.

Acontecera certa noite quando, depois de demorar-se no templo a rezar, surpreendera na fraca luz das luas duas figuras perto do refeitório. Uma delas era Grele, e o instinto lhe sugerira ficar escondida. Grele estava em companhia de um jovem escravo, um dos encarregados do preparo da comida, e Kora a vira entregar ao rapaz algo que não soubera identificar. Mas, pelas maneiras circunspectas, devia ser alguma coisa importante. E, por alguma razão, secreta.

Kora não tinha tirado da cabeça aquele furtivo encontro noturno. Qual tinha sido o objeto daquela troca? E por quê? O fato se tornara ainda mais preocupante quando acabara sabendo que o escravo cuidava em particular das refeições da Pequena Madre.

Kora sabia que não devia se meter nos negócios de Grele, mas aquela descoberta começava a deixá-la obcecada. A saúde da Pequena Madre havia piorado nos últimos dias. Era idosa, isso é verdade, e talvez sua hora estivesse chegando. Mas se não fosse assim? Se, de algum modo, Grele fosse responsável?

Depois de muito hesitar, Kora tomara coragem e resolvera falar com o escravo. Desde o incêndio, qualquer contato entre noviças e criadagem era visto com a maior desconfiança, e aquele escravo particular nunca botava o nariz fora das cozinhas.

Chegara a ele graças à sua criada pessoal, Galja, uma velha femtita de cabelos pretos, presos num coque, com o rosto marcado por rugas profundas e um olhar bondoso. Quem havia convencido o escravo a falar com a jovem noviça fora ela: alguns dias antes a velha tinha poupado-lhe um castigo infligido por um vigia talarita, e agora o rapaz tinha de retribuir o favor.

Para ir às cozinhas Kora escolhera o breve período de folga concedido às noviças antes do jantar; todas passeavam tranquilamente pelo mosteiro, e ela estava certa de que a melhor maneira para não ser notada era escondendo-se na multidão.

Atravessou com passos firmes as passarelas suspensas em volta do edifício, ainda que estremecesse de medo no fundo do coração. Entrou nas cozinhas aparentando indiferença, mas escolhendo com precisão a hora em que alguns escravos levariam para dentro as sacas de grãos.

As cozinhas ficavam abrigadas em amplos galpões de madeira de aparência provisória e precária, como tudo o mais naquele mosteiro. O ambiente estava cheio de fumaça, a umidade era altíssima, o ar imbuído de odores tão intensos que se tornavam repulsivos. Figuras indistintas movimentavam-se frenéticas naquela neblina; só se distinguiam com clareza os reflexos azuis dos Bastões usados pelos vigias para manter a disciplina entre os escravos. O ar vibrava com as ordens berradas de um lado para outro do aposento.

Kora parou diante do forno. Dentro tremeluziam brasas ardentes, que espalhavam um calor insuportável, principalmente num dia abafado como aquele. Em cima, enfiado num espeto, rodava um corpulento exemplar de ferdego, a pele lisa que já começava a ficar marrom por efeito do cozimento, brilhosa de óleo e de temperos. Tinha um cheiro penetrante que quase lhe embrulhou o estômago.

Alguém tocou em seu ombro. Kora estremeceu e se virou.

– Galja, é você... Levei um susto.

A mulher sorriu, tranquilizadora.

– Pode ficar sossegada, patroa, aqui dentro ninguém vai reparar na senhora. Fiz o que me pediu.

Então, empurrou adiante um rapazinho miúdo, tão delicado nos traços e no corpo que quase parecia uma garota. Mantinha os olhos baixos.

Kora procurou animá-lo.

– Não precisa ter medo, ninguém vai lhe fazer mal – disse.

– Às suas ordens, senhora – respondeu ele com a voz fina de uma criança.

– Há algumas noites, vi que estava conversando com a sacerdotisa Grele... O que ela queria?

O escravo fitou-a de esguelha, atemorizado.

– Minha senhora, a sacerdotisa mandou-me não contar.

– Imagino, mas preciso saber.

O rapazola começou a tremer. Estava preso num dilema que, para um escravo, podia significar uma surra com o Bastão. Tinha de desobedecer a Grele e contar o que sabia, ou seria melhor recusar-se a responder? Começou a chorar e jogou-se aos pés de Kora.

– Por favor, não mande me castigar... eu lhe imploro.

Kora olhou para Galja, constrangida. Nunca teve de enfrentar uma situação como aquela antes. A criada interveio. Segurou o rapazinho pelo braço, ajudou-o a se levantar.

– Vamos lá... não seja bobo. A senhora não vai contar a ninguém... Não está vendo como é gentil?

– Mas se a sacerdotisa acabar sabendo... mandará me bater até a morte... – choramingou o escravo.

– Não vou dizer a ninguém, acredite – tranquilizou-o Kora. Ele hesitou, mas afinal anuiu.

– Então fale.

O garoto falou tão baixo que Kora quase não ouviu.

– A sacerdotisa Grele está cuidando de Sua Eminência a Pequena Madre, mas sem contar para a Medicatriz. Diz que não confia nos remédios que lhe prescreve, e quer que eu dê a Sua Eminência um remédio especial.

– E você está dando? – perguntou Kora.

– Sim – murmurou ele encaixando a cabeça entre os ombros.

– Há quanto tempo?

– Duas semanas.

Kora sentiu um longo arrepio correr os braços. Fazia mais ou menos duas semanas que a saúde da Pequena Madre vinha piorando.

– E por que preferiu confiar em Grele e não na Medicatriz da Pequena Madre? – perguntou, percebendo ao mesmo tempo o absurdo da pergunta. Um escravo não tinha sequer o direito de confiar, só podia mesmo fazer o que lhe mandavam fazer.

Mas o garoto respondeu:

– Quem me mandou cumprir as ordens da sacerdotisa Grele foi meu amo.

– E quem é seu amo?

– Sua Excelência o conde de Messe.

Kora precisou apoiar-se no muro do forno para não cair.

– Tudo bem, patroa? Está pálida... – disse Galja, apreensiva.

– Sim, tudo bem. – Kora olhou para o rapazinho. – O remédio está aqui com você?

– Não, a sacerdotisa Grele traz para mim todas as noites, quando começa a anoitecer.

– Ouça o que faremos, então. Amanhã à noite vai pegar com ela, mas em lugar de levá-lo à Pequena Madre, vai dar para mim.

– E como é que a Pequena Madre ficará, sem ele?

– Vou lhe devolver, não precisa se preocupar. – E acrescentou, para convencê-lo: – Prefiro não pedir a Grele. Poderia entender que você me contou.

O garoto recomeçou a tremer.

– Se ela descobrir...

– Nunca vai saber.

O escravo fitou-a, inseguro.

– Está bem, minha senhora. Farei o que está pedindo.

– Vai entregar a Galja, amanhã depois do pôr do sol. Ela virá procurá-lo aqui nas cozinhas.

Ele anuiu.

– Já pode ir – disse Kora, e acariciou a face dele.

O que acabava de ouvir era a confirmação de seus piores pesadelos. Mas ainda podia deter Grele, podia impedir seu plano perverso.

Abriu a porta e saiu sorrateiramente da cozinha. Não percebeu que, entre os fogões, alguém tinha interrompido os próprios afazeres, alguém que, bem de perto, olhava para ela com extremo interesse.

20

No primeiro dia de viagem Saiph ficou margeando o Bosque da Proibição, na zona que fazia fronteira com o Reino do Inverno. Tinha começado com pequenas excursões de apenas um dia, no intuito de descobrir a conformação do território e traçar o embrião de um primitivo mapa. Percebeu de imediato que o lugar estava cheio de inúmeros perigos. O Bosque da Proibição era povoado por uma fauna selvagem e extremamente agressiva, dragões de espécies nunca vistas em Talária, que não sabiam o que era um femtita ou um talarita, uma vez que quase não tinham a oportunidade de encontrá-los. E quando acontecia, mesmo que não os matassem para saciar a fome, não hesitavam de forma alguma a atacá-los para defender seu território.

Saiph tomara as devidas providências; durante o tempo todo que passara em Sesshas Enar, procurara aprender com cuidado as melodias úteis a manter afastados os bichos selvagens, depois de arrumar uma ulika de madeira para tocá-las. Teve de recorrer a este novo conhecimento quase de imediato quando, no primeiro dia de viagem, viu-se diante de um pesado dragão, de patas atarracadas e focinho quadrado, que rugira para ele. Mas a primeira tentativa havia fracassado e teve de tentar várias melodias antes de encontrar a certa e acalmar a fera quando ela já se aprontava a atacar.

Explorar o bosque ficava cada dia mais arriscado. Parecia haver alguma coisa que atraía aqueles animais, impedindo que Saiph andasse mais que meio dia sem deparar-se com alguma criatura monstruosa, quase sempre furiosa e desejosa de estraçalhá-lo.

Já no terceiro dia percebeu que o único jeito era ocultar o próprio cheiro. Devia emanar um odor insólito para a fauna daquele lugar, algo que podia ser percebido a muitas léguas de distância e que era particularmente convidativo.

Lembrou que um dia antes, enquanto procurava frutas comestíveis para reabastecer suas reservas, encontrara umas moitas cheias de bagas de cheiro muito penetrante. Talvez viessem a calhar. Juntou uma porção delas e esfregou-as com força até o suco impregnar a roupa. A situação melhorou na mesma hora. Ainda precisava mexer-se com cuidado, mas os dragões que sobrevoavam sua cabeça começaram a ignorá-lo.

A viagem tornou-se, portanto, mais tranquila, e a única preocupação de Saiph foi orientar-se naquela vegetação emaranhada. Verba descrevera com precisão seu esconderijo e sua localização, mas encontrá-lo era outra questão.

À medida que se dirigia para o interior, o bosque se tornava mais espesso. Os lagos ácidos eram uma constante ao longo do trajeto e, com frequência, eram tão vastos que Saiph era forçado a dar longas voltas antes de deixá-los para trás. As águas, por sua vez, habitadas por formas de vida desconhecidas, eram alimentadas por uma densa rede de regatos e rios que sulcavam o terreno. Para prosseguir tinha de recorrer a balsas improvisadas, que roubavam seu tempo. Além do mais, enquanto a área onde ficava Sesshas Enar era plana, o coração da floresta era mais árido e montanhoso, e nem sempre havia veios subterrâneos de Pedra do Ar que permitissem respirar. Saiph estava ficando desanimado. Começou a recear que a tarefa fosse grande demais para ele, e a pensar que talvez fosse melhor desistir.

Então, ao alvorecer do quarto dia, fez uma descoberta que mudou a viagem: encontrou as misteriosas plantas que os rebeldes usavam para extrair a gelatina necessária para respirar, as aritelas. Antes de fugir de Sesshas Enar só tivera tempo de pegar um dos cachecóis imbuídos daquela substância, que nesta altura tinham perdido o poder.

Eram plantas que nunca vira em qualquer outro lugar, de folhas pontudas e carnosas, dispostas em forma de estrela. Não tinham mais que uma braça de altura, mas as moitas se alastravam alcançando três ou quatro braças. Bem no meio de algumas delas se erguia um fino caule que sustentava uma linda flor azul, com um palmo de largura. A gelatina, Saiph descobriu, era tirada das folhas. Ao rasgá-las, revelavam um interior denso e aquoso. Bastava espalhar a quantidade obtida de uma folha na parte de dentro de um cachecol para ter dois dias de ar garantidos. O segredo estava no fato de que aquelas plantas não precisavam de terra, pois suas raízes cresciam em torno dos veios subterrâneos de Pedra do Ar, da qual, de alguma forma, assimilavam as propriedades. Saiph guardou um bom número delas e aprontou-se para seguir viagem para o norte.

No começo desta sua nova investida, porém, enquanto atravessava uma clareira no planalto, um grito rasgou o ar. Por instinto olhou em volta à procura de um abrigo, mas nada havia nas redondezas onde pudesse esconder-se. Aquele lugar era terrivelmente descampado. O grito foi acompanhado pelo som vibrante de grandes asas que batiam no ar. Saiph compreendeu que não tinha escapatória. O bicho devia ter percebido seu cheiro. Pensou em recorrer ao ulika, mas era um dragão incrivelmente rápido, que o mataria antes que tocasse uma única nota.

Tomado pelo desespero, segurou mesmo assim o instrumento e tentou levá-lo aos lábios, mas a fera apareceu diante dele naquele mesmo instante. Era um dragão poderoso, com pelo menos três braças de comprimento, idêntico aos que os rebeldes usavam para se locomover, a não ser pela cor, cinzenta com as asas de um azul desbotado, e um tufo de plumas mais escuras no topo da cabeça.

O animal ergueu-se em toda a sua imponência, escancarou as asas e rugiu. Saiph estava petrificado de espanto e de medo. Era um espetáculo terrível e ao mesmo tempo estupendo, porque aquela fera emanava uma aura de potência que o deixava inteiramente subjugado. Caiu sentado, o dragão pousou, apoiando-se nas patas anteriores, e por um instante o silêncio dominou todas as coisas. Seus olhos eram vermelhos mosqueados de ouro, e Saiph espelhou-se neles. Havia algo insondável e profundo naquele olhar, uma espécie de antiga sabedoria.

O dragão aproximou-se devagar, bufou e começou a cheirar seu casaco. Saiph permaneceu imóvel. Então, instintivamente, esticou a mão para a cabeça dele. Os dedos roçaram nela, e a sensação de frio da pele deu-lhe arrepios. O dragão pareceu gostar do afago e ficou olhando, como se esperasse alguma coisa. Por fim, inclinou-se diante dele apoiando o pescoço no chão. Saiph não sabia o que precisava fazer. Tratava-se, era evidente, de um gesto de submissão, mas ao que se devia?

– Não sei o que espera de mim... – disse, como se o animal pudesse entendê-lo. – Não tenho comida, não para você...

O dragão, sempre cabisbaixo, dirigiu-lhe um olhar impaciente.

Não parecia à espera de algo de comer, nem de afagos: parecia estar esperando *ordens*. Saiph teve uma ideia, uma ideia tola e arriscada, uma ideia que *não podia* funcionar. Mas, naquela altura, valia tentar, disse para si mesmo.

Com um único movimento, pulou na garupa dele. O bicho aceitou sem queixas, e ele comprimiu com força os pés em seu ventre. Agarrou-se às cristas ósseas que despontavam ao longo da espinha dorsal e o dragão levantou voo.

Devia ter sido atraído pelo cheiro das frutinhas que espalhara nos trajes, que por algum estranho motivo também o induzira à submissão, pensou Saiph. Sabe-se lá, vai ver que era justamente daquele jeito que os rebeldes haviam domesticado seus dragões. Ou, quem sabe, havia sido seu toque, o toque de um femtita capaz de sentir dor. O toque do messias. Não, nem queria levar a sério o assunto. De qualquer maneira, tinha arranjado um amigo e, na garupa de um dragão, tudo mudaria, pois afinal poderia movimentar-se de forma mais confortável naquele território.

– Então, gosta de correr, não é? Vou chamá-lo de Mareth – disse dando-lhe umas palmadas carinhosas nas costas. – Em femtita significa "ligeiro".

Sorriu consigo mesmo, enquanto se deliciava com o ar que lhe desgrenhava os cabelos na testa e via a paisagem correr veloz embaixo de si.

Após dois dias de voo, Saiph alcançou o extremo norte do Bosque da Proibição.

Enfim avistou no horizonte os relevos que pareciam corresponder às descrições de Verba; eram colinas de perfis suaves, morros não muito altos e quase desprovidos de vegetação. O herege, em seu diário, chamara-os simplesmente de Primeiros Montes. Tratava-se de um lugar onde nenhum femtita ou talarita viveria. Não havia Talareth algum à vista, e os veios de Pedra do Ar haviam desaparecido. Uma paisagem de rochas negras, cobertas de musgo e liquens, perdia-se na distância, e um frio pungente gelava os ossos.

Saiph sobrevoou os relevos até vislumbrar uma abertura cavada na encosta do monte. Mandou Mareth pousar num pequeno platô diante dela e pulou da garupa, aproximando-se da entrada da caverna como se estivesse profanando um lugar sagrado.

Sentiu-se quase um ladrão quando passou pelo limiar. Seu coração batia forte. Se Verba estivesse ali, ele o teria encontrado... Nem se atrevia a pensar nisto.

– Tem alguém aí? – falou baixinho.

Silêncio. Pigarreou e tentou de novo, mais alto. Sua voz apagou-se nas paredes de pedra nua. Nenhuma resposta.

– Verba?

Somente o eco respondeu.

Entrou devagar. Parecia a cópia perfeita do refúgio que o herege tinha cavado para si nos confins de Talária, perto de Orea. Uma pequena lareira num canto, um leito improvisado, prateleiras esculpidas na pedra, então vazias. Tinha ido embora de novo. Saiph ficou imóvel no meio do aposento, de braços caídos ao longo do corpo, apertando os punhos. Tinha vontade de destruir tudo, lá dentro, de desabafar a raiva que sentia. Mais um fracasso, entre tantos outros. Havia sido tudo inútil. Verba, realmente, não tinha a menor intenção de ser encontrado.

Deu um pontapé em alguns seixos amontoados no chão, que acabaram na lareira, levantando uma nuvem de cinzas. Alguma coisa branca apareceu no negrume dos carvões apagados.

Saiph se aproximou e pegou o objeto. Era um pequeno rolo de pergaminho. Devia ter sido deixado ali depois que o fogo já se apagara, e por isso ficara intacto. Desenrolou-o devagar. Estava escrito na língua de Verba, com os caracteres que aprendera a conhecer e já sabia ler.

Logo que decifrou o conteúdo, entendeu. Era uma mensagem para ele.

21

Já fazia uma semana que Melkise vivia em Sesshas Enar com os rebeldes, quando Gerner mandou chamá-lo, junto com Talitha, para o conselho de guerra. Precisavam libertar Bemotha, uma aldeia de escravos que trabalhavam nas minas de gelo, onde estava concentrado o grosso dos Guardiões. Era uma operação muito mais importante e complexa do que as outras às quais haviam se dedicado até então.

– Os tempos estão maduros para que mudemos o curso da guerra – explicou. – Todo o Reino do Inverno está explodindo: os levantes dos escravos se multiplicam por todo o território, e movimentos de revolta aconteceram em numerosas minas.

Durante uma rebelião, os femtitas tinham massacrado de mãos nuas seus patrões. A insurreição também acendera os primeiros focos mais para o sul, no Reino do Outono. Tivera grande repercussão a história do conde de uma pequena cidade, cuja família havia sido exterminada pelos escravos. Talitha sentiu um arrepio quando soube de mulheres e crianças talaritas trucidadas a sangue-frio. Eram episódios terríveis que podiam acontecer durante uma guerra, ainda mais se a mancha destes atos recaía sobre escravos exasperados por longos anos de torturas e violências, mas esperou que se tratasse de casos isolados.

– Não seremos os únicos a intervir – continuou Gerner. – Vamos nos juntar a outros grupos de rebeldes que estão se reunindo sob a égide do Conselho do Novo Povo. Não agiremos mais como unidades isoladas, desta vez formaremos um exército. Um exército inteiro para a libertação de nossos irmãos!

Os rebeldes explodiram numa aclamação entusiástica, e uma onda de energia pareceu animá-los. A reunião acabou e todos voltaram apressadamente para suas cabanas, impacientes, para juntar as armas e dar início à missão.

Menos de uma hora depois já estavam a caminho. Melkise tentou convencer Grif a ficar no povoado, mas as condições do rapaz haviam melhorado e ele se recusou a obedecer. Foi admitido na expedição desde que não participasse das açõcs de combate: cuidaria da comida e das armas, junto às poucas mulheres que, pelo mesmo motivo, partiram com eles.

Durante os dois dias de viagem, Talitha e Melkise passaram quase o tempo todo em companhia um do outro. Talitha, surpresa, reparou que se sentia cada vez mais à vontade com ele. Era a primeira vez que se dava tão bem com alguém que não fosse Saiph. Mas com Saiph era normal: conheciam-se desde sempre, e ficar a seu lado, partilhar o mesmo espaço, tocá-lo, eram coisas perfeitamente naturais. Por que estava acontecendo o mesmo com alguém que, até uns poucos dias antes, era seu inimigo?

Quando os dragões chegaram perto do destino, algumas milhas antes da aldeia de Bemotha, Talitha não deixou de ficar boquiaberta. Ao abrigo do imponente paredão de gelo no qual despontava um velho Talareth de tronco retorcido, haviam sido montadas miríades de tendas entre as quais centenas de rebeldes moviam-se apressados. Nunca tinha visto tantos deles juntos. As barracas eram precárias e o acampamento inteiro dava uma ideia de desordem: naquele caos era difícil até identificar o traçado das trilhas que o atravessavam. Mas estavam todos lá, reunidos com a mesma finalidade.

Talitha não conseguiu reprimir a emoção. A partir daquele momento não haveria mais pequenos embates isolados dependendo apenas da coragem de uns punhados de femtitas, mas, sim, épicos confrontos. Estava para começar uma guerra de verdade, uma guerra de libertação como a que, até então, ela só ouvira mencionar nos livros e nas cantigas dos femtitas quando, à noite, descia com Saiph até os alojamentos dos escravos. Só de pensar nisso, seu coração estremecia.

Até Melkise demonstrou surpresa, enquanto Grif, ao lado, olhava para a cena de olhos arregalados.

– Vamos lá. – O patrão brincou com ele, dando um tapa em suas costas. – Está na hora de sabermos o que precisamos fazer.

Os dragões que os tinham levado até ali ficaram acomodados na retaguarda, em volta do conjunto de barracas, como defesa dos rebeldes. Talitha e Melkise dirigiram-se para a tenda maior e mais apresentável, que lhes havia sido apontada como sede do comando. Foi-lhes destinado um alojamento numa zona periférica do acampamento, numa barraca igualzinha a todas as demais. Lá dentro havia duas camas improvisadas, nada mais que dois sacos de palha deitados no chão, e ao fundo uma espécie de engradado para guardarem as armas. Pela primeira vez, Grif não iria dormir com seu amo.

Por onde andassem, olhares curiosos acompanhavam seus passos, às vezes hostis, mas quase sempre admirados. Os rumores sobre os dois talaritas renegados haviam se espalhado, junto com as descrições extraordinárias de seus feitos.

Grif contou a Melkise que já haviam surgido diversas lendas acerca deles: diziam que eram capazes de derrotar cem Guardiões de um só golpe, ou de quebrar a lâmina de uma espada com as mãos. Talitha sorriu, imaginando a si mesma realizando de fato aquelas façanhas, mas no fundo da alma esperou realmente estar à altura daquela reputação.

Os chefes de cada unidade participaram da reunião operacional e, ao entardecer, Gerner voltou para relatar as diretrizes. Caberia à unidade deles libertar os escravos: nos últimos meses os rebeldes tinham cavado três galerias que se juntavam na altura da mina. Agora só faltava derrubar o último diafragma para proporcionar aos mineiros um caminho de fuga. Eles teriam de se encarregar dos soldados que, eventualmente, tentassem detê-los.

– Eventualmente? – exclamou Melkise. – Logo que perceberem a ausência de alguns escravos chegarão aos montes.

– É por isso que precisaremos agir com rapidez – disse Gerner.

– Quantos somos? Algumas centenas? – perguntou Melkise.

– Mais ou menos trezentos – confirmou Gerner.

– Não treinados e com armas e recursos de fortuna. Estamos nos arriscando muito, atacando de forma direta os Guardiões. Há muitos por aqui, e todos armados até os dentes, sem contar os escravagistas. Estas minas representam um lugar estratégico muito importante para a produção do gelo, são vigiadas com todo o cuidado, ainda mais agora que se espalharam os rumores acerca dos levantes de escravos. Nunca vamos conseguir com um ataque direto.

– E qual seria sua proposta, então? – cortou Gerner.

– Poderíamos criar alguma ação diversiva enquanto abrimos as galerias.

– Já temos um grupo de homens encarregados disto.

Melkise sacudiu a cabeça.

– Não estou falando de homens. É arriscado demais, estou lhe dizendo. Conheço este lugar porque Grif trabalhou aqui antes que o levasse comigo.

A proposta dele era simples: ao lado da mina erguia-se uma grande crista de gelo, o que sobrava de uma parte velha da própria mina, nesta altura esgotada. A ideia era atrair para lá o maior número possível de Guardiões e depois fazê-la desmoronar.

– E como pensa fazer isso? – perguntou Gerner.

– Com a magia – respondeu Melkise aproximando-se de Talitha. – Podemos fazer qualquer coisa com a magia.

Ela fitou-o, atônita.

– Mas eu nunca fiz uma coisa dessas!

– As sacerdotisas fazem o tempo todo, para abrir novas galerias, e aquele pedaço de gelo é mais esburacado que uma peneira.

– Eu não sou uma sacerdotisa, e meu pingente de Pedra do Ar está quase esgotado – protestou Talitha, segurando o pequeno fragmento preso ao pescoço.

– Vamos encontrar um pedacinho de Pedra do Ar. O grupo de Oshav capturou algumas sacerdotisas, uns dias atrás – interveio Gerner, de repente interessado.

– Mesmo com um novo pingente, eu não teria a menor ideia de como proceder – insistiu Talitha.

– Sei que dará um jeito – afirmou Melkise, e fitou-a com tamanha confiança que ela se sentiu *forçada* a conseguir. Imaginou a cena: se aquele gelo realmente se mantinha de pé por milagre, talvez bastasse derreter somente uma parte.

– Mostrem-me o mapa – disse. Então indicou um ponto com o dedo. – Se desviarmos o curso deste rio, a operação será ainda mais fácil.

– E como poderemos ter certeza de que só os Guardiões ficarão sob o gelo? – objetou Gerner.

– Vamos atraí-los para lá com um engano – disse Melkise. – Confiem em mim.

Gerner fitou-o, em dúvida.

– Levem todos os homens que julgarem necessários – disse afinal. – E procurem acabar com o maior número possível de Guardiões. A missão, agora, está em suas mãos.

E afastou-se.

– Você me arrumou uma enrascada e tanto – disse Talitha a Melkise quando ficaram sozinhos. – Você se dá conta de que se eu não conseguir...

– Vai conseguir, tenho certeza – interrompeu-a ele.

– Não sei se...

– Tenho certeza – repetiu Melkise.

Reanimada por aquele sorriso, por um momento Talitha achou que realmente teria a força de levar a bom termo a façanha. E, se não tivesse, iria encontrá-la a qualquer custo.

22

Os rebeldes trabalharam a noite inteira, abrigados atrás de uma colina perto do povoado. Desviar o rio Pewa só dispondo daquelas poucas horas de escuridão não era fácil. Mas estavam como que animados por um fogo interior, a excitação que antecede uma grande batalha. Sentiam-se heróis, e o pensamento da morte, em lugar de assustá-los, exaltava-os.

Talitha percebia uma intensa vibração no ar, como um perfume de vitória iminente. Estava exausta e sabia que algumas horas de descanso devolveriam suas forças, mas também sabia que não pegaria no sono. Estava tensa demais, ansiosa, emocionada.

As operações de escavação duraram até o alvorecer. Para ajudar, Talitha teve de recorrer à pouca energia que ainda sobrava no fragmento de Pedra do Ar do pingente. As espadas e as maças ferradas que ela e os rebeldes usavam para cavar um canal ao lado do curso de água reluziam, animadas pelo Es que infundia nelas, e removiam a terra com mais facilidade. A camada de gelo que a cobria estava compacta e opunha resistência, mas, graças à Espada de Verba, Talitha rachou-a de um só golpe e o trabalho acabou sendo mais rápido e fácil do que se esperava. Só quando uma quantidade suficiente de água começou a defluir fora do leito do rio e a correr pelo desvio lateral decidiram conceder a si mesmos algum descanso.

Talitha sentia os olhos, que se fechavam de exaustão, mas mesmo assim não relaxava.

– Precisa descansar – disse Melkise, sentado de pernas cruzadas diante dela. – Daqui a algumas horas terá de derrubar uma montanha de gelo, não vai ser brincadeira.

Talitha meneou a cabeça.

– Estou agitada demais, nem mesmo um feitiço me faria dormir.

– Precisará de um feitiço para ficar de pé, se não descansar pelo menos um pouco – insistiu ele. – E, além do mais, não vai querer que eu fique de vigia a troco de nada, vai?

Talitha sorriu e se enrolou nas peles que tinham trazido do vilarejo. Os demais rebeldes já dormiam profundamente, deitados a poucos passos de distância do canal com que haviam desviado o curso do rio, e que dali a pouco iria desencadear um deus nos acuda de gelo em cima dos inimigos. Talitha sentia o coração bater tão forte que parecia comprimir as costelas, quase como se lhe pedisse para agir logo e acabar de uma vez com aquela espera aflitiva.

– Será que vamos dar conta do recado? Acha que veremos o pôr do sol, amanhã? – perguntou de repente.

Melkise olhou para ela à pálida luz das luas.

– Esta é uma pergunta que ninguém deve fazer numa guerra.

– E o que você sabe de uma guerra? Nenhum de nós já esteve numa – disse Talitha, fitando-o nos olhos.

Pensou em Verba, que já estava vivo no tempo da Antiga Guerra, a última que havia derramado sangue em Talária, e o pensamento trouxe à sua memória a imagem de Saiph. Sabe lá o que houve com ele, onde estava. Ainda não recebera notícias do rapaz. Forçou-se a não pensar no assunto: se fizesse isso, não haveria mais espaço para outra coisa em sua mente.

– Sei da morte e da espada, e isso já basta – respondeu Melkise apoiando as mãos nos joelhos. – Passei outras noites como esta, até demais. Quando a luta se desencadeia, só terá de pensar no aqui e agora. O amanhã não existe.

Talitha aninhou-se ainda mais sob as peles. Era então aquela, a essência da batalha: a aniquilação do tempo, um eterno presente no qual não havia espaço para os pensamentos e as emoções, mas somente para as lâminas que se chocavam umas com as outras, para os músculos que se tendiam, para o sangue. Encostou uma das mãos no peito, contando as batidas do coração. Olhou de novo para Melkise e ficou feliz por estar ali com ele.

Gerner e os chefes de outras unidades chegaram logo depois do raiar dos sóis. Era um lindo dia e o céu, entre as agulhas dos Talareth, aparecia incrivelmente limpo. Os poucos raios que alcançavam o chão eram quentes, e lembravam a Talitha o tepor do Reino da Primavera. Mais um sinal dos efeitos nocivos de Cétus.

Não pense nisso, concentre-se somente na batalha, disse a si mesma.

Os chefes confabulavam em tom animado entre si e se mostraram satisfeitos com o trabalho. Gerner até pareceu mudar de atitude em relação a Melkise, apesar de os outros femtitas olharem para ele com desaprovação.

Em seguida, depois da inspeção, chamou Talitha para um canto.

– Para você – disse. – Foi-me entregue por um dos rebeldes que trabalhava nas minas. Arriscou a vida para tirá-lo de uma sacerdotisa: procure usá-lo da melhor forma possível.

Abriu a mão e mostrou um pesado pingente de Pedra do Ar. Só raramente Talitha tinha visto outros daquele tamanho: devia pertencer a uma sacerdotisa de condição elevada. Apertou-o no punho, concentrou-se e o sentiu cheio de um poder que ressoava perfeitamente com seu Es.

– É um cristal muito poderoso. Obrigada.

– Espero que se dê conta da responsabilidade que assumiu.

E, sem esperar por uma resposta, Gerner foi embora, deixando-a sozinha com Melkise. Em seguida, juntou-se aos demais chefes e, na garupa dos dragões, o grupo voltou ao acampamento dos rebeldes para anunciar que o rio tinha sido desviado e, na hora combinada, lutariam contra os Guardiões.

– Nosso amigo tranquilizou-a, ao que parece – observou Melkise com um sorriso de chacota.

– É o jeito dele, mas é um bom chefe – respondeu Talitha. – E esqueça esses comentários, alguém poderia ouvir você! Ou será que já quer jogar fora a confiança...

– Meu interesse é fazer com que você saia viva daqui – disse ele.

Talitha fitou-o com intensidade.

– Daqui a duas horas os demais rebeldes vão chegar... E então só a espada poderá dizer quem sai vivo e quem vai morrer.

Melkise jogou o alforje, que ela agarrou.

– Vamos. Agora começa a parte mais difícil.

* * *

Ficaram à espera, sentados perto do canal, em um pequeno relevo, onde o rio corria ao lado do penhasco de gelo. Desde a noite anterior a água começara a fluir fora do leito e, nesta altura, já devia ter cumprido seu propósito. Insinuara-se numa pequena vala, como se desde sempre este fosse seu desejo, e naquele momento Talitha se deu conta de que já não era possível voltar atrás, que o destino deles já estava selado.

Enquanto isso, os rebeldes haviam voltado com os reforços. Dezenas de femtitas esperavam atrás da crista de gelo, prontos a lançar-se no combate.

Melkise esticou a cabeça e deu uma espiada na mina: era um contínuo vaivém de escravos e de talaritas. A atividade fervilhava, fileiras e mais fileiras de escravos se moviam curvadas sob o peso de enormes blocos de gelo. Quando alguém parava ou deixava cair a carga, um vigia golpeava-o com o chicote, na ponta do qual brilhava um fragmento de Pedra do Ar.

Talitha sentiu-se invadir por uma onda de raiva.

– Agora – disse a Melkise.

Sabiam que o mais importante era atrair para aquela área o maior número possível de Guardiões, e ao mesmo tempo afastar os escravos que ali trabalhavam para impedir que ficassem envolvidos.

Melkise, então, agarrou Talitha, torceu seu braço atrás das costas, apontou o punhal para sua garganta e em seguida empurrou-a até a margem da crista de gelo. Ela esperou que aguentasse. Devia estar impregnada de água como um tecido deixado de molho por horas a fio. Mesmo assim, saber que Melkise estava atrás dela, que a segurava com firmeza, fazia com que se sentisse quase segura, como se nada de mal pudesse acontecer.

– Aqui está ela, sua jovem condessa! – gritou Melkise.

No começo só houve alguns Guardiões levantando a cabeça, mas logo todos eles olharam para cima para ver de onde vinha aquela voz.

– Mas, primeiro, quero tratar com o chefe de vocês, está claro?

Um burburinho cada vez mais audível animou a multidão reunida diante da mina.

– Dispensem os escravos e mandem chamar o encarregado.

Viram soldados que confabulavam, para em seguida se afastar em busca do comandante. Melkise e Talitha continuaram imóveis.

Os soldados começaram a chegar mais perto. A notícia se espalhava. Talitha sempre ficava pasma ao constatar como seu destino se tornara importante para aquelas pessoas: era evidente que o pai tinha aumentado o próprio poder, naqueles meses, e dera ordens para que o impossível fosse feito desde que pudesse ter a filha de volta.

– Fora! Saiam daqui! – berravam os soldados, escorraçando os escravos.

Enquanto isso, o chefe da Guarda chegara.

– Então, quais são suas condições? – gritou para Melkise.

Estava de pé bem embaixo do penhasco de gelo, cercado por uma multidão de soldados, que, receando um ataque de surpresa por parte dos rebeldes, haviam se juntado em grande número.

O momento chegou.

Talitha fechou os olhos e entregou-se ao aperto de Melkise. Caberia a ele dar o sinal.

Juntou as forças, concentrou todo o Es que corria em suas veias e o comprimiu no peito, pronto a explodir. O pingente reluzia num brilho ofuscante. Percebeu que Melkise o tirava de seu pescoço e o escondia com delicadeza entre as dobras do casaco.

– Toda essa luz poderia deixá-los desconfiados – murmurou para ela.

Talitha esforçou-se para recuperar a concentração. Estava tudo pronto. Sentia no corpo uma impaciência irrefreável, fruto do poder que juntara e a Pedra do Ar estava amplificando até os limites do suportável. Cada fibra de seu corpo vibrava, provocando uma espécie de formigamento constante, quase doloroso.

– Não aguento mais... – resmungou entre os dentes.

– Então, vai dizer o que quer para nos entregar a jovem? – repetiu a voz.

– Agora! – sussurrou Melkise.

Talitha gritou. A luz que se desprendeu do pingente foi tão intensa que chegou a chamuscar o casaco e a queimar sua pele. Sentiu o Es sair dela com violência, como um rio na cheia, e correr de seus pés até derramar-se incontido no gelo subjacente. Encheu uma gigantesca bolha de água até fazê-la estourar. Um terrível solavanco sacudiu ambos, enquanto um estrondo ensurdecedor aniquilava qualquer outro ruído.

O gelo caiu devagar como se quisesse refrear sua corrida. Quem estava embaixo ficou de queixo caído, perturbado diante daquele espetáculo de beleza devastadora. Depois, só houve morte.

Tudo pareceu infinito, eterno. As percepções dilataram-se além de qualquer medida: Talitha podia sentir com intolerável clareza todas as coisas ao redor, desde o gelo na palma das mãos até cada sopro de ar que entrava e saía dos pulmões. Depois sentiu o gelo que se esfarelava sob seus pés.

Precipitou e teve certeza de que iria morrer. Então alguma coisa segurou-a dolorosamente pelo pulso. Sentiu o baque repercutir em todo o braço. Virou-se para cima e viu o rosto de Melkise contraído no esforço de sustentá-la.

– Vamos, puxe-se! – gritou para ela.

Talitha, por fim, recuperou o domínio de si. Esperneou, procurando um ponto de apoio. Quase por acaso um de seus pés encontrou uma saliência. Enfiou-o ali, fez força, e puxou-se para cima.

Os dois ficaram deitados no gelo, Melkise, que segurava o braço, Talitha de bruços, sem fôlego. Bastou ela virar de leve o rosto para ficar cara a cara com o abismo. Lá embaixo, no lugar dos soldados, só havia um imenso amontoado de neve e de gelo, para o qual acudiam dezenas de talaritas.

Melkise levantou Talitha rindo com vontade.

– Ora essa, nunca poderia imaginar que funcionaria tão bem!

Ela ainda estava confusa, e não sabia o que dizer. Sentia-se extremamente cansada e acometida por tontura.

Melkise segurou-a na mesma hora.

– Não brinque comigo, jovem condessa!

– Não, não... está tudo bem... consegui! – E finalmente Talitha concedeu-se um sorriso.

– Sabe que não acabou, não sabe? – acrescentou Melkise, no entanto.

Ela ficou séria. Separou-se do abraço e, ainda trôpega, pegou a espada. Logo que seus dedos se fecharam em volta da empunhadura, foi como se uma descarga de energia se espalhasse do braço para todo o corpo.

Aconteceu de novo, como quando tinha lutado com a fera de neve: o pingente de Pedra do Ar reluziu fúlgido e transmitiu uma onda de energia ao braço que segurava a espada, entrando em ressonância com a lâmina.

– O que está havendo? – perguntou Melkise, reparando no fenômeno.

– Não sei... Mas agora que segurei a espada sinto-me renascida.

– O instinto da guerreira – comentou ele com um sorriso cúmplice, também desembainhando a espada. – Está pronta?

Talitha estava inteiramente dona de si. Sentia o corpo pujante, cheio de força. Gerner e os demais rebeldes já estavam avançando para o vilarejo, brandindo espadas e machados. Eles foram atrás.

Os primeiros escravos começavam a sair das galerias. Surgiam da escuridão ainda confusos, pálidos, vestindo panos esfarrapados e sujos. Pareciam não entender onde estavam, o que estava acontecendo. Alguns grandes dragões, sustentando canoas muito maiores que as normalmente usadas no transporte de tropas, já estavam prontos a levá-los para algum lugar seguro.

– Eles entenderam o que houve? – perguntou Melkise logo que chegou.

– Vocês fizeram algo... incrível, tudo estremeceu aqui dentro! – exclamou um dos rebeldes. – Acho que os talaritas não se deram conta do que aconteceu.

– Pode ser, mas não vai durar. Precisamos nos apressar.

Como resposta àquela observação ouviram-se alguns gritos abafados chegando da galeria.

Melkise virou-se para Talitha.

– Vamos! – disse, e ela o seguiu.

Pegaram o último dos três túneis, aquele em que deveriam entrar os rebeldes encarregados de deter os escravagistas e os soldados talaritas. Era mais amplo que os outros, para permitir a passagem de um bom número de guerreiros, e mais profundo. Os rebeldes já se amontoavam na entrada, enquanto um femtita controlava o fluxo.

Talitha e Melkise forçaram as fileiras e entraram no túnel correndo, animados pelo mesmo ardor.

Chegaram a um vão mais amplo, onde quatro soldados e três rebeldes se enfrentavam, mas outros estavam acudindo para ajudar os femtitas.

– Siga-me, não precisam da gente aqui – disse Melkise segurando Talitha pelo braço.

Seguiram adiante na galeria até chegarem a uma caverna subterrânea com umas vinte braças de largura e três de altura, onde quatro soldados estavam massacrando alguns escravos. Talitha e Melkise lançaram-se contra eles berrando, sem qualquer outro desejo a não ser lutar.

Talitha desferiu o primeiro golpe de impulso. A Espada de Verba penetrou facilmente a carne do inimigo, e a dor que percorreu seu braço foi devastadora. Mas não deteve sua arremetida, exatamente como acontecera da vez anterior. Só quando extraiu a lâmina a dor, assim como aparecera, sumiu.

– Tudo certo? – gritou Melkise reparando em sua expressão sofrida. Estava às turras com dois inimigos, e a Talitha pareceu invencível enquanto remoinhava a espada acima da cabeça.

– Tudo bem – respondeu ela gritando, com o clangor das lâminas encobrindo sua voz.

No túnel desencadeara-se uma carnificina. Os rebeldes, exaltados pela queda da parede de gelo, combatiam com uma luz nova nos olhos. Os Guardiões aproveitavam ao máximo o treinamento e desferiam golpes perfeitos, mas os femtitas respondiam com tanta energia e tamanho arrebatamento que tornavam vã a habilidade deles. Avançavam gritando contra o inimigo, brandindo espadas e machados como se nada pudesse detê-los, valendo-se do grande número e de lutarem unidos. Alguns Guardiões, despreparados para aquele ímpeto, deixavam-se dominar pelo terror e depois de alguns instantes sucumbiam.

A Espada de Verba rodopiava no ar como uma dançarina. Matou três soldados de um só golpe e, enquanto mais um se aproximava por trás, quase pareceu notar sua presença: Talitha tinha a impressão de que a arma guiava sua mão, virou-se e, com um golpe seco, trespassou o agressor. Ganhou, com isso, a costumeira fisgada atroz, e logo a seguir um renovado vigor.

Nos breves intervalos da batalha, ia até os escravos e os ajudava a se levantar. Eles a fitavam pasmos, às vezes até recuavam.

– Fujam, maldição! Fujam logo! – gritava ela.

Com o resquício de lucidez que lhe sobrava, considerou a situação. Os escravos chegavam principalmente de uma direção, enquanto os soldados talaritas vinham, a intervalos, de outro túnel. O pensamento de Talitha não demorou mais que um segundo. Trocou um olhar cúmplice com Melkise e ambos chisparam para a entrada que vomitava inimigos. De espada na mão, apoiando as costas umas nas outras, tomaram posição para atacá-los à medida que apareciam.

Logo, na mente de Talitha, só houve espaço para a dor que cada golpe lhe infligia e para a violência do combate. A única coisa que a impedia de enlouquecer, de perder a noção do tempo e do espaço, era o contato com as costas de Melkise. Ele estava lá, e era a única certeza naquele túnel, que cheirava a morte. Era como olhar para si mesma de fora, como não estar ali, mas, sim, num alhures confuso, talvez em parte alguma. De repente os inimigos também deixaram de ser pessoas, eram apenas coisas a serem abatidas, golpeadas, ceifadas.

É a guerra, repetia a si mesma, e não havia lugar para qualquer outro pensamento.

De repente retomou consciência de si, ignorando quanto tempo se passara. O espaço em que se encontrava, olhando para ele, parecia-lhe alheio, como se tivesse sido jogada lá por engano. Não havia mais escravos. Talvez tudo tivesse acabado. Sentiu alguém segurar seu braço.

– Corra! – berrou Melkise, e começou a arrastá-la para fora.

Ela viu indistintamente mais soldados que os perseguiam. Tentou desvencilhar-se, matou um deles.

Melkise sacudiu-a com força.

– Pare!

– Mas há mais! – gritou ela. Não se dava conta, ao certo, do que estava fazendo, só sabia que devia continuar a lutar, pois não havia outra coisa que pudesse fazer.

Melkise levantou-a do chão e a carregou para fora. A luz era tão ofuscante que os fez cair, enquanto atrás deles ainda se ouvia o barulho da batalha. Talitha procurou levantar-se, mas Melkise a segurou mantendo-a grudada ao gelo.

– Já fez o que devia, está bem? Agora chega, não há mais motivo para continuar a lutar!

Talitha viu o rosto dele quase colado no dela e, enfim, se recobrou. Respirou fundo, então Melkise a soltou, jogando-se a seu lado.

Ela olhou para o céu. Dava para vê-lo, de um azul absoluto, entre os galhos do Talareth. A imagem era tão pacífica que parecia irreal num campo de batalha. Aos poucos, a consciência do que tinha feito começou a tomar forma em sua mente.

Salvamos inúmeras vidas, disse a si mesma para afugentar a desagradável sensação que lhe revirava as entranhas.

Também pensou em todas as existências que tinha destruído, mas continuou repetindo que a guerra era assim mesmo, e que, por mais impiedosas que fossem, essas eram suas regras.

– Vencemos!

Gerner estendeu-lhe a mão e ajudou-a a se levantar.

Eram palavras breves e secas, mas seus olhos não escondiam uma profunda admiração. Talitha limitou-se a anuir. A batalha estava no fim. Eles tinham conseguido.

– Você foi realmente fantástica – disse Melkise. – E o que mais importa é que continua viva.

Todas as emoções, todos os pensamentos que durante o combate pareciam ter sumido, explodiram de uma só vez em seu peito. Medo, exaltação, dor, horror, alegria. E aquela única sensação que sobrevivera ao ardor da batalha: as costas de Melkise, que premiam contra as dela.

Talitha apertou-o como se fosse a única coisa que tinha no mundo, e desejou perder-se naquele abraço.

Ele ficou rígido sob seu aperto, então encostou a mão em sua cabeça.

– Ei, está tudo bem. Acabou.

Mas ela não ouvia. De rosto espremido no pescoço dele, respirava seu cheiro, misturado com o da batalha, e naquele momento percebeu que era a única coisa que desejava no mundo.

23

O emipiro enviado por Saiph estava à sua espera do lado de fora da tenda. Talitha, ao voltar de Bemotha, sentiu um aperto no coração logo que o viu. Haviam sido dois dias de voo na garupa de um dragão, com somente duas paradas, enquanto a fama das façanhas deles se espalhava como um incêndio pelos quatro Reinos.

Desamarrou a mensagem da pata do pequeno dragão e levou o animal para dentro, no caso de ter que mandar uma resposta a Saiph.

– O que é isso? – perguntou Melkise, deixando-se cair na cama, exausto, sem nem mesmo tirar as botas.

Talitha mordeu o lábio, indecisa entre dizer ou não a verdade. Podia confiar nele, nesta altura, mas tinha prometido a Gerner que guardaria segredo.

Decidiu contar tudo, afinal: Melkise lutara a seu lado, e mentir não seria justo.

– Você acredita mesmo nessa história de que Cétus vai queimar tudo? – perguntou ele depois de ouvi-la, como se a coisa nada tivesse a ver com ele.

– Você mesmo viu como o clima mudou: as chuvas, a temperatura... Não é normal.

– Não quer dizer que vai piorar.

– Minha irmã estava convencida do que lhe contei, e pagou com a vida esta sua convicção. É por isso que a procura precisa continuar. Só Verba sabe como podemos deter a catástrofe.

– Só que mandou Saiph procurá-lo, porque você prefere lutar ao lado dos femtitas – disse Melkise, com um sorriso desafiador.

– A causa deles é justa, e este é o melhor momento para defendê-la. Pensei que estivéssemos de acordo.

– Não precisa ficar nervosa – replicou ele, levantando-se. – Eu não estaria aqui se não fosse por Grif. Você, por sua vez, deixou partir seu amigo mais querido.

– Alguém tinha de ir atrás de Verba – disse Talitha, irritada. – E Saiph não gosta de combater, embora todos o considerem um grande herói.

Enquanto pronunciava estas palavras, percebeu que estava defendendo Saiph das faltas pelas quais ela mesma o recriminara quando estavam juntos.

Receosa, desenrolou o pequeno pergaminho e leu a mensagem.

Preciso falar com você. Daqui a três dias, na pequena gruta na margem do lago.

Talitha entendeu logo de qual gruta se tratava.
Escreveu a resposta no verso do pergaminho:

Está bem.

Então, amarrou a pequena folha na pata do animal e soltou-o.

– Então? – perguntou Melkise.

Talitha deu de ombros.

– Quer me ver.

– Onde?

– Não importa. Mas se Gerner descobrir que está por perto fará o possível para que volte ao acampamento, mesmo que tenha de acorrentá-lo. Precisarei tomar todo o cuidado.

Falaram mais um pouco da batalha que haviam enfrentado, então o cansaço da viagem levou a melhor sobre Talitha. Deitou no catre e deixou que Melkise saísse para festejar a vitória com o restante dos rebeldes. Custou a adormecer. Pensava no que acontecera na mina, no que tinha descoberto a respeito de si mesma, da guerra e Melkise. Diante de todos estes acontecimentos extraordinários, percebeu que a mensagem de Saiph provocava nela um efeito estranho. Parecia vir de uma época longínqua, nesta altura perdida. Era como se Saiph se dirigisse a outra Talitha, bastante diferente da atual. Pensava no próximo encontro até com um receio e curiosidade, sentimentos que jamais teria imaginado experimentar por alguém que fora seu amigo a vida toda.

Abriu os olhos e espiou a cama vazia de Melkise. Sentia falta dele. Acostumara-se com sua presença na cabana, com o som leve de sua respiração, à noite, a respiração de quem nunca dormia de verdade, pois estava sempre pronto a reagir. Jamais imaginaria uma coisa dessas, quando ainda era sua prisioneira.

A vida é realmente imprevisível, murmurou bocejando. E foi o último pensamento antes de cair no sono.

* * *

A desculpa seria conferir as pequenas lavouras que ficavam às margens do lago. Os rebeldes se alimentavam dos frutos que ali cresciam, cultivados por mulheres e homens não aptos ao combate. Entre eles, Grif, e era justamente o rapazinho que a acompanharia na pequena excursão.

Singraram juntos as águas ácidas do lago, e em seguida ela foi sozinha até a gruta que se abria na margem.

Parecia a toca de algum bicho: a entrada era uma abertura estreita, mas o interior era espaçoso. O chão estava cheio de ossos quebrados, sinal de que alguém tinha morado e comido ali.

Ele estava de pé, no fundo da caverna, de rosto ainda coberto, os braços caídos ao longo do corpo. Sua figura era inconfundível. Talitha sentiu uma estranha emoção, de quem volta a um lugar querido depois de muito tempo. No entanto, sentiu também um inexplicável receio de se aproximar dele, então preferiu manter distância, permanecendo parada.

Saiph tirou o cachecol e o turbante. Estava um pouco pálido e visivelmente mais magro. Seu sorriso, no entanto, era o de sempre, aberto e sincero. Talitha sentiu-se reconfortada.

– Talitha... – murmurou ele.

Ouvi-lo pronunciar seu nome derreteu de pronto qualquer barreira. Ela jogou os braços em torno de seu pescoço e o abraçou, sentindo prazer naquele contato.

– Mas que droga... senti sua falta – admitiu ela com um sorriso tímido.

– E eu, a sua também, muito mesmo – disse Saiph.

– O que fez, por onde andou esse tempo todo? E o que me diz de Verba? – As perguntas jorravam apressadas.

– Continua impulsiva, como sempre – observou Saiph.

– Foi uma viagem difícil, mas não inútil.

Ele pegou o alforje preso à parede da gruta e sacou um pergaminho.

– Está escrito na língua de Verba... mas ouça.

Pare de me procurar. Isso só vai levá-lo à morte. Uma vez que nem mesmo este maldito bosque o deteve, vou para um lugar onde, na certa, não vai me encontrar. Volte para sua dona. O deserto é um lugar só para pessoas como eu.

Verba

– Quer dizer que ele fugiu de novo? – perguntou Talitha, decepcionada. – De nada adiantou arriscar a sua vida à procura dele.

– Não, é justamente o contrário. Ele desistiu de tudo, da guerra, de nosso mundo. Mas no fundo sabe que está errado. Quer nos ajudar. É por isso que deixou a mensagem.

– Está dizendo que quer que o sigamos?

– Isso mesmo. Até o Lugar Inominado.

Talitha ficou um bom tempo olhando para Saiph, boquiaberta.

– Ninguém jamais sobreviveu naquele lugar.

– Se ele sobrevive, nós também podemos.

– Talvez ele saiba de algo que nós desconhecemos: não há Pedra do Ar, não há Talareth, nem mesmo água – objetou Talitha. As desculpas soavam fracas a seus ouvidos. Mas a ideia de partir deixava-a aflita.

– É o que contam. Mas você conhece alguém que de fato esteve lá? – rebateu Saiph, paciente.

– Ninguém, e deve haver um motivo.

– Ninguém tampouco tinha visto o céu, e nós vimos. E sobrevivemos.

– Não é a mesma coisa.

– Mas quem disse que é um deserto? Não acha que todas estas histórias poderiam ter sido inventadas justamente para evitar que alguém vá até lá? Você mesma viu: no céu tampouco havia algo mortal, era só uma maneira para impedir que questionássemos o poder dos sacerdotes.

– Ou pode ser uma armadilha de Verba.

– Teve inúmeras ocasiões para nos matar. Não, não faria sentido.

– Pode ser – admitiu Talitha, desviando o olhar.

Saiph suspirou.

– Já não se importa com mais nada, não é verdade? Sei que não é do tipo que se espanta diante de um risco. Sempre se sentiu atraída pela aventura e pelo desconhecido. Mas agora só quer ficar aqui e lutar.

– Já falamos disso. O que faço...

– É muito importante, eu sei. Quer ajudar os femtitas em sua guerra, porque a considera justa.

– Também é *sua* guerra.

– Porque sou um femtita? Pode ser – disse Saiph com veemência. – Mas acho que tenho o direito de escolher em quais guerras combater sem levar em conta minha raça. E sei que lutar pela salvação de Nashira é mais importante do que ficar pensando em quem manda e em quem obedece. Se você ainda raciocinasse com sua cabeça, em lugar de se deixar ofuscar pela raiva, saberia que estou certo.

Calou-se, e Talitha sentiu-se esmagada pelo peso daquelas palavras. Era verdade, já não queria partir. Tinha experimentado o sabor da guerra, que agora se tornara para ela uma necessidade. *Precisava* ficar e *precisava* continuar a lutar junto com os rebeldes. Estava disposta a sacrificar tudo para isso.

De repente Saiph segurou sua mão, fazendo-a estremecer.
– Vamos embora juntos, agora – suplicou.
Talitha desejou poder dizer sim, mas não conseguiu.
– É impossível – disse. – Há coisas que... preciso resolver antes.
Saiph anuiu, triste.
– Vai voltar ao acampamento, então?
– Volte comigo – propôs ela tentando mostrar alegria. – Vai haver uma festa pela libertação das minas, e além do mais não gosto da ideia de você aqui sozinho.
– Se eu voltar, Gerner não vai me deixar partir de novo.
– Há muitos rebeldes novos que se uniram a nós depois da última batalha. Você poderá se misturar a eles. De turbante e cachecol, ninguém irá reconhecê-lo. Pedirei a Grif para ficar aqui por uns dois dias, e você poderá voltar no lugar dele.

Saiph compreendeu que não tinha escolha e anuiu. Quando subiram no barco que os levaria à ilha, Talitha contou o que acontecera durante sua ausência. A batalha, a chegada de Melkise... E foi justamente este último fato que deixou Saiph perturbado. Aquele homem havia sido inimigo deles, e ela o mencionava com entusiasmo. Sentiu uma agulha gelada abrir caminho em seu coração, ainda mais quando a viu saudá-lo de forma calorosa quando alcançaram a margem.

Depois que ela explicou a troca, Melkise esquadrinhou Saiph por alguns segundos e então, sorrindo, deu-lhe um tapa no ombro.

– Fico feliz que esteja bem. Na verdade, até queria revê--lo. Sempre gostei de você. – Deu uma sonora risada. – E aí, encontrou o herege?

– Cheguei perto – respondeu Saiph, desconfiado.

Talitha e Melkise levaram-no para a cabana. Decidiram que ele só sairia à noite, e que por enquanto seria prudente ficar ali, escondido. Depois se dirigiram à pequena esplanada diante do barraco para treinar com as espadas. Saiph ficou olhando através de uma fresta na parede. Talitha parecia feliz, ria. Os dois fraseavam com as lâminas como se estivessem mantendo uma conversa brilhante, entrosados, perfeitos. E ele se sentiu excluído. A maneira com que Talitha ria... nunca tinha rido daquele jeito com ele.

E nunca o fará, pensou consigo mesmo.

Ao anoitecer, acenderam uma grande fogueira no meio do acampamento e os rebeldes reuniram-se com alegria em volta dela. A comida estava mais elaborada que de costume, e alguém até pegou um oriale, e entoou velhas cantigas no dialeto femtita. Fazia pouco tempo que Talitha começara a aprender aquela língua, mas já pegava o sentido dos versos. Todos acompanharam cantarolando e batendo o ritmo com as mãos. Então, brindaram com purpurino e essências, até ficarem quase ébrios. Talitha também tinha as faces acaloradas pelo álcool, enquanto Melkise engolia uma taça após a outra sem sentir, pelo menos na aparência, os efeitos.

Percebendo que dali a pouco a maioria deles não estaria em condições de entender, Eshar pediu silêncio e falou em nome do comando dos rebeldes.

– Esta festa é sua, vocês bem que mereceram. Sei que desejam divertir-se, e deixarei que dancem até não conseguirem mais ficar de pé. Mas antes quero comunicar-lhes a mensagem de nossos líderes.

Explicou que a libertação da mina havia sido um sucesso extraordinário e que os comandantes pretendiam aproveitar a onda de entusiasmo para alcançar sem demora mais uma vitória. Para isso, no entanto, era preciso que se deslocassem para o interior de Talária.

– No Reino do Inverno instaurou-se um caos. A mina que libertamos foi abandonada. Vamos nos alojar nela e, dali, levaremos nossos ataques a todo o norte. O objetivo final é Galata.

Os rebeldes aplaudiram e rumorejaram.

– A capital? – exclamou Melkise, incrédulo.

Talitha anuiu.

– Imagine só o impacto nos talaritas, se pegarmos uma cidade inteira... Isso mudaria o rumo da guerra.

Saiph, que estava meio afastado, de rosto coberto e perdido no meio dos rebeldes libertados, aproximou-se de Talitha.

– Preciso falar com você – disse seco.

– Agora? – respondeu ela enfastiada.

– Agora.

Afastaram-se para um canto.

– Não está pensando em participar de um novo combate, espero – disse o rapaz, logo que teve certeza de que ninguém ouviria a conversa.

Talitha ficou olhando para as próprias mãos.

– Só levará poucos dias. Mais uma investida, só uma. O deserto vai continuar onde está, e Verba também.

– Talitha, as chuvas são cada vez mais frequentes, e aqui no Norte nunca choveu antes. Não percebe que o tempo está acabando?

– Só alguns dias, Saiph.

– Para queimar e destruir alguma maldita aldeia? O que acha que vai encontrar lá? Só mesmo civis! Mulheres e crianças! – rebateu ele com ímpeto.

Talitha contraiu o rosto, e alguma coisa, alguma coisa efêmera e fugaz, passou por seu olhar: a sombra de uma incerteza, talvez medo, de tudo aquilo que Saiph amara nela ao longo daqueles anos. Mas no fim ela respondeu, irritada:
– Somos rebeldes, não açougueiros. E se algum civil ficar no caminho... é guerra.
Saiph ficou petrificado diante de sua expressão gélida.
– Eu... não acredito que está falando sério.
Talitha bufou.
– Seu problema é esse: você não acredita. Não acredita neste lugar, não acredita nesta luta e, principalmente, não acredita em mim. Acha que eu nem sei o que quero, não me julga capaz de tomar a decisão certa. Mas eu cresci, combati, e isso fez de mim uma pessoa diferente.
– Você está diferente, sim. A Talitha que eu conhecia nunca usaria as palavras que acabou de dizer. Está afirmando que matar tornou-a melhor, não percebe? Já esqueceu o que sentiu quando matou aquele soldado, no começo da viagem? Você continua sendo aquela jovem, por mais que queira negar, e calar aquela parte de você só lhe fará mal. Conheço-a muito bem. Faz dez anos que estou a seu lado.
– Talvez não tenham sido suficientes. Estou aqui com Melkise há menos de um mês, mas ele sabe quem sou e entende o que quero.
A fisgada gélida abriu novamente caminho no coração de Saiph. E dessa vez permaneceu lá.
– Fico com pena de já não a entender – disse rispidamente. – Mas a procura por Verba continua sendo a prioridade máxima para salvar este mundo. Então, está disposta a partir comigo para o Lugar Inominado?
Talitha encarou-o.
– Só depois de participar do próximo combate.

Saiph não respondeu. Seu olhar estava amargurado, decepcionado.

– Muito bem – concluiu ela, seca. – E, com sua permissão, quero comemorar a batalha que venci em sua ausência.

E se afastou dele, mergulhando na multidão, na música e na alegria. Observando-a desaparecer num turbilhão de danças, Saiph percebeu que a estava perdendo.

24

Talitha voltou à festa, mas teve de fazer um grande esforço para relaxar e esquecer a conversa com Saiph. Doía-lhe o fato de tê-lo tratado de maneira tão dura, mas queria deixar bem claro que já não era a menina cheia de caprichos de antigamente. Sentia-se tomada por sentimentos contrastantes: por um lado não suportava que ele criticasse seu jeito de ser, por outro estava contente que tivesse voltado. O amigo lhe fizera falta, muita falta, teve de admitir enquanto batia palmas e tentava cantar alguns versos de uma canção femtita que conhecia.

Melkise apareceu de repente, segurando um frasco de suco de purpurino meio vazio.

– Então, não vai dançar? – berrou em seu ouvido. Seu bafo cheirava levemente a álcool, seus olhos brilhavam.

– Eu era uma péssima aluna nas aulas de dança, no palácio! – respondeu ela, também aos berros.

– Mas não pense que aqui há danças de senhoritas, como aquelas que lhe ensinavam! Aqui estamos no meio da escória de Talária, cada um dança como pode, o que importa é se mexer! – disse.

Então, ajoelhou-se diante dela e estendeu a mão, depois de tê-la conduzido numa ondulação no ar.

– Você me daria a honra dessa dança? – perguntou.

O oriale estava tocando uma música desenfreada, que os femtitas, quase todos bêbados, acompanhavam cantando a plenos pulmões. Talitha riu, sem jeito, e tentou esquivar-se, mas ele puxou-a pelo braço.

Meteram-se no meio da multidão e começaram a rodopiar como doidos. Era uma dança que Talitha via com frequência os escravos no palácio do pai fazerem, e algumas vezes até participara com Saiph, que detestava dançar e só dava alguns passos quando forçado. Era desengonçado e não tinha ritmo algum, e os dois acabavam quase sempre pisando um no outro e caindo no chão, mas essa confusão era justamente o que tornava aquilo tudo tão divertido.

Com Melkise a história era bem diferente. Tinha um controle extraordinário do próprio corpo, guiava-a com precisão absoluta, e Talitha só precisou deixar-se conduzir. Em volta, tudo rodopiava e, no meio daquele tornado, havia o rosto do mercenário, sorridente e um pouco vermelho devido ao purpurino. Era exatamente como quando haviam ficado ombro a ombro na batalha: sua presença dava-lhe uma sensação de total segurança. Ele *estava lá* e, portanto, tudo só poderia dar certo. Mas, por mais agradável que fosse, o pensamento deixou-a perturbada. O que estava havendo com ela? Por que se sentia tão atraída por ele?

Parou um instante, pegou o frasco de suco de purpurino que Melkise deixara no chão e tomou um longo gole. O álcool desceu queimando goela abaixo, espalhando por todo o corpo uma calma sensação de bem-estar e calor. À sua volta, gritos e aplausos de incitação.

– Viva a condessa! – gritou Melkise, e então a segurou pelos braços e a fez rodar durante um bom tempo até ela, às gargalhadas, implorar para que parasse. Ele a soltou na mesma hora, de propósito, e Talitha só não acabou de pernas para o ar porque uns rebeldes a seguraram antes da queda. Não parava de rir, dominada por uma alegria e uma inconsciência que nunca experimentara antes.

A festança durou até o amanhecer, mas bem antes que a folia acabasse Melkise parou de dançar. Talitha viu que ele se afastava e, sem pensar, correu atrás dele.

– Já cansou? – perguntou, enfiando o braço embaixo do dele.

– Quero ver Grif. Não me agrada saber que está sozinho.

Melkise aproximou-se da cabana onde ficavam guardadas as canoas e tentou abrir a porta com movimentos que o álcool tornava imprecisos.

– Não tem condição... – falou Talitha rindo.

– Quem não tem condição é você. Eu estou muito bem.

– De qualquer maneira, acho melhor eu ajudar – disse ela continuando a rir.

Apesar de tudo, foram bastante silenciosos, a ponto de empurrar a canoa nas águas ácidas do lago sem ninguém perceber.

Melkise foi o primeiro a pular no barco, em seguida segurou-a pelos quadris e puxou-a para dentro. Talitha apoiou-se em seu peito e, na mesma hora, sentiu-se invadir por um estranho calor.

– Por que está vindo comigo? – perguntou ele fitando-a nos olhos, sem soltá-la.

Ela sentiu que aquele olhar a trespassava.

– Está bêbado... queria ajudar...

– Conte outra! – rebateu Melkise, sorrindo.

– Talvez quisesse simplesmente ficar com você – murmurou Talitha.

Por um instante continuaram abraçados, em silêncio. Talitha desejou que aquele momento durasse para sempre. Tinha passado a vida inteira sentindo-se desajustada. Sua casa era um ambiente alheio onde ela só tinha de fazer o que se esperava de uma jovem de sua condição aristocrática. O mosteiro fora uma obrigação, uma prisão. Entre os rebeldes era sempre olhada com desconfiança. Agora, nos braços de Melkise, sentia-se em paz, como se os fragmentos de sua vida tivessem afinal encontrado uma composição.

Envolveu seus quadris devagar, e depois encostou os lábios nos dele. No começo, o homem pareceu surpreso, mas não se esquivou. Abriu os lábios e Talitha percebeu a sensação de cócegas transmitida por seus bigodes, à qual se juntou algo indefinível que não se parecia com coisa alguma que ela já tivesse experimentado. O sabor dele.

Abraçaram-se com mais força, a canoa balançou violentamente e foram forçados a separar-se. Talitha caiu para trás, Melkise teve de dobrar os joelhos mas, de alguma forma, manteve o equilíbrio.

– Talvez esteja certa, estou bêbado demais para remar – disse rindo.

Voltaram à cabana e ele logo se jogou em cima do catre. Talitha meteu-se na cama sem nem mesmo tirar a roupa. Sentia-se tomada por um estranho frenesi.

Quando o silêncio foi total, levantou-se. O coração batia à disparada no peito, e estava com medo, mas um medo estranho, o mesmo que se experimenta à beira de um abismo, quando uma voz de outro mundo parece convidar ao precipício. E embora o temor fosse grande ela queria pular.

Aproximou-se do catre de Melkise, sem fazer barulho, com o sangue a pulsar em seus ouvidos. Beijou seu pescoço, acariciou-lhe o rosto. Melkise limitou-se a grunhir. Talitha insistiu, mas ele simplesmente se virou sem nem mesmo abrir os olhos.

Não estava brincando quando disse que estava bêbado... pensou ela com um sorriso. O coração se acalmara, o tempo havia recomeçado a correr no ritmo certo. Devagar, afastou os cobertores e abraçou seus ombros, recostando-se nele. Adormeceu ao ritmo lento de sua respiração, com o cheiro de sua pele, que lhe enchia as narinas.

Foi assim que Saiph os encontrou ao entrar na cabana.

No começo, achou que não conseguia nem respirar.

Parou a observá-los por alguns instantes, abalado. Tudo o que o ligava ao passado se despedaçara naquele instante, e nunca mais poderia ser recuperado. Alguma coisa, no fundo de seu coração, quebrou-se para sempre. Pegou o alforje, que tinha deixado no catre de Grif, e desapareceu nas primeiras luzes da madrugada.

Melkise foi o primeiro a acordar, com a curiosa sensação de não estar sozinho na cama. Estava certo. Talitha havia adormecido a seu lado e ainda envolvia seu peito com os braços. Ficou atônito. Suas lembranças da noite anterior eram bastante vagas. No que se metera? Então, reparou que Talitha ainda estava vestida e suspirou aliviado. Começava a ter consideração por aquela mocinha, e não tinha intenção de fazer algo que pudesse machucá-la. Livrou-se de seu abraço e levantou, espreguiçando-se. A cabeça doía, sentia um gosto desagradável na boca. Pois bem, tinha realmente exagerado com o suco de purpurino.

Observou Talitha. Pelo jeito como dormia, era evidente que ela também devia ter abusado naquela noite. Então, movimentando-se pela cabana, percebeu que as coisas de Saiph haviam sumido e compreendeu o que havia acontecido. Zangado consigo mesmo, saiu apressado.

Encontrou-o onde esperava que o rapaz estivesse, na caverna na margem do lago. Estava aprontando o alforje depois das poucas horas de sono que havia se concedido.

– O que está fazendo? – perguntou.

Saiph virou-se, surpreso, mas recuperou o domínio de si quase no mesmo instante.

– Já estava a ponto de partir.

Melkise nunca tinha visto uma expressão tão triste no rosto do jovem.

– Como acha que Talitha reagirá ao saber que foi embora sem falar com ela?

– Não creio que sentirá minha falta. E é melhor assim, não quero atrapalhar vocês – disse Saiph corando e desviando o olhar.

Melkise meneou a cabeça.

– Não pense que me sinto obrigado a dar-lhe uma explicação, mas entre mim e Talitha nada aconteceu, se for este o problema.

Saiph deixou cair o alforje e chegou perto, quase encostando o peito no dele. Estava trêmulo de raiva.

– Vi os dois na cama, e você chama isso de nada?

– Estávamos bêbados e caímos no sono – explicou Melkise. – Só isso. Quando acordar, ela nem vai lembrar.

Saiph sorriu com amargura.

– Talvez não tenha reparado em como olha para você. Eu reparei.

De relance, num rápido clarão, Melkise lembrou a noite anterior e o beijo na canoa.

– Sinto muito, Saiph. É uma mera gamação de menina por parte dela, vai passar logo, você vai ver... Acontece que não entendeu que você está apaixonado por ela, só isso.

– Não estou apaixonado por ela – eximiu-se ele, mas até a seus ouvidos a voz pareceu falsa.

– Se sente alguma coisa por ela, tem de lhe dizer, e não fugir como um covarde – insistiu Melkise.

Saiph fitou-o em silêncio por alguns instantes, e depois voltou a juntar suas coisas. Quando falou de novo sua voz estava firme.

– Não estou fugindo. Tinha jurado a mim mesmo que ficaria a seu lado enquanto ela precisasse de mim. Já não precisa.

– Está errado.

– Não, não estou errado. Se fiquei estes anos todos junto dela, em silêncio, contentando-me com as migalhas de seu afeto, foi porque *sentia* que necessitava de minha ajuda, que sem mim não conseguiria o que queria. Eu estaria disposto a qualquer coisa por ela, está me entendendo?

– Perfeitamente – murmurou Melkise.

– Mas ela prosseguiu em seu caminho enquanto eu percorria todo o Bosque da Proibição procurando o herege. Ela fez outra coisa, ela... ela encontrou você. E eu não passo de uma lembrança do passado. – Voltou a fitá-lo. – Jure que nunca a fará sofrer e que irá protegê-la em meu lugar.

– Não seria mais fácil se você ficasse? Que *você mesmo* continuasse a protegê-la?

– Já não é possível. E serei mais útil procurando Verba.

Melkise passou a mão pelos cabelos.

– Parece que só arrumei um montão de encrencas quando botei na cabeça que queria pegá-los para ganhar a recompensa...

– Então? Tenho sua palavra?

– Sim, claro. Eu a protegerei com minha vida se for necessário – prometeu Melkise, sério.

Saiph pareceu relaxar pela primeira vez desde que aquela penosa conversa começou e apertou a mão dele.

– Obrigado.

– Mas também quero que me faça um favor – acrescentou Melkise. – Procure não morrer, e volte.

Saiph deu um rápido sorriso.

– Gostaria de pedir mais uma coisa. – Entregou-lhe um pequeno rolo de pergaminho. – Queria deixá-lo aqui, onde pudesse ser encontrado, mas talvez seja melhor que você mesmo entregue.

– O que é?

– Uma carta de despedida.

Decidi partir. Perdoe-me por fazê-lo na calada da noite e sem me despedir, mas sei que se conversássemos agora acabaríamos brigando de novo e, se eu a visse, já não teria coragem de ir embora.

Você está certa, nossos caminhos se separaram, e percebo que já não posso ser-lhe útil. Houve um tempo, maravilhoso, em que eu podia realmente fazer a diferença, em que de fato era seu insubstituível escravo. Mas isso já passou. Você cresceu, mudou, e já não precisa de mim.

Meu consolo é saber que a deixo feliz e em boas mãos. Espero que possa realizar seus sonhos, desejo que possa realizar o que mais almeja. Eu lhe peço, cuide-se, e procure

continuar sendo a pessoa estupenda pela qual sempre estive pronto a enfrentar qualquer coisa, acredite, qualquer coisa. Os anos passados a seu lado são e sempre serão os mais lindos de minha vida.
Adeus.
S.

Talitha levantou os olhos e fitou Melkise. Já tinha lido aquelas palavras muitas e muitas vezes, sem acreditar, de pé no meio da cabana.
– Diga que o deteve – disse.
– Tomou sua decisão. E eu a respeito – replicou ele.
Talitha prendeu a espada na cintura e foi saindo.
– Mas eu não. Vou buscá-lo.
Ele plantou-se diante dela.
– Ele já não lhe pertence, Talitha.
– Mas é meu amigo e não pode ir embora desse jeito! Deixe-me ir. Saia da minha frente!
Melkise segurou seus pulsos.
– Se for seu amigo, respeite então sua vontade e reze para que volte são e salvo.
Talitha desvencilhou-se com raiva.
– Saia daqui! – rosnou.
– Como quiser – disse ele, e foi embora.
Sozinha, Talitha leu a carta mais uma vez.
– Mas que droga, Saiph, que droga... – murmurou, apertando a fazenda do casaco entre os dedos. E enquanto amaldiçoava Saiph e sua decisão, as lágrimas ofuscaram seus olhos, e uma tristeza sem fim apertou seu coração.

Terceira Parte

25

Palena era uma pequena cidade na fronteira do Reino da Primavera, onde as folhas dos Talareth começavam a ter um tom amarelado e o ar era mais fresco. Já fazia uma semana que se tornara um campo de batalha. A guerra era combatida em cada casa, impiedosa.

Começara com a rebelião de alguns escravos femtitas numa fazenda. Um deles, um menino acusado de roubo, havia sido morto a pauladas. Era só a mais recente de uma longa série de vexações. Até pouco antes, os escravos teriam baixado a cabeça diante da execução, para então voltar ao trabalho, convencidos de que aquela era a imutável natureza das coisas. Mas os ventos da rebeldia também tinham chegado a Palena. Um escravo tinha arrancado o Bastão das mãos do algoz e o derrubara com um golpe na cabeça.

Depois de um momento de atônito silêncio, os femtitas haviam soltado um grito a uma só voz para em seguida invadir, segurando qualquer coisa que pudesse ser usada como arma, a casa senhorial. Começara assim, e ainda não acabara.

A Guarda interviera quase de imediato, mas eram poucos homens, já esgotados após outras batalhas e enfraquecidos pela fome. Novas inundações, as mais violentas que o povo pudesse lembrar, haviam destruído a maior parte da colheita. Os Guardiões combatiam em troca de um salário miserável e de comida tão escassa que mal os mantinha de pé; os femtitas, por sua vez, acostumados a duras privações, combatiam pelo direito de existir. Os soldados haviam sido eliminados um por um.

Assim, os talaritas estavam trancados em suas casas, escondidos nos porões, entrincheirados a sete chaves nos aposentos mais seguros de suas moradas. Ao mesmo tempo, os rebeldes saqueavam, queimavam, matavam num frenesi de destruição que não conhecia limites, no afã de purificar com o fogo a cidade, apagando qualquer resquício da presença talarita. E enquanto o legítimo desejo de liberdade se transformava em mera volúpia de morte, os femtitas se organizavam procurando criar novas instituições capazes de governar a cidade. Já havia um conselho dos cidadãos, que se reunia no palácio do velho conde, cuja cabeça ficara pregada nas muralhas da cidade desde o primeiro dia do levante.

Agora a mulher dele, que sobrevivera à chacina por um milagre, estava ajoelhada aos pés de Megassa, desgrenhada e de rosto chupado, a sombra da mulher rica e altiva que já fora. Era a irmã de um poderoso conde do Reino do Inverno com o qual Megassa mantivera longas relações, mas no momento parecia uma miserável mulher do povo. Deixando de lado os modos mais condizentes com sua condição social, implorava a salvação.

O conde de Messe acudira a Palena logo que se soubera o que acontecera. Chegara com seus homens e se assentara numa fazenda não muito longe da cidade, requisitando-a ao legítimo dono.

Ouviu a triste história da mulher, igual a muitas outras que já lhe haviam contado. Era um relato de medo, de morte e desespero. Segurou as mãos dela e a ajudou a levantar-se, com uma expressão compreensiva.

– Farei o possível para salvar sua cidade, minha senhora. Toda vida talarita é para mim preciosa, seja a de um grande rei, seja a de uma corajosa condessa de fronteira.

Os olhos da mulher encheram-se de lágrimas, enquanto os lábios se moldavam, finalmente, num penoso sorriso.

– Obrigada, conde.

Então os traços de Megassa assumiram uma feição mais dura.

– Da mesma forma, meu ódio pela ralé femtita não conhece limites. Exterminarei os escravos até o último deles pagar com a vida sua impudência.

A mulher apertou suas mãos com vigor.

– Se pelo menos nossa rainha fosse tão determinada quanto o senhor... – suspirou.

– É por isso que Sua Majestade enviou a mim – disse Megassa, sorrindo com falsa humildade. Então fez um sinal a sua ordenança. – Porfio, queira acompanhar a condessa a meus aposentos, coloque a seu dispor duas de minhas escravas e certifique-se de que nada lhe faltará.

Porfio deu um passo adiante e cumprimentou a dama com uma reverência. A mulher se afastou lançando a Megassa olhares cheios de devotada admiração. Ele sorriu de novo, já saboreando a próxima batalha.

O exército de Megassa marchou contra a cidade ao alvorecer, como uma fera selvagem sedenta de sangue. Os soldados da Guarda atacavam compactos e determinados. Eram homens fortes, treinados e em perfeita forma.

O conde tinha desviado para suas tropas a maior parte dos recursos antes destinados ao palácio. Até sua mulher tivera de abrir mão dos almoços demasiado faustosos e de seus dois banhos cotidianos. Os Guardiões lutavam contra um exército de maltrapilhos, é verdade, mas maltrapilhos que combatiam pela vida e pela liberdade, inflamados por um ódio que Megassa não podia aceitar, mas que era perfeitamente capaz de compreender. Afinal de contas, era a mesma força primordial que também o animava: o desejo de resgate que estimulava aqueles escravos era comparável à sua própria cobiça de poder. Era por isso que levava seus homens aos lugares onde os rebeldes haviam cometido as piores atrocidades, e nunca deixava de exortá-los com palavras que salientavam a natureza daquela guerra: uma guerra santificada pelos deuses para reestabelecer a ordem natural das coisas e defender um mundo onde os femtitas eram escravos e os talaritas patrões. E, principalmente, se portava como um deles. Partilhava a mesma comida, estava sempre na primeira linha de combate e se empenhava ao lado deles. Seus homens o adoravam: para eles, era o exemplo do chefe perfeito, que impõe uma disciplina rígida, mas que sabe sujeitar-se às mesmas regras que se aplicam à tropa. Não um general vanglorioso, fechado na retaguarda, aproveitando os frutos de seu poder, mas, sim, um soldado de verdade, que arriscava sua própria vida.

De forma que naquela manhã, como sempre, Megassa estava na garupa de seu dragão, no meio de seus homens, na frente de batalha.

Mandou dividir as tropas em dois grupos: um começou a espalhar caos na cidade, atacando os rebeldes, enquanto o outro revistava uma casa depois da outra, trazendo para fora os moradores e levando-os para um lugar seguro. As operações de evacuação foram conduzidas com extrema rapidez. Os sitiados recebiam os soldados com lágrimas de felicidade, quase não acreditando que estavam a ponto de livrar-se do pesadelo em que haviam caído.

Quando o último talarita foi libertado e levado em segurança, Megassa levantou a espada. Berrou, e seus homens responderam como se fossem uma só entidade. Foi somente então que a verdadeira batalha de fato começou.

Do céu, cavalgando seus dragões, as tropas de Megassa derramaram um horror de fogo sobre a cidade, forçando qualquer um que lá se abrigasse a sair em campo aberto. Uma rua depois da outra, começaram a massacrar todos os rebeldes que fugiam dos edifícios queimados. Não importava se eram homens, mulheres ou crianças, se estavam ou não armados, ou se ainda tentavam opor resistência. Eram femtitas, e isso já bastava.

Megassa continuou sobrevoando o campo de batalha até o breu da noite ficar quase todo iluminado pelo reluzir das fogueiras no solo. Em seguida, pousou, prendeu seu dragão longe da frente de batalha e entregou-se ao combate.

Era assim que ele tinha começado muitos anos antes, filho de um general da Guarda, sem uma única gota de sangue nobre nas veias. Mas haviam sido sua determinação e sua força física a levá-lo cada vez mais alto na hierarquia da Guarda, e em seguida a subir cada vez mais, até o condado, que conquistara literalmente de armas em punho, com uma conspiração cortesã que se concluíra com a morte do conde anterior. Combater era alguma coisa que corria em suas veias desde que era criança, quando o pai o treinava na arena da Guarda humilhando-o diante dos demais alunos, ferindo-o como se fosse um cadete qualquer, ou pior, como um escravo de cuja vida podia dispor a seu bel-prazer. Mas ele gostava de lutar, e continuava gostando.

O ar cheirava a carne queimada e a sangue, os gritos que ecoavam pelas ruas da cidade eram para ele um canto. Avançava, brandindo a espada, trespassando qualquer um que aparecesse em sua frente, quase sem nem querer saber de quem se tratava, só distinguindo os olhos dourados dos femtitas dos verdes de seus semelhantes.

Alguém feriu-o de rasgão no flanco: um velho femtita desdentado, segurando uma foice para a colheita. Megassa virou-se com um rugido, encontrando naquela dor novo impulso para o ataque. Decepou-lhe a cabeça com um único movimento da espada e depois seguiu golpeando.

O massacre só parou ao surgir dos sóis. A luz mortiça de Miraval e Cétus iluminou, na praça principal, um grupo de femtitas: havia mulheres, crianças e velhos, e só uns poucos jovens. Sempre vigorava a ordem explícita de Megassa para que fossem poupados da chacina pelo menos uns cem escravos.

– Mande buscar o pessoal que salvamos esta noite – disse ao lugar-tenente.

– Sim, meu senhor – respondeu o homem, mas ficou por um momento indeciso antes de ir.

– O que foi?

– O senhor está ferido...

Megassa olhou para o flanco. O corte provocado pela foice sangrava um pouco.

– Não é nada. Traga para cá os habitantes da cidade, mexa-se.

Melhor assim, pensou. O sangue sempre causava certa impressão, e a imagem de um combatente ferido que, apesar da dor, continuava a falar ao povo era algo que sempre chamava a atenção das pessoas.

Os talaritas apareceram aos poucos, em sua maioria envolvidos em amplos cobertores fornecidos pelos homens de Megassa. Seus olhos, transtornados de sono e de medo, logo brilhavam ao ver os femtitas capturados. A última a chegar foi a condessa; comparada com a figura que viera implorar ajuda a Megassa, parecia muito mais consciente de si mesma, e tinha até vestido um novo traje que ele próprio mandara deixar a seu dispor em seus aposentos. Foi à nobre dama que ele se dirigiu logo que os seus informaram que todos os sobreviventes estavam reunidos.

– Vossa Excelência, conforme me havia sido pedido, aqui estou para devolver-lhe a cidade.

A mulher inclinou de leve a cabeça.

– Fico-lhe infinitamente agradecida em nome de meu povo, conde, nossa dívida de gratidão para com o senhor é inextinguível.

Megassa indicou os femtitas prisioneiros.

– Preciso, porém, encarregá-la de mais uma tarefa. Aqui, diante da senhora, estão os únicos rebeldes que sobreviveram: uma vez que são seus escravos, e não meus, cabe à senhora decidir o que fazer com eles.

– Matem-nos!

– Torturem-nos!

– À morte!

A gritaria que se ouviu da multidão dos talaritas foi tão alta e carregada de ódio que Megassa foi forçado a impor a ordem.

– Então, minha senhora? – disse com uma rápida reverência que o levou a tocar o flanco ferido, com uma leve careta de dor. Um murmúrio significativo serpeou pelos presentes.

A condessa permaneceu imóvel, erguida, os olhos impiedosos a correr pelo rosto dos femtitas.

– Quero que morram todos – declarou gélida.

– Como a senhora quiser – respondeu Megassa.

Então deu o sinal a uma dezena de seus homens, que arremeteram contra os prisioneiros apavorados e começaram a trespassá-los com suas espadas.

No fim, um silêncio tumular tomou conta de tudo.

– Levem embora os cadáveres e queimem-nos – ordenou Megassa, seco, para então ficar no meio da praça.

Esperou alguns segundos antes de dizer qualquer outra coisa, como se estivesse escolhendo com cuidado as palavras.

– Sei como se sentem – começou, dirigindo-se aos talaritas. – Ainda têm nos olhos as imagens da carnificina à qual tiveram de se sujeitar, ainda se sentem prisioneiros em suas próprias casas, enfrentando um pesadelo sem fim, e quando olham à sua volta – disse, fazendo um gesto amplo com a mão – só veem os escombros de sua linda cidade. Sei que feridas como essas não se curam com facilidade.

Alguém soluçou, uma menina agarrou-se com mais força às pernas da mãe.

– Mas pensem nisto: aqueles que lhes infligiram todo este sofrimento estão no céu, morada dos demônios, nas garras de Cétus, que os consumirá numa eternidade de dor. E, no que diz respeito à sua cidade, meus homens os ajudarão a consertar os estragos que, nesta noite, a justiça trouxe a suas casas.

Um murmúrio de admiração correu pela audiência.

– Esta rebelião acabará porque nós acabaremos com ela! – prosseguiu Megassa, em voz mais alta. – Os deuses nos colocaram no topo deste mundo, donos do céu e da terra, e nenhum escravo poderá jamais arrogar a si o direito de nos tirar o que é nosso. Em qualquer lugar os rebeldes pagarão como pagaram aqui, eu lhes garanto por questão de honra!

Uma ovação estrepitosa irrompeu da multidão, e os talaritas, que até então haviam escutado tudo em um silêncio estático, não mais se contiveram. Aproximaram-se do conde, tocaram nele, abraçaram-no. Megassa refestelou-se com aquele triunfo. Aquelas pessoas estavam a seus pés, e muito em breve toda a Talária o saudaria como um salvador. Em breve ninguém seria mais poderoso que ele, ninguém.

26

De manhã bem cedo, ao alvorecer, Eshar comunicou aos moradores do acampamento que deviam preparar suas bagagens porque naquela mesma tarde viajariam para as minas. Abandonariam Sesshas Enar.

– Quer dizer que nos mudaremos definitivamente daqui? – perguntou Talitha incrédula. Seus olhos ardiam, a cabeça doía. Passara a noite toda quase sem dormir, atormentada por pesadelos nos quais algo terrível acontecia a Saiph no deserto.

– Vamos ficar nas minas de Bemotha. Já está na hora de voltarmos a Talária para conquistar o Reino do Inverno – declarou Eshar.

Talitha começou a juntar suas coisas, sentindo-se ainda mais triste. Tinha vivido naquele lugar menos de dois meses, mas já criara afeição por ele. Havia sido mais feliz ali, naquele curto período de tempo, do que nos dezessete anos passados em Messe.

– Está melhor? – perguntou Melkise, atrás dela.

Talitha levou um susto.

– Estou, tudo bem agora. Só estava zangada.

– Se precisar de alguma coisa, pode contar comigo – disse ele.

Talitha sorriu.

– Obrigada, mas francamente já desisti de ser paparicada. Está na hora de eu me virar sozinha.

– Sabe que não era isso que eu queria dizer.

– Sim, sim, claro – disse ela apressada, segurando a mão dele.

O primeiro impulso de Melkise foi esquivar-se, mas achou que isso iria ferir os sentimentos dela e desistiu.

– De qualquer maneira, não precisa se preocupar comigo – acrescentou Talitha.

Em seguida, pegou seu saco e o levou aonde os rebeldes estavam amontoando as bagagens.

Melkise percebeu um olhar recriminatório por parte de Grif. Dirigiu-lhe um sorriso tristonho passando a mão entre seus cabelos.

– Dei uma mancada e tanto, não foi?

Grif anuiu, e em sua expressão Melkise leu mais do que em mil palavras.

Ao entardecer, quando já estavam prontos para partir, Sesshas Enar tinha a aparência de um casco vazio. Sobrava muito pouco do vilarejo: as precárias cabanas, entre as quais a sala do Conselho, e os barracos que haviam sido as cozinhas. No mais, tudo havia sido levado embora.

Muitos dos rebeldes já estavam na margem do lago; na ilha sobravam somente Melkise, Grif, Talitha e menos de dez femtitas – entre os quais Eshar –, que olhavam em volta com expressão perdida. Para os femtitas, aquela havia sido realmente uma casa, o único lugar que um dia puderam chamar com este nome. Haviam sido livres, ali, sem ter de sujeitar-se à vontade de quem quer que fosse, longe dos Bastões e da crueldade dos amos. Era ali que tinham aprendido a se governar sozinhos, que tinham aprendido a ser pessoas.

Enquanto singrava pela última vez as águas ácidas, Talitha deu mais uma olhada na ilhota. Naquele adeus também havia algo definitivo, algo que fatalmente lhe fez lembrar a figura de Saiph, na noite anterior. Ele também desaparecera sulcando aquelas águas perigosas, talvez indo ao encontro da morte. Sacudiu a cabeça, antes que a dor explodisse em seu peito.

É o passado, disse a si mesma, *vivi com ele por dez anos, e levarei um bom tempo para me desacostumar à sua presença*, mas a amargura que sentia era algo muito mais profundo do que um mero hábito interrompido. Chegou-se a Melkise, abriu caminho até insinuar-se sob seu braço, pegou sua mão e a colocou em cima dos ombros.

– Estou com frio... – murmurou, e ele percebeu uma nota de pranto na voz dela.

Tirou a capa e procurou agasalhá-la.

Talitha ouviu o coração dele, que batia tranquilo sob sua cabeça, o som mais lindo do mundo.

Levaram alguns dias para chegar, no fim de uma viagem extremamente cansativa. Os dragões estavam esgotados e, logo que pousaram, se deitaram no gelo, as asas largadas, os corpos moles.

Outras unidades de rebeldes já esperavam por eles na mina, e mais outras não demorariam a chegar. Havia escravos provenientes de todos os quatro Reinos, e Talitha reparou que cada grupo vestia trajes diferentes, segundo o local de origem. Os femtitas do Reino do Verão usavam camisas de pano sob os casacos sem mangas típicos daquela terra quente, enquanto os do Reino do Inverno vestiam uma mixórdia de roupas de vários tipos, umas em cima das outras.

Centenas de rebeldes enxameavam rumo à mina, nesta altura transformada numa espécie de acampamento.

Enquanto acompanhava os seus para dentro, Talitha deparou-se com o que sobrava do paredão gelado que ela derrubara. A visão dos escombros sepultados no gelo, onde ainda despontavam os corpos de alguns soldados que ninguém cuidara de enterrar, deixou-a bastante abalada: não podia acreditar que toda aquela destruição se devia justamente a ela.

– Nada mal! – exclamou Melkise, ao lado. – Fiquei realmente com medo de você, naquele dia.

– Nunca poderia imaginar que seria capaz de fazer uma coisa dessas...

– Talvez fosse uma boa ideia você pensar melhor nesta história da magia: poderia tornar-se Pequena Madre.

Por ironia do destino, Gerner e os seus ficaram com a parte da mina adjacente ao paredão desmoronado.

O interior havia sido organizado de tal forma que todos os túneis sem saída ficavam fechados com cortinas de fortuna, conseguindo assim pequenos ambientes separados onde mal cabiam dois catres de palha. Cada um ajeitou-se da melhor maneira possível, e Talitha acompanhou Melkise. Em certa altura, porém, ele a deteve.

– E aí? Não podemos ficar aqui – observou Talitha.

– De fato, minha intenção é ir até lá no fundo da galeria. Você, no entanto, poderia ficar ali. – Melkise indicou uma bifurcação à direita dos dois.

Percebeu, um tanto constrangido, que Talitha parecia surpresa e segurou-a pelo braço levando-a à pequena cavidade em que ele queria acomodar-se com Grif. Era um lugar minúsculo, tão baixo que a cabeça roçava no teto. Uma cortina separava o buraco do resto da mina, proporcionando alguma intimidade.

– Como vê, aqui só dá para mim e Grif.

– Poderíamos encontrar um lugar mais espaçoso. Afinal, esta mina é muito grande – replicou Talitha.

Melkise suspirou. Sabia que mais cedo ou mais tarde teria de enfrentar a situação, mas ainda assim lhe custava. Pediu para Grif se afastar.

– O que foi? – perguntou Talitha.

– Não quero que você fique aqui.

– Mas esse pessoal não liga se dormimos juntos.

– Mas eu ligo. E não quero. Precisa encontrar um lugar só para você.

Talitha enrijeceu.

– Meu lugar é a seu lado. Como quando lutamos, bem perto daqui, e como... na outra noite.

– Na outra noite eu estava bêbado, Talitha, e fiz uma bobagem que não vai se repetir.

Ela se aproximou, até seu seio roçar no peito dele. Fitou-o nos olhos.

– Acha mesmo que foi uma bobagem?

Melkise deu um passo para trás.

– Sim, eu acho.

– Por quê?

– Porque não é o que eu quero, e tampouco é o que você quer.

– E o que é que você sabe do que eu quero? Já houve alguém que achava poder me dizer o que eu devia ou não desejar.

– Sou bem mais velho que você e lutei a seu lado, entendo que isso a tenha levado a interpretar as coisas de forma errada...

– De forma errada? Na outra noite você me beijou, e não venha me dizer que não gostou. Não me parece haver muita coisa a interpretar de forma errada, ainda mais porque, mesmo agora, você gostaria de repetir, vejo em seus olhos.

– Sim, pode ser. Mas sei que é algo errado. Tenho consideração demais por você para fazer-lhe algum mal.

– Cabe a mim decidir o que me faz mal.

Melkise suspirou.

– Você ainda é uma criança, Talitha. Faz ideia do que estas mãos fizeram? Faz ideia do que estes olhos viram? Eu sei o que é a vida e o que é a morte; pois as vi, fui causa delas, e estou velho e cansado. Mas você, não, só agora está começando a viver. Não posso ser a pessoa que fica a seu lado, a não ser como companheiro de batalha e como amigo, se você quiser.

Talitha apertou dolorosamente o queixo.

– Em outras palavras, não me ama – disse.

Melkise ficou atônito.

– Foi só um beijo, Talitha. Só isso.

Ao ouvir estas palavras, Talitha vacilou. Seu olhar ficou úmido, seus lábios tremeram um pouco. Em seguida apanhou o alforje e foi embora.

Alcançou o outro ramo da bifurcação, que levava a uma pequena cavidade. Jogou com raiva suas coisas no chão e ficou sentada, afundando os dedos nos cabelos até arranhar a cabeça.

Idiota, idiota, idiota!, repetiu para si mesma, detestando-se por ter sido tão ingênua.

27

Saiph alcançou Mareth depois de um dia de viagem. Deixara-o numa pequena clareira no bosque, longe de Sesshas Enar, para não dar na vista. O animal recebeu-o esfregando o focinho em seu peito, Saiph afagou-o. Continuava pensando em Talitha, em seu encontro com Melkise, na sensação de abandono que experimentara ao deixar para trás o acampamento.

Não faz sentido eu continuar a me atormentar deste jeito. Ela é um assunto encerrado, e eu preciso seguir em frente, disse a si mesmo, acariciando o focinho frio do dragão.

Deu mais uma olhada no equipamento: o alforje continha os mantimentos, principalmente raízes e umas frutas que deixara secar. Em dois sacos bem fechados, por sua vez, guardara a substância gelatinosa que servia para respirar, tirada da aritela. Tinha levado a cabo algumas experiências, descobrindo que quando ressecava bastava molhá-la para torná-la mais uma vez ativa e aproveitável. Também arranjara um suprimento de água, enchendo alguns cantis que encontrara no vilarejo dos rebeldes, e que pendurou nos flancos de Mareth.

De repente, sua missão pareceu-lhe mais doida do que nunca. O que iria comer e beber, no caso de o espaço desconhecido que ocupava a maior parte de Nashira nada mais ser do que um imenso deserto? Mais cedo ou mais tarde seus suprimentos acabariam. Com toda probabilidade, estava indo ao encontro da morte, mas percebeu que, no fundo, não se importava. Tinha perdido a jovem que desejava ter ao lado, e o mundo parecia ter enlouquecido, só guiado pelo desejo de sangue. Não, de fato não tinha lá muitos motivos para continuar vivendo.

Além disso, o fato de sentir dor o tornava único, alheio até ao próprio povo. Era um excluído, acabou pensando, exatamente como Verba. Ele também era tudo e nada, um estranho no meio de pessoas que não o reconheciam como um semelhante. Talvez, por isso mesmo, seu destino fosse ficar junto dele, no Lugar Inominado, o mais apropriado a esconder dois marginalizados como eles. Marginalizados e mesmo assim lendários. O próprio deserto, afinal, quase era uma dimensão mítica, da qual se falava sem nunca ter estado lá, e que talvez nem mesmo existisse.

Pulou na garupa de Mareth. Sob as patas do dragão, o veio de Pedra do Ar pulsava naquela sua tranquilizadora luz azulada. Era um espetáculo que, provavelmente, não veria por muito tempo, tempo demais. Acariciou quase sem querer o pingente de Pedra do Ar que trazia no pescoço. Preso ao cordão que o segurava havia um ramalhete de Talareth; como precaução, decidira levá-lo também, apesar de saber que só garantiria, no máximo, uns dois dias de ar.

Levantou o cachecol sobre o rosto, respirou fundo o cheiro forte e fresco do suco de aritela espalhado no interior e, com um golpe seco dos calcanhares, bateu nos flancos de

Mareth. O dragão soltou um rugido para o céu e levantou--se no ar. A viagem tinha começado.

Durante o primeiro dia, o Bosque da Proibição continuou correndo veloz embaixo dele. Sempre o imaginara como uma estreita faixa que, com seu abraço, cercava Talária, mas agora que se dirigia a seus limites externos parecia muito mais vasto.

Nas paradas, lia e relia a mensagem que Verba deixara, e traduziu outros trechos do diário que haviam ficado obscuros. Só obteve informações um tanto vagas. Ao que parecia, o local onde Verba se instalara da última vez que fora ao Lugar Inominado tinha um clima agradável: em vários pontos o herege falava de noites frescas e de dias amenizados por uma brisa tranquila e reconfortante. Isso levou Saiph a pensar que o lugar procurado devia ficar mais ou menos na mesma altura do Reino da Primavera, que gozava de um clima parecido.

A segunda indicação se referia à água, e aquilo deixou Saiph bastante surpreso. Quando, em Talária, se falava do Lugar Inominado, sempre se mencionava um descampado desprovido de qualquer forma de vida. Saiph chegara muitas vezes a pensar que se tratava de exageros difundidos pela casta sacerdotal, que insistia em coibir a ida de qualquer um a lugares onde o céu era visível. Ao mesmo tempo, no entanto, esta descrição do deserto era tão arraigada nas crenças dos femtitas quanto nas dos talaritas e, assim sendo, ele acabara concluindo que por lá não devia haver nascente alguma. Verba, por sua vez, falava até de um lago. A coisa foi, para o jovem, motivo de íntimo regozijo: talvez o Lugar Inominado não fosse uma terra tão horrível quanto a pintavam, e não seria difícil identificar um lago no meio do deserto.

A última informação tinha a ver com uma montanha. Ao que parecia, o Lugar Inominado tampouco era desprovido delas e Verba, como já tinha feito nos arredores de Orea, havia procurado um abrigo cavado na pedra. Existia algo singular no fato de escolher constantemente refúgios naturais escondidos na terra ou na montanha. Parecia impossível que não fosse capaz de construir uma casa: não teria sobrevivido por milhares de anos sem aprender a arte de se virar. Não, aquela só podia ser uma escolha precisa, que dizia algo significativo acerca da misteriosa raça à qual Verba pertencia.

De madrugada Saiph planava até o solo com o dragão e preparava uma sopa com os mantimentos que levara consigo e mais algumas frutas que encontrava ao longo do caminho, enquanto soltava Mareth para que pudesse buscar sua comida sozinho.

Foi o que também fez ao anoitecer do terceiro dia, quando o limiar do Lugar Inominado já aparecia no horizonte. Permaneceu imóvel diante da fogueira por um bom tempo, pensando no que estava fazendo e naquilo que ia deixando para trás. Sonhou com Talitha, naquela noite, linda e feliz como talvez nunca tivesse sido antes, agarrada nele na garupa de Mareth. E no sonho, com o calor de seu corpo apertado no dele, até aquele lugar lhe pareceu menos solitário.

O Lugar Inominado foi aos poucos surgindo diante de seus olhos. Saiph imaginara uma passagem repentina da vegetação ao nada. Ao contrário, como em todas as coisas da natureza, a mudança foi quase imperceptível. Um lento rarear da vegetação, uma progressiva diminuição das nascentes e dos cursos de água, um leve mas constante embrutecimento da paisagem. Os animais também foram escasseando devagar, até desaparecerem.

Pouco a pouco, as raras clareiras de terra batida que apareciam entre as árvores começaram a dominar o panorama e os murchos tufos de grama que ali cresciam também sumiram. Saiph empoleirou-se com Mareth no topo de um penhasco e, lá de cima, ficou contemplando um espetáculo inimaginável. Lá estava a Grande Extensão Branca que Verba mencionava em seu diário: léguas e mais léguas de uma terra desolada e plana, de uma brancura ofuscante e coberta por uma densa rede de rachaduras, estendiam-se a perder de vista. Ao longe, para o sul, vislumbrava-se uma linha escura, os contornos de uma cadeia de montanhas, que parecia extremamente distante. O céu era de um azul absoluto, que Saiph nem sabia poder existir na natureza, e os dois sóis reluziam fúlgidos. O ar era tão límpido que dava para ver com perfeição as cores de Miraval e de Cétus: alaranjado o primeiro, branquíssimo e menor o segundo. Apertando os olhos, também era possível distinguir o estreito fiapo de matéria laranja que os unia, como se o segundo estivesse lentamente sugando o primeiro. Saiph sentiu um longo arrepio que lhe imobilizava os braços. Nunca tinha ficado tão desprotegido antes, tão exposto aos raios dos sóis. Ali era impossível se esconder deles. Ficou com medo, um medo obscuro e primordial, pois passou a sentir toda a força devastadora da silenciosa guerra entre os dois astros.

A luz e o calor pareciam agredir sua pele. E era assim mesmo que a viagem continuaria sendo dali em diante. Por um instante pensou que tinha sido melhor Talitha não partir com ele. Era um cenário que dificilmente um talarita ou um femtita suportaria.

Levantou mais ainda o cachecol em cima do rosto, respirou fundo o cheiro aromático da aritela e curvou-se acima de Mareth.
– Acha que pode levar-me até lá? – sussurrou.
O dragão bufou pelas guelras ao lado do pescoço, que lhe forneciam ar respirável mesmo onde um homem morreria. Saiph interpretou o sopro como um sim.
– Então vamos – disse incitando-o. Pularam do rochedo e planaram velozmente sobre a imensa planície.

Durante um dia inteiro nada mudou. Aquele descampado, que já parecera ilimitado da primeira vez que Saiph o vira, parecia estender-se além de qualquer medida sob os pés. Superaram léguas e mais léguas, mas diante deles sempre havia o brilho ofuscante daquela imensidão branca. A linha escura no horizonte havia desaparecido logo que começaram a sobrevoar a Grande Extensão Branca, e nunca mais voltara a aparecer. Haviam sido forçados a baixar de altitude porque Saiph percebera que, voando mais alto, Mareth se cansava demais. Não havia sinal da água mencionada por Verba, e tampouco de vegetação, e portanto de comida.

Também não parecia haver animais. Só uma vez, durante um bivaque noturno, Saiph viu sair do solo um pequeno inseto, com uma carapaça de um esplêndido verde iriado e inúmeras patinhas, que se moviam frenéticas. Tinha o comprimento de uma unha, e estava só. Saiph ficou imaginando o que poderia comer, ou beber, e onde estariam seus semelhantes. Quanto a ele, ainda podia contar com as provisões recolhidas no Bosque da Proibição e com a água que trouxera consigo. Estava racionando-a com todo o cuidado, gota a gota, e tanto ele quanto o dragão só tomavam o mínimo indispensável.

Mareth, no entanto, mostrava-se muito mais cansado do que o normal; sua respiração era quase sempre ofegante, e por isso eles avançavam mais devagar do que o esperado. Evidentemente, naquele lugar tão inóspito, as guelras não lhe forneciam todo o ar de que precisava. Afinal de contas, era um animal do Bosque da Proibição. Pelo que Saiph sabia, aquelas guelras podiam ser o resquício de um passado antigo, órgãos atrofiados que havia muitos séculos sua espécie não precisava usar.

O silêncio, de dia e de noite, era absoluto. Saiph nunca teria imaginado possível uma ausência de sons como aquela, tão total que acabava sendo quase ensurdecedora. Até seus pés só produziam um leve estridor no chão ressecado e duro. Certa tarde procurara cavar um pequeno buraco, mas tudo o que fez foi arranhar a camada superficial usando como ponto de apoio a orla de uma das rachaduras do terreno. Logo abaixo encontrara mais camadas, compactas e impenetráveis, daquela terra tão branca.

Agora entendia por que o chamavam de Lugar Inominado: de uma desolação como aquela, até as palavras pareciam ter fugido. De que adiantava uma linguagem, num local onde não havia coisa alguma a ser mencionada? Tudo era sempre igual, e a única coisa que mudava era a luz, à medida que as horas passavam preguiçosas: rosada ao alvorecer, implacavelmente branca à sexta hora, arroxeada ao entardecer.

Quando já pensava estar à beira da loucura, lá apareceu de novo a linha escura no horizonte. Depois de mais algumas horas de viagem, tornou-se espessa, até assumir o aspecto inconfundível de uma cadeia montanhosa.

– As montanhas, Mareth, as montanhas! – exclamou Saiph jubiloso, mas não havia lá muitas razões para alegrar-se.

As provisões de água e de comida estavam acabando, e o dragão parecia esgotado. O panorama, no entanto, estava mudando, e isso já bastava para ele achar a viagem menos inútil. Esperou que se tratasse dos montes que procurava. A direção que tinha tomado devia estar certa, pelo menos era isso que os sóis indicavam no céu.

Diante das montanhas ele pareceu vislumbrar uma faixa de cor diferente. Quem sabe, talvez houvesse vegetação.

De repente sua atenção foi atraída por alguma coisa. Achou estranho não ter reparado naquilo antes, pois era uma espécie de ruína escura que parecia erguer-se da brancura da grande planície, tão visível quanto uma impureza num copo de leite. Saiph fez o dragão planar naquela direção e, à medida que se aproximavam, os escombros apareceram em sua verdadeira dimensão: era uma ruína enorme, pelo menos do tamanho de um palácio, e tinha uma forma estranha, algo que não parecia ser obra da natureza. Quando chegaram a umas quarenta braças de distância, Saiph teve a confirmação disso.

Pousaram não muito longe, e Mareth deixou-se cair ao chão exausto. Diante deles erguia-se uma construção enorme, cujo tamanho só era comparável à fábrica abandonada que Saiph visitara com Talitha no começo de sua fuga. Estava meio enterrada, mas, levando-se em conta a dureza do terreno, parecia fincada à força no solo. Tinha a forma de um imenso barco, com pelo menos sessenta braças de altura, contando apenas a parte exposta, e umas cem de comprimento. A proa apontava para o céu, um pouco inclinada em relação ao chão. Parecia quase singrar aquela terra cândida, imobilizada no ato de cavalgar ondas inexistentes. Também estava ligeiramente deitada de lado.

Na quilha via-se algo parecido com arestas pontudas, três ao todo, nas quais estavam pendurados os restos de estacas dispostas de modo perpendicular.

Saiph estava pasmo. Nunca tinha visto uma coisa como aquela. Não havia barcos tão grandes em Talária, e, de qualquer maneira, qual era o sentido de um navio tão enorme naquele lugar?

Estava enegrecido, como se tivesse sido devorado pelo fogo, mas quando encostou a mão percebeu que era feito de pedra. E isso era simplesmente impossível, pois tinha os veios típicos da madeira. O que seria, uma escultura? Representava um navio naufragado, e as partes destruídas estavam quebradas conforme a textura da madeira, e não como rachaduras de pedra.

Saiph foi andando em volta do despojo, sempre apoiando a mão no casco. Em vários lugares, grudadas no fundo do barco, havia umas estranhas figuras, elas também de pedra: redondas, com um buraco no meio, ou então de forma alongada, como gotas achatadas, com a largura de um palmo, ou protuberâncias parecidas com algas petrificadas.

Quando acabou a inspeção, Saiph ficou imóvel diante do barco misterioso. Nenhuma lenda falava de coisas como aquela no Lugar Inominado. Nos contos dos antepassados, era somente um território morto, um lugar onde não só ninguém morava, mas que jamais tinha sido povoado por qualquer ser senciente, nunca em toda a história de Nashira. E lá estava aquele barco gigantesco, visivelmente feito para sulcar espelhos de água maiores que qualquer lago de Talária. Quem o fizera? E como o tinha levado até ali?

Talvez aqui houvesse água, antes... pensou Saiph de repente, ideia que o deixou cheio de estranha inquietação.

Levantou instintivamente os olhos para o céu, para os dois sóis, que brilhavam mais fúlgidos do que nunca.

Então uma vibração surda no solo o trouxe de volta à realidade de imediato. Mareth rugiu, e Saiph se virou de chofre. A vibração tornou-se tão violenta que o fez cair no chão, e foi dali que viu, a umas vinte braças do dragão, o terreno explodir. Entre as faíscas iridescentes da terra remexida apareceu um inseto gigantesco, com oito patas muito longas e peludas, e um corpo oval e delgado. A boca era provida de grandes quelas, que se moviam frenéticas. Parecia um perídio, uma pequena aranha muito comum em Talária, mas muitos milhares de vezes maior. Tinha pelo menos uns trinta olhos, pretíssimos e brilhantes, de vários tamanhos, distribuídos por toda a cabeça, e emitia um som tão estrídulo que Saiph teve de levar as mãos aos ouvidos gritando.

Mareth levantou-se nas patas posteriores, rugiu e soltou uma poderosa labareda contra o monstro. O inseto também se ergueu sobre dois pares de patas, agitando as outras no ar. Com uma varreu para longe o dragão, que acabou se chocando com o navio. Tentou puxar-se para cima, esticou o pescoço para morder o enorme perídio, mas quando tentou afundar os dentes nem sequer trincou a couraça dele. Foi a aranha, por sua vez, a segurar o pescoço de Mareth com um par de patas e a levá-lo às pinças que serviam de boca: quebrou-o como se fosse um mero graveto, com um estalido que gelou o sangue nas veias de Saiph. Em seguida, começou a devorá-lo devagar, metodicamente.

Até aquele instante Saiph ficara petrificado de horror. Aquele bicho era... *impossível*, uma criatura como aquela não podia existir. Mas logo que viu seu dragão morto, compreendeu que se tratava de viver ou morrer. Levantou-se e fugiu, em desespero, para o enorme navio, tropeçou algumas vezes, mas afinal meteu-se num buraco da quilha, correndo o mais rápido possível, aterrorizado.

No interior só encontrou ruína; parecia estar em um mosaico formado por peças que não combinavam. Em seguida, viu um nicho arrombado e entrou nele sem titubear. Ainda podia ouvir, lá fora, o barulho das quelas do gigantesco perídio e o estalar dos ossos do dragão. Fechou os olhos, disse adeus ao fiel companheiro, que tão bem o servira, e ficou à espera, apavorado. Esperou até não ouvir mais nada, até o assovio horrendo do monstro desaparecer depois de outra lúgubre vibração do solo.

O silêncio dominou de novo todas as coisas e, então, ele sentiu todo o peso de sua solidão.

28

Nos dias que se seguiram ao assentamento nas minas, Talitha dedicou-se por completo ao combate. Precisava manter o corpo em movimento para que a mente não pegasse caminhos que queria evitar. Afinal, era por isso mesmo que se juntara aos femtitas, e era justo que se dedicasse por inteiro à guerra. Quanto ao resto, sentira na pele que era algo efêmero e sem importância. Só a espada era uma coisa certa, e o mero fato de segurá-la dava-lhe a sensação de estar viva, de ser verdadeira.

Sentia-se invencível quando lutava, ainda que o preço fosse um sofrimento às vezes intolerável. Pelo menos, no entanto, a espada tinha suas regras, e ela as respeitava. Exigia, mas ao mesmo tempo dava muito em troca. No mundo de seus semelhantes, ao contrário, Talitha disse a si mesma pensando em Melkise, as regras eram amiúde estabelecidas por mera conveniência.

Os sentimentos por ele, que já haviam sido um suave contraponto à sua vida, haviam se transformado num violento rancor. Era a consciência de não poder tê-lo, o padecer num desejo que não podia ser satisfeito. E doía.

Num momento de raiva, para marcar distância do que já fora, Talitha pegara o punhal e cortara os cabelos bem curtinhos. Nenhum rebelde os usava daquele jeito, e para ela era um prazer amargo distinguir-se dos demais. Não tinha raça, não tinha grupo ao qual pertencer.

A inquietação que sentia por dentro crescera dia após dia. Em alguns casos, enquanto treinava, quase chegara a ferir de morte o adversário. Eshar tivera de detê-la antes que desferisse a estocada letal.

– O que está havendo com você? – perguntara, tentando acalmá-la.

– Nada – respondera ela ofegante. Parecia possuída por um demônio.

– Sempre foi impetuosa, mas agora está passando dos limites. Seus adversários nos treinamentos já estão com medo de você, não querem mais enfrentá-la. São seus companheiros, Talitha, está me entendendo? A fúria que a anima tem que ser bem direcionada, pois do contrário é perigosa. Qual é o motivo dela?

– Mas se for bem direcionada é uma vantagem, não é?

– Sem dúvida, mas não quer dizer que você tenha de matar um dos seus – replicara Eshar com severidade.

– Prometo que tomarei mais cuidado nos treinamentos, mas não terei nenhuma piedade no campo de batalha.

Naqueles dias Talitha evitara Melkise com obstinação. Se tivesse de medir forças com ele num treino, mudava de adversário na mesma hora; mantinha-se longe dele durante as refeições e voltava ao alojamento muito antes ou muito depois dele.

Por algum tempo o antigo caçador de recompensas deixara o barco correr, mas em certa altura deteve-a e enfrentou-a numa das galerias que corriam na mina.

– Pedi que fosse morar sozinha, e não que passasse a me ignorar. Acho que você não está nada bem, Talitha.

– Estou muito bem, e, de qualquer maneira, você não tem nada a ver com isso. Já reneguei um pai, não preciso de outro.

– Está errando tudo – disse Melkise, amargurado.

– E quem é você para me dar conselhos? – respondeu Talitha, dando-lhe as costas.

– Alguém que gosta de você e que não quer vê-la sofrendo sem razão.

Talitha virou-se com um sorriso sarcástico.

– Pense em lutar, quanto ao resto sei me virar sozinha.

De nada adiantaram as tentativas de Melkise para ela pensar melhor. Talitha foi embora e ainda ficou vários dias sem falar com ele.

Muito em breve, no entanto, tiveram de cuidar de outros problemas.

Depois de cinco dias instalados nas minas – rebatizadas Danorath Luja, isto é, "Cidade Livre" – os rebeldes foram convocados para planejar a primeira operação. Reuniram-se na grande sala de gelo, uma cavidade mais ampla que as demais, bem no meio da mina. No fundo do aposento, Gerner, Eshar e outros chefes estavam de pé diante da multidão.

– A situação está evoluindo depressa – começou Gerner quando todos os rebeldes, menos os do turno de vigia, já tinham entrado. – Metade das minas do Reino do Inverno está em nossas mãos, e a produção está interrompida. No Leste prossegue a libertação dos escravos que trabalham nas Montanhas de Gelo, mas aqui no Oeste fomos bem mais longe: muitos vilarejos começaram a rebelar-se. Num deles, chamado Oltero, os escravos estão tentando assumir o poder, mas ao custo de muitas vidas. Eles precisam de nossa ajuda.

O coração de Talitha disparou. Havia passado por lá com Saiph, quando ainda estavam no encalço do herege; lembrava-se dele, era um povoado pobre e triste, à sombra de um Talareth doentio.

– Teremos de lutar em cada casa: não esqueçam que não estamos aqui somente para libertar nossos irmãos – prosseguiu Gerner. – Estamos aqui para retomar o que é nosso. Os talaritas irão resistir. Desta vez não travarão combate apenas para manter o controle de um punhado de escravos, mas, sim, para salvar as próprias vidas. Porque seremos impiedosos. Será guerra, guerra aberta, como aquela que há séculos nos reduziu à escravidão. Mas eu sei que podemos conseguir, porque, ao contrário dos talaritas, não temos nada a perder, e conquistaremos a liberdade para nós e para nossos filhos. Partiremos amanhã de manhã.

Um só grito animou a sala, e Talitha juntou-se com prazer àquelas vozes. "Guerra aberta" tinha dito Gerner. Justamente aquilo de que ela precisava.

Talitha viajou junto com outros femtitas numa canoa presa a um dragão diferente daquele que transportava Melkise. Desta vez, dificilmente iriam combater lado a lado, e com uma fisgada de dor lembrou a última batalha. O fardo das lembranças tristes começava a tornar-se pesado; parecia não haver coisa alguma, no passado mais longínquo até o mais recente, que não fosse capaz de fazê-la sofrer. Pois bem, já era tempo de pensar no futuro. Ficara melhor em combate. Estava mais preparada e se sairia bem mesmo sem ele.

Do barquinho ao lado, por sua vez, Melkise não tirava os olhos dela. Não tinha a menor intenção de trair a promessa que fizera a Saiph.

Chegaram aos arredores do vilarejo antes do previsto. Esta batalha seria bem diferente do ataque nas minas. Daquela vez, entre a chegada e o começo do combate se passara uma noite inteira, durante a qual os rebeldes tinham tido o tempo necessário a aprontar-se. Agora, no entanto, deveriam travar combate de imediato. Já de longe tinham avistado as labaredas erguendo-se das poucas casas amontoadas sob o Talareth, que estava ainda mais destruído do que Talitha lembrava. Eram humildes construções de pedra, com sua típica forma cônica, distribuídas ao longo de um retículo de vielas concêntricas. A hospedaria onde ela e Saiph tinham mendigado um pouco de comida ainda estava lá, meio escondida entre os galhos do Talareth. Num repentino lampejo, Talitha voltou a ver o povoado como aparecera aos dois alguns meses antes, e teve a impressão de sentir a presença de Saiph. Mas, quando se virou, cruzou com o olhar de um desconhecido e, na canoa ao lado, com o de Melkise, já pronto para a batalha.

– Agora! – berrou o femtita que segurava as rédeas do dragão. Logo que pousaram, Talitha pulou do barquinho e desembainhou a espada.

Tirou do nariz o cachecol com o suco de aritela e apreciou com gosto o cheiro da batalha. Havia fumaça por toda parte, uma nuvem que agredia os pulmões. Gritos desesperados ecoavam no ar, emergindo da cortina cinzenta que se erguia das casas em chamas. Uma figura indistinta surgiu de repente. Talitha só percebeu o reluzir de uma lâmina. Levantou a espada, mas era tarde demais: o talarita arremeteu contra ela com um berro, segurando o punhal manchado de sangue, o rosto deformado por um ódio misturado com terror. Sua corrida, no entanto, deteve-se antes que a lâmina pudesse chegar ao peito dela. Talitha viu o branco de seus olhos revirados, e um palmo de aço que lhe saía do ventre antes de o corpo ruir ao chão. Atrás do homem, Melkise.

– Mexa-se, se não quiser que a matem! – gritou, e logo se virou para atacar outro inimigo, e mais outro, e mais outro ainda. Havia algo de comovente em suas costas, erguidas diante dela, para protegê-la.

Talitha esqueceu qualquer outro sentimento e lançou-se contra dois soldados da Guarda, trespassando-os com a já costumeira e excruciante dor no braço. Tratava-se de tropas diferentes daquelas que tinham enfrentado em combates anteriores; nas minas haviam sido quase sempre soldados treinados especificamente para a guerra, enquanto em Oltero se defrontavam com Guardiões urbanos, soldados em sua maioria usados para funções de ordem pública, homens despreparados para o combate em campo aberto.

Por todos os cantos, Talitha podia ver dezenas de civis que fugiam. Mas vistos daquele jeito, as caras deformadas pelo terror, as vestes rasgadas e manchadas de sangue, quase não os considerava inimigos. Não reconhecia naqueles rostos os patrões que haviam surrado Saiph com o Bastão, numa quente tarde de uma vida longínqua, diante das sacerdotisas e das noviças, e tampouco o olhar impassível do pai, enquanto um jovem escravo acusado de roubo era massacrado. Via neles, ao contrário, o medo de todo escravo espancado, o terror dos femtitas levados à morte nas minas das Montanhas de Gelo, o semblante de todas as vítimas de Talária. Sua ira esmaecia, o desejo de lutar se derretia como a neve em Sesshas Enar no dia em que chovera.

Mais um Guardião se aproximou, e Talitha abateu-o remoinhando a Espada de Verba com incrível destreza. Quanto mais morte ela semeava, mais sua força aumentava e seus golpes se tornavam impecáveis.

Então ouviu atrás de si um grito diferente dos demais. Virou-se. Era uma garotinha. Devia ter, no máximo, treze anos e vestia uma leve camisola de dormir suja de lama e de sangue. Segurava um punhal e vinha para ela correndo, com a expressão de quem já não tem mais nada a perder. Talitha evitou o golpe, mas ela investiu de novo, imprecisa e furiosa, os olhos cheios de lágrimas. Talitha segurou seu pulso, torcendo-o até o punhal cair.

– Por quê, por quê, por quê? – gritou a mocinha abalada, esperneando. – Por que estão fazendo isso?

Talitha ficou atônita, sem encontrar uma resposta.

Um rebelde surgiu da fumaça e, ao ver a cena, levantou a espada.

– Segure-a firme, vou cortar a cabeça dela – gritou para Talitha.

– É só uma menina! – insurgiu ela, detendo a espada do homem com a própria.

– Mas é uma maldita talarita! – rosnou o femtita. – E já tem idade bastante para lutar. Afaste-se – acrescentou plantando os pés no chão e, de mãos trêmulas, preparando o golpe.

– Saia daqui, eu já disse! – berrou Talitha com um olhar flamejante. – Ou quem vai perder a cabeça é você.

O homem recuou, assustado, e voltou à luta perdendo-se na fumaça, mas antes cuspiu ao chão em sinal de desprezo. Enquanto isso, a garotinha caíra de joelhos e estava chorando. No saguão da casa de onde saíra, Talitha divisou o corpo de uma mulher deitado no chão, o peito rasgado por um golpe de espada. A semelhança com a menina era impressionante, e sentiu um gelo absoluto atravessar seus membros. Inclinou-se em cima da pequena talarita e abraçou-a.

– Calma, calma... – murmurou, e percebeu que talvez estivesse falando mais consigo mesma que com ela, pois o coração parecia ter enlouquecido no peito. Então, afastou-se e fitou-a nos olhos. – Fuja – disse. – Procure esconder-se em algum lugar, num armário, num baú, em qualquer buraco onde não possam encontrá-la. E, quando ficar escuro, saia do vilarejo. Entendeu? É sua única chance.

A garotinha anuiu. Então se levantou e, ato contínuo, começou a correr. Mais uns poucos passos e desapareceu na fumaça.

Na sexta hora depois da alvorada tudo tinha acabado.

As ruas do povoado estavam cheias de cadáveres. Os poucos sobreviventes que não tinham fugido foram reunidos na praça, enquanto os Guardiões jaziam no chão, acorrentados, à espera de serem executados ou abandonados a morrer de fome e de sede.

No meio daquele cenário de morte, os femtitas estavam jubilosos. Talitha via por todo lado rostos sorridentes, ouvia gritos de festa, enquanto garrafões de suco de purpurino passavam de mão em mão. Tinham vencido, tinham quebrado os grilhões da escravidão.

Era justo que festejassem, pensou. E teria gostado de rejubilar-se com eles, mas não conseguia. Os olhos da garotinha a perseguiam, gravados em sua mente.

Os rebeldes haviam saqueado todas as casas, e muitos se pavoneavam com os trajes dos mortos, ensaiando pantomimas que ridicularizavam a empáfia dos patrões. Talitha ficava imaginando a quem haviam pertencido aquelas roupas, quais histórias se escondiam atrás da comida com que os rebeldes se fartavam.

– Quer um gole?

Talitha saiu de seus devaneios. Era Melkise, segurando um garrafão meio vazio.

Não tinha ânimo de recusar, e concordou devagar. Bebeu pelo gargalo e achou que o suco tinha o sabor do sangue, mas mesmo assim, enquanto descia, o calor que lhe queimava as entranhas foi reconfortante.

– Tudo bem? – perguntou Melkise, sentando.

– Tudo. Só estou cansada.

Ele ficou calado por uns instantes, fitando-a nos olhos. Não estava cansada, estava abalada.

– É a guerra, Talitha. Sempre foi assim, ou estava imaginando alguma coisa diferente?

Ela não sabia o que dizer. Perguntava a si mesma onde estaria a menina. A mãe dela havia sido queimada numa fogueira com seus semelhantes.

– A guerra é morte, sangue, sofrimento... com algumas alegrias efêmeras para os vencedores – concluiu Melkise olhando para os rebeldes exultantes.

– Os talaritas fizeram coisas abomináveis, merecem o que está acontecendo – murmurou Talitha.

– Ah, os femtitas farão coisas ainda piores, você vai ver... – replicou Melkise, e tomou um gole.

– Por que está aqui, então? Se pensa assim, por que continua lutando do nosso lado?

– Quando decidi levar Grif para um lugar seguro, passei a não ter mais escolha – disse ele. – Mas a verdadeira pergunta é outra: apesar do que viu, ainda acredita que esta guerra é justa?

– Os femtitas têm o direito de ser livres.
– Custe o que custar? A qualquer preço?
Talitha nada disse.
Melkise deu mais um trago e entregou-lhe o garrafão.
Ela pegou-o, e desejou que o álcool varresse para longe toda incerteza e toda dor. *É a guerra*, repetiu para si mesma.
E a frase ressoou em sua cabeça com um tom sinistro.

29

Saiph ficou aninhado em seu abrigo por um tempo que não soube definir.

Já estava escurecendo quando, por fim, trêmulo, se atreveu a olhar para fora. O perídio gigante abandonara a carcaça semidevorada do dragão e tinha desaparecido. Ele não deixou de pensar que talvez estivesse esperando por perto, para pular em cima dele logo que saísse do refúgio, mas afinal não podia ficar escondido para sempre.

Do lugar onde se encontrava, atrás de uma antepara do navio, recebia pouca luz, mas talvez o monstro pudesse vê-lo mesmo assim se saísse em campo aberto. Seu estômago resmungou de fome e Saiph mordeu uma raiz que tirou da sacola, acompanhando-a com a pouca água concedida pelo racionamento que se impusera. Enquanto comia, pela primeira vez desde que ali se refugiara, examinou o ambiente que o cercava. Era um pequeno cubículo de madeira, com uma parede arrombada. Através daquela abertura dava para ver outros, todos mais ou menos do mesmo tamanho, e todos caindo aos pedaços. Pareciam compartimentos para alojar passageiros, algo novo para ele. O maior barco que já vira servia para navegar de um lado para outro do lago Imório, e não passava de uma barcaça que os escravos carregavam de mercadorias. Imaginou que um navio tão enorme, provido de aposentos para abrigar uma tripulação numerosa, devia singrar massas de água gigantescas.

Explorando a embarcação à cata de alguma coisa aproveitável para enfrentar o monstruoso inseto, Saiph acabou chegando àquela que devia ser a ponte de comando. Havia os restos de uma grande roda do leme, maior que a de qualquer carro de guerra. Estava meio destruída, mas ainda se viam nela, esverdeadas de ferrugem, grandes tachas de metal. Numa destas brochas, colocada na margem inferior, percebia-se algo gravado, mas ilegível. Só dava para distinguir uns poucos caracteres, desconhecidos para ele. Nem mesmo era a linguagem usada por Verba em seu diário: os que tinham construído aquele navio eram outras pessoas. Isso significava que havia uma multiplicidade de raças em Nashira, além dos femtitas, dos talaritas e daquela de Verba, e a história era muito mais complexa do que a mãe lhe ensinara.

Sentiu a cabeça rodar, e teve de apoiar-se na parede para não cair. Todas aquelas descobertas estavam desestabilizando-o.

Continuou revistando o navio e encontrou uma escada que levava a um andar inferior. Desceu e acabou num aposento enorme. Estava parcialmente enterrado, como percebeu ao reparar num grande rasgo que se abria num flanco e mal chegava até a superfície. A ideia de que o perídio podia estar de olho em seus movimentos deixou-o trêmulo de medo, de forma que recuou e voltou para o fundo da quilha. O pavimento era plano, mas as paredes acompanhavam o arqueamento do casco, o espaço definido pela alternância das amplas costelas que formavam o esqueleto daquela estrutura. No fundo, amontoadas de qualquer maneira, viu centenas de ânforas. Aproximou-se para ver melhor. Aquela embarcação transportava mercadorias, portanto. Alguns dos recipientes ainda estavam selados. Usando o punhal, mas encontrando mesmo assim alguma dificuldade, quebrou a camada de cal que tampava a boca de uma das ânforas. Um perfume muito doce espalhou-se no ar, tão intenso que encobriu o aroma do suco de aritela espalhado no cachecol. Puxou o pano para baixo, a fim de cheirar melhor: não havia fragrâncias como aquela em Talária. Aquele perfume vinha de outra época, talvez de outro mundo. Sobrevivera à catástrofe que destruíra aquele navio, e chegara até ele. Saiph sentiu-se inebriado e comovido. Olhou para dentro. A luz estava muito fraca, mas viu que a ânfora estava vazia. O conteúdo devia ter-se dissolvido séculos antes, e deixara apenas a sombra daquilo que fora, aquele perfume suave.

Num outro canto do imenso aposento havia um material todo consumido e carbonizado. Impossível dizer o que era. Talvez mantimentos, ou tecidos. Não dava para saber.

Quem eram as pessoas que construíram tudo isso? E o que houve com elas?, pensou Saiph com um arrepio. Mexeu-se, passou de novo diante da rachadura no casco. As duas luas já estavam altas no céu. Se quisesse dormir, só dispunha de poucas horas. Preferia locomover-se de dia, em condições de boa visibilidade, de forma a poder antecipar a aparição do gigantesco inseto ou de alguma outra criatura. Além do mais, toda a ansiedade acumulada naquele dia se condensara numa estafa mortal. Precisava conceder-se algum descanso.

Voltou à saleta por onde entrara e aninhou-se num canto, com o alforje sob a cabeça como travesseiro. Adormeceu na mesma hora, perdendo-se num sono quieto, povoado pelas imagens de uma civilização perdida, que se sabe lá em quais épocas longínquas tinha sulcado imensas extensões de água a bordo daquele gigantesco barco.

No dia seguinte, logo que acordou, decidiu enfim sair. O que viu, quando chegou lá fora, deu-lhe um aperto no coração. A ossada branquejava na luz dos dois sóis: era o que sobrava de Mareth. Saiph teve de reprimir as lágrimas, enquanto pensava em quão bonito e poderoso havia sido seu dragão. Apanhou as provisões presas aos flancos, que o perídio descartara da refeição, e colocou-as nas costas.

Alcançou as montanhas após dois dias de marcha. O perfil recortado, com um cume que lembrava a crista de um dragão, correspondia às descrições que havia lido no diário de Verba e, portanto, o esconderijo dele não devia ficar longe: a três dias de caminho para oeste, sempre segundo as indicações. Desde que abandonara os despojos do navio, não encontrara outras criaturas perigosas, ainda que qualquer barulho o fizesse estremecer e o levasse a segurar de pronto o punhal.

Até aquele momento não se dera conta de quão consoladora fosse a presença de Mareth. O animal não só o ajudara a viajar mais depressa e longe dos perigos, como também havia sido um verdadeiro companheiro, capaz de interagir com ele sem palavras. Lembrava sua maneira de esfregar-se com o focinho, seu jeito de cutucá-lo de leve com a ponta das asas quando estava com fome ou queria um afago.

Agora estava sozinho com seus pensamentos, que voltavam invariavelmente a Talitha. Enfraquecido pela fome, pela sede e pelo cansaço, cercado por aquele desmedido silêncio, ela era a única coisa em que podia se agarrar para sobreviver. Até respirar muito em breve se tornaria um problema: a Pedra do Ar com o ramalhete de Talareth já se esgotara, e começara a espalhar dentro do cachecol a gelatina que trouxera consigo. Precisava manter o pano sempre perto do nariz para aproveitar suas propriedades.

Os montes apareceram diante dele diferentes de como os imaginara. Eram enormes penhascos que, ao pôr do sol, assumiam irisados reflexos rosados, e erguiam-se majestosos acima da planície. Quando chegou bastante perto para observar sua composição, Saiph percebeu que a pedra parecia feita de minúsculos organismos vivos transformados em fósseis. Por onde andasse, naquele lugar, encontrava resquícios de uma vida desconhecida e extinta havia tempo.

Começou a subir com dificuldade, pois as rochas eram cortantes e íngremes, sulcadas em alguns lugares por profundos vales. O avanço foi lento e cansativo. O clima, pelo menos, ajudava. Era exatamente como Verba o descrevera: suave, amenizado por uma temperatura fresca e agradável. Achou que estava no lugar certo, mas não fazia ideia da real extensão daquelas montanhas – ou qualquer outra coisa que elas fossem – e a água e a comida já estavam no fim.

À noite dormia onde podia, muitas vezes em posições bastante incômodas. Aquelas montanhas não pareciam ter sido feitas para hospedar alguém. Eram expostas, impérvias e pontudas. Ainda assim, antes houve vida ali. Em alguns lugares, as encostas íngremes eram interrompidas por pequenas fendas cobertas de pedrisco. Numa delas Saiph encontrou um seixo que, por trás, apresentava perfeitamente reconhecível uma espinha de peixe petrificada. Nas bordas dava para reconhecer a impressão da carne e de alguma coisa escura, parecida com os órgãos internos do animal. Era um peixe diferente dos que povoavam os lagos e os rios de

Talária: tinha um só olho no meio da cabeça, que era enorme e provida de dentes afiados. Havia muitas outras pedras semelhantes, com todo tipo de peixe, e Saiph em duas delas reconheceu os contornos de uma alga. O que os peixes estavam fazendo ali, nas montanhas? Se houvera água, lá em cima, e muita, considerando o caminho percorrido entre o navio e aqueles desfiladeiros, que fim levara?

Ficou imaginando se os sacerdotes sabiam mesmo o que se escondia no Lugar Inominado, e se era por isso que haviam imposto a proibição de visitá-lo. Aquele local estava cheio de enigmas e suscitava perguntas às quais a religião não sabia dar uma resposta. Houvera outras criaturas, em Nashira, antes deles, e se tratara de seres sencientes. Então os talaritas não eram os filhos prediletos dos deuses? Houvera outros que haviam desaparecido no nada? E os seres como Verba?

Não demorou, porém, para estas perguntas serem superadas pelos problemas que Saiph teve de enfrentar.

A comida tinha quase acabado e, lá nas alturas, não havia nem sombra de algo que fosse considerado comestível. Sobrara-lhe uma única raiz, que mordiscava aos poucos, tentando adiar o inevitável. A água estava reduzida a algumas gotas, e sua garganta estava ressecada. Ainda tinha alguma gelatina, mas era inútil sem a água necessária para dissolvê-la. Quando tomou o último gole, percebeu ter chegado ao fim, a não ser que encontrasse o quanto antes uma nascente. E pensar que, sabe lá quantos séculos antes, ali devia existir água a perder de vista. Este pensamento deixava-o louco. Forçou-se a seguir em frente, embora todas as fibras de seu corpo gritassem de dor, embora houvesse momentos em que só desejava jazer ali para sempre até tornar-se pedra, como todos aqueles peixes.

Estava tão sedento que teve vontade de comer a gelatina, que pelo menos continha uma pequena quantidade de água. Mas lhe sobrava um único saquinho, e achou melhor não desperdiçá-la. Sem ela, a morte só levaria uns poucos minutos para chegar, mas o ressecamento da garganta era realmente insuportável. Sua boca se enchera de pequenas feridas muito doloridas, a língua estava inchada.

No terceiro dia, quando já não dispunha de coisa alguma para sobreviver, chegou a uma ampla planície. A rocha sob os pés estava marcada por profundos sulcos que quase pareciam a obra de um pedreiro, mas que provavelmente se deviam aos pequenos organismos fossilizados que compunham o solo. Não importava para onde virasse os olhos, só via aquela planície e suas marcas, que pareciam ter algum significado. Saiph não pôde deixar de pensar que, se as interpretasse, talvez também pudesse salvar-se. De repente achou vislumbrar um leve brilho não muito longe, uma trêmula cintilação, como se fosse um espelho de água. Deu um primeiro passo naquela direção, depois outro, movido por mera força de inércia. Era como se a alma quisesse livrar-se do corpo, e só um enorme esforço ainda pudesse segurá-la. Tudo tinha o aspecto irreal de um sonho, o espaço e o tempo já não tinham sentido. Havia momentos em que lhe parecia estar mais uma vez em Talária, ao lado de Talitha, que segurava sua mão e o animava.

"Mais um passo, só mais um, e depois descansamos" sussurrava em seu ouvido com voz suave.

Então o céu e a terra se confundiram. Saiph só sentiu o baque da face que se chocava dolorosamente com a pedra, no chão. E tudo ficou escuro.

30

Em poucos dias os rebeldes abandonaram o refúgio nas minas e assentaram-se em Oltero. Junto com seus poucos pertences, levaram para lá um novo nome, Palamar Lujer. Aquela era realmente a primeira aldeia femtita livre.

Logo após o dia da grande festança, começaram a governar o lugar como se sempre tivessem vivido nele. Já havia uma primeira, importante decisão a ser tomada: o destino dos poucos prisioneiros capturados durante a batalha, que desde então estavam amontoados como animais num velho edifício. Todos participaram da reunião que definiria o que fazer com eles, a não ser as mulheres. A única exceção foi Talitha, que ganhara o direito de voto em combate.

Na noite anterior, porém, tinha bebido demais, e acordar em tempo para participar da assembleia não foi fácil. Grif fez o possível para ajudá-la a levantar e a aprontar-se, mas sua cabeça rodava e estava enjoada. No entanto, dormira um sono muito profundo, justamente aquilo de que precisava naquele momento. Pensar, ponderar, raciocinar acerca daquilo que acontecera doía demais.

Chegou cambaleando à entrada do celeiro que os rebeldes tinham escolhido para a reunião e sentou num canto, bem no fundo. Era como se alguém estivesse tocando um tambor dentro de sua cabeça.

Gerner explicou a ordem do dia, expôs o problema e convidou os presentes a apresentar sugestões.

Um dos guerreiros mais idosos levantou-se.

– Será que é preciso perguntar? Temos de matar eles todos, e depois pendurar suas cabeças nas muralhas da aldeia. Precisamos transmitir uma mensagem forte, para que os talaritas entendam o que queremos e do que somos capazes.

O murmúrio de aprovação foi quase unânime. Na multidão, Talitha encontrou o olhar de Melkise, cuja expressão conformada parecia gritar "eu bem que avisei". Sentiu uma raiva abrasadora tomar conta de seu corpo e levantou-se de chofre.

– Eu não concordo – proclamou em alto e bom som, e todas as cabeças se viraram para ela.

Alguns ainda não haviam se acostumado com o fato de ela opinar nas reuniões importantes e não aceitavam de bom grado suas intromissões.

– E por quê, se me for permitido perguntar? – disse, sarcástico, o velho femtita. – Está com pena de seus semelhantes?

– Quem se porta como algoz são eles, não nós. Eu os vi, em Orea, e muitos de vocês também viram: assistimos a uma chacina de inocentes, estávamos lá enquanto trancavam os sobreviventes no galpão e ateavam fogo. Isso é o que *eles* fazem, porque nos consideram menos que nada. Mas nós somos diferentes, ou estou errada?

Os presentes fecharam-se num silêncio hostil, e Talitha, em vão, procurou com o olhar um sinal de aprovação.

– Não entendo vocês... Não queríamos construir um mundo novo? Um mundo mais justo, onde não houvesse mais escravos e patrões, onde o sofrimento que nos foi imposto não afligisse mais ninguém?

— Até prova em contrário, você não sofreu nenhum de nossos sofrimentos — replicou o velho.

— É verdade, mas lutei ao lado de vocês! E matar prisioneiros inocentes não ajudará a apagar as injustiças que vocês sofreram!

— Inocentes? — insurgiu um garoto, pulando em pé. — Minha mãe morreu por um capricho da patroa, porque tinha ciúme do jeito com que o marido olhava para ela! E você ainda diz que são inocentes?

Quase todos anuíram com convicção. Cada um deles poderia contar uma história parecida, vivida pessoalmente ou ouvida nos relatos de outros escravos.

— Entendo, mas era *sua* patroa. O que sabe destas pessoas que queremos condenar à morte?

— Os talaritas são todos iguais, traiçoeiros e maldosos sem exceção, e precisam ser massacrados até não sobrar nenhum.

Houve quem ensaiasse um aplauso, e alguns gritos de aprovação foram ouvidos na sala.

— Quero lembrar que sou talarita, e Melkise também. E mesmo assim lutamos ao lado de vocês.

— Isso não muda as coisas — interveio Gerner. — Acha por acaso que essas pessoas se uniriam a nós? Assistiram a nosso sofrimento e à nossa morte durante anos, e não levantaram um dedo. A culpa deles é esta, está entendendo? O patrão que manda castigar com o Bastão pode ser um só, mas são centenas os talaritas que olham para ele com aprovação ou indiferença.

— Há crianças que perderam as mães, e elas não têm culpa de nada.

— E qual seria sua proposta, então? Soltar todos os prisioneiros? E o que acha que iriam fazer? Eu lhe digo: fugiriam para a aldeia mais próxima para choramingar no ombro de seus soldados. Trariam para cá um bando de Guardiões para nos massacrar.

— Ou então perceberiam que não estamos contra eles, não contra todos eles, e louvariam nossa magnanimidade. Acho até que alguns passariam a considerar nossa guerra justa.

Desta vez se ouviram muitas risadas.

Talitha olhou em volta, desanimada.

— Não acham que seja possível vencer atraindo o inimigo para nosso lado?

As gargalhadas tornaram-se ainda mais sonoras.

— Você é jovem e ingênua, Talitha – disse Gerner, com um sorriso condescendente estampado no rosto. – Nenhum talarita jamais mudará de ideia, porque todos gostam de ser servidos e reverenciados, todos querem comandar.

— Nós, não – protestou Talitha.

— Que seja, nós, não. Mas eles, sim, e com pessoas desse tipo não há como conversar. Não estamos interessados em tê-los do nosso lado, o que nos interessa é nossa liberdade, e se para alcançá-la tivermos de passar por cima de muitos cadáveres, mesmo de mulheres e crianças, eu estou pronto, e meus homens também. Só quando todos os nossos irmãos estiverem livres falaremos em paz e magnanimidade. Até então, não podemos nos dar a esse luxo.

Olhando para o rosto dos rebeldes, Talitha compreendeu que Gerner dizia a verdade: aquele pessoal estava pronto para matar, a sangue-frio, dezenas de talaritas inermes.

— Mas não percebem que desse jeito se tornarão como eles?

– Muito bem, é sua opinião e você teve a oportunidade de manifestá-la. Vejamos, no entanto, o que os outros acham. Vamos votar – disse Gerner dirigindo-se aos presentes. – Querem que essas pessoas sejam soltas ou mortas?

Votaram levantando a mão. Alguns pronunciaram-se a favor da soltura, mas a maioria escolheu a pena de morte. Melkise se absteve.

– Acredito que o conselho expressou sua opinião.

Eshar levantou a mão, e Gerner deu-lhe a palavra.

– Também há crianças entre eles. Não representam um perigo imediato, e peço que sejam poupadas.

– Também há mulheres e velhos – disse Talitha.

– Sabiam o que estavam fazendo, e com uma arma na mão um velho também pode ser perigoso – observou Eshar.

– Que a pena seja cumprida, então – sentenciou Gerner.

E assim foi. No dia seguinte, ao alvorecer, as crianças foram colocadas numa carroça e levadas ao caminhamento mais próximo. Foi preciso amarrar as mais crescidas e agitadas; houve momentos de pranto e desespero. Talitha garantira que não lhes faltasse água e comida, mas sabia que para elas a viagem seria muito dura. Ao ver aquelas cenas, alguma coisa embrulhou seu estômago. Tentou consolar-se dizendo a si mesma que, pelos menos as crianças teriam sua vida poupada, mas tudo continuava a parecer-lhe cruelmente inútil e gratuito.

Quando a meninada já estava longe, os homens e as mulheres foram justiçados. Talitha não teve ânimo de assistir e preferiu voltar a seu alojamento, entregue a uma fúria cega. O conselho destinara-lhe parte da residência de um sujeito que havia sido um mercador, e lá encontrou Melkise apoiado na porta de entrada.

– Ainda acha que "é a guerra"? – perguntou.

Ela deu de ombros.

– Deixe-me passar. Por hoje já estou farta de você e de todos.

Melkise não se mexeu.

– Eu lhe disse que acabaria assim. A guerra não é bonita como nos cantos dos poetas. Sempre há vítimas mortas injustamente.

– Poderia ter pelo menos levantado a mão, você também, lutado por aquelas pessoas – replicou Talitha.

Melkise sorriu.

– Eu não sou Saiph. O campeão das causas perdidas era ele, o que sempre se empenhava para evitar o sofrimento dos outros. Eu só procuro ficar na minha.

Talitha empurrou-o sem cerimônia e entrou.

– Alguns femtitas foram embora – acrescentou Melkise por trás dela.

Ela se virou.

– Foram embora? Para onde?

– Partiram. Esta noite. Gerner tachou-os de traidores e amaldiçoou-os publicamente.

– Nem todos nasceram para combater – comentou Talitha, sem se comprometer.

– Não é isso – disse Melkise cruzando os braços. – Acontece que nem todos estão satisfeitos com o caminho que esta guerra está tomando. Embora não se tenham manifestado ontem, na reunião, estavam de acordo com você quanto ao destino dos prisioneiros. Talvez já tenham visto tanta coisa que massacrar os talaritas não é muito bem sua prioridade. É gente que só quer a liberdade, apenas isso.

– O que está tentando me dizer?

– Que você também pode fazer o mesmo. Poderia procurá-los e juntar-se a eles.

Talitha fitou-o.

– Você viria comigo?

Melkise meneou a cabeça.

– Eu não tenho problemas com a estratégia de Gerner. Para ser franco, estou velho demais para arrumar novos escrúpulos nesta altura da vida.

– É só uma desculpa para ficar em cima do muro. No fundo, não passa de mais um covarde.

– Pode ser, mas ao contrário de você eu sei exatamente o que estou fazendo aqui, e não me deixo ninar por ilusões bobas – gritou para ela.

Talitha acelerou o passo e não se virou.

Naquela noite dormiu mal. Desde o dia da batalha em Oltero – por algum motivo não chamava aquela aldeia pelo novo nome – sonhava amiúde com a garotinha que tinha salvado. Tratava-se quase sempre de pesadelos e, na melhor das hipóteses, via-a como um fantasma que a acompanhava para todo canto e a fitava com olhos carregados de sofrimento. Às vezes, porém, imaginava matá-la.

Acordando sobressaltada, molhada de suor e trêmula no meio da noite, Talitha olhou para a aldeia pela janela. Havia luzes de tochas e fogueiras, e de longe chegava o eco de uma alegre gargalhada. Não se sentia à vontade naquele vilarejo liberado. Sentia-se sozinha. *Onde ficou a serenidade dos primeiros dias ao lado desta gente?*, perguntou a si mesma, aflita. Às vezes tinha a impressão de que havia algo errado nela, algo que a impedia ser feliz, desde sempre.

Na manhã seguinte foi anunciado que iriam atacar um mosteiro para libertar seus escravos. A notícia deixou

Talitha abalada. Um mosteiro, a síntese de tudo aquilo que sempre detestara na vida. Talvez, enfrentando quem tinha provocado a morte de sua amada irmã, acabasse com suas dúvidas. Talvez, mesmo que tivesse perdido a paixão que a animava, pudesse encontrar no ódio uma nova razão para lutar.

31

Kora levantou-se apressada da mesa comum do refeitório e afastou-se para sua cela. Nem parou para trocar algumas palavras com as demais noviças, como costumava fazer. Estava com medo. Desde que descobrira os planos de Grele para envenenar a Pequena Madre, vivia com medo de levar o mesmo fim. Dormia com um punhal embaixo do travesseiro e só confiava na comida preparada por sua criada pessoal. Não podia estar errada. Suas suspeitas haviam se tornado certezas quando o jovem escravo com o qual falara tinha morrido num "acidente" no dia seguinte à conversa com ela, sem poder se apresentar ao encontro com Galja. Segundo a versão oficial, tinha despencado do topo de um elevador de carga, mas na verdade alguém o matara. E ninguém se preocuparia se algo parecido acontecesse com ela. Afinal de contas era apenas a filha de um mercador, uma plebeia comum, e apesar de sua família ser abastada, não podia competir com o poder de Grele e de Megassa. Não havia um só dia em que não chegassem ao mosteiro notícias sobre as vitórias do conde, que Kora considerava exageradas. Nesta altura todos o consideravam um salvador e tinham certeza de que sua esposa se tornaria a próxima Rainha do Verão. Com um aliado deste porte, Grele seria certamente nomeada Pequena Madre.

Quando Grele mandou chamá-la, no dia seguinte à morte do escravo, Kora se deu conta de que o jogo estava se tornando bastante perigoso.

– Estávamos pensando em nomeá-la, finalmente, sacerdotisa – disse ela com um sorriso ambíguo, quando entrou em sua cela.

– Seria uma grande honra para mim – respondeu Kora, procurando esconder o temor que apertava o estômago.

– Você está estranha... agitada... – disse Grele, aproximando-se e rodando em volta dela como um predador.

– Sente-se constrangida diante de mim?

Kora ficou de coração apertado e fez o possível para mostrar-se tranquila.

– Não... é só que nos últimos dias não tenho passado muito bem.

Grele acenou mais um meio sorriso que despertou em Kora ainda mais inquietação.

– Se quiser posso lhe dar um ótimo remédio... Como já deve saber, sou uma verdadeira perita em ervas.

– Não é preciso, obrigada – respondeu ela apressada.

– Tudo bem. Só mencionei para ajudar. Mas se não... *ficar boa e voltar a ser a Kora de sempre* terei de tomar providências, está claro?

Kora concordou. O sentido daquelas palavras não podia ser mais explícito.

A partir daquele dia tinha guardado para si as preocupações a respeito do destino da Pequena Madre, embora tivesse certeza de que Grele atentaria contra a vida dela. Desconhecia como e quando, mas sabia que ela procuraria fazer de novo.

Percorreu o corredor depressa. Não tinha nada em comum com o do antigo mosteiro, luminoso e amplo: este era um tanto apertado e limitado, com portas que se abriam a intervalos irregulares. A dela era a última.

Retirou-se em seu quarto e sentou à escrivaninha, abrindo um grande volume com capa de couro. Quando a ansiedade tomava conta dela preferia trabalhar: era um antídoto eficaz contra os pensamentos negativos. E, uma vez que não havia jeito algum de dormir, era melhor usar a insônia de maneira proveitosa. Dedicava-se à redação de uma monumental história do mosteiro de Messe: falara a respeito com a Pequena Madre, que se mostrara entusiasta, recomendando, porém, que só cuidasse das pesquisas nas horas de lazer, de forma a não interferir nas demais obrigações do noviciado.

Quando ouviu baterem à porta estremeceu. Olhou para a vela e percebeu que deviam ter passado pelo menos duas horas desde que começara a escrever. Foi abrir e viu-se diante de uma jovem escrava.

– Sim? – disse, surpresa com aquela insólita visita noturna.

– Queira perdoar, minha senhora, se a incomodo a esta hora, mas estou preocupada e não sei a quem recorrer – respondeu a escrava, retorcendo as mãos.

– Fale, então – exortou-a Kora.

– Trata-se de sua serviçal, Galja. Sei que a senhora gosta muito dela, e...

Kora sentiu um obscuro presságio abrir caminho dentro de sua alma.

– O que houve com ela?

– Nada, minha senhora, pelo menos eu acho. Mas a vi deixar apressadamente o dormitório e correr para o templo.

Não sei o que ela foi fazer lá, mas daqui a pouco vai haver o toque de recolher e...

– Sim, sei o que acontecerá com ela se for pega andando por aí – disse Kora. Seria aprisionada e castigada com o Bastão, é isso que aconteceria. E, com a idade dela, não sobreviveria. – Não sabe por que ela foi ao templo?

– Não, minha senhora. Mas parecia muito perturbada.

Kora ficou por alguns momentos imóvel no limiar, mordendo o lábio.

– Venha comigo e mostre-me para onde foi – disse afinal.

Foram para a plataforma na qual havia sido erguido o mosteiro: estava deserta. Naquele horário ainda era permitido que alguns escravos se movimentassem pelos edifícios para levarem a cabo suas tarefas. As sacerdotisas também podiam circular, mas só havia poucas transitando. Kora e a femtita foram andando entre os vários prédios, só encontrando as Combatentes encarregadas da vigia, que as observaram impassíveis.

A escrava foi a primeira a chegar ao templo, que estava fechado após a conclusão das funções vespertinas. De Galja, nem sombra. E, afinal, o que teria ido fazer no templo àquela hora? Kora olhou em volta, e só então reparou numa porta lateral aberta. Que deveria estar fechada, pois levava aos aposentos particulares da Pequena Madre e raramente era usada. O cadeado que a trancava estava quebrado. Kora sentiu a ansiedade obstruir sua garganta. Empurrou a porta de leve e a luz das luas iluminou alguns degraus que levavam para cima. Galgou-os com cuidado.

No topo da escada havia outra porta, também com o ferrolho arrombado. Abriu-a. Um longo rangido, e entrou. Encontrava-se nos aposentos da Pequena Madre, onde quase nunca estivera antes, e sempre em companhia de outras noviças. A primeira saleta era um pequeno local de trabalho. Estantes cheias de livros ocupavam as paredes, e havia uma ampla janela que de dia iluminava uma pequena escrivaninha abarrotada de volumes e pergaminhos. Atrás, um assento de veludo vermelho. A janela estava escancarada, como muitas vezes acontecia no ar abafado daquelas noites, e a cortina esvoaçava no sopro da brisa noturna. Atrás da escrivaninha, mais uma porta, entreaberta. Kora sabia que levava ao quarto de dormir.

Aproximou-se sem fazer barulho. Parecia mover-se com pés de chumbo, o único ruído do qual se dava conta era o ribombo do sangue nos ouvidos. Estava tão apavorada que nem percebera que a escrava deixara de acompanhá-la. Bateu à porta.

– Vossa Eminência? – murmurou.

Lá dentro, nenhuma resposta. Bateu de novo, então entrou. A cela da Pequena Madre era pelo menos dez vezes maior que a dela. Num canto havia um pesado genuflexório de chifre de dragão, nas paredes alguns quadros salvos do incêndio que retratavam a Pequena Madre menina, quando ainda era uma noviça, e depois moça feita, já sacerdotisa. Mais uma pintura representava-a como havia sido alguns anos antes, na plenitude da maturidade e no auge de seu poder. A cama ficava justamente embaixo deste retrato, encimada por uma grande cabeceira entalhada, de madeira antiga. Em volta da cama havia um dossel com as cortinas, muito finas e transparentes, fechadas.

Kora aproximou-se, puxou as cortinas e abafou um grito. A Pequena Madre jazia de cabelos desgrenhados, confusamente espalhados no travesseiro, o pescoço enrugado despontando de uma camisola cândida. Largada naquela cama, despojada de todas as insígnias de seu poder, mostrava o que de fato era: apenas uma velha. Mas não era aquilo que deixava Kora muito assustada; o que a petrificava no terror era, antes, a grande mancha de sangue que molhava a colcha na altura do coração, e aqueles olhos vítreos, esbugalhados.

– Boa noite, Kora.

Kora estremeceu e virou-se de chofre. Na penumbra desenhava-se uma figura empertigada e severa, da qual só metade do rosto era iluminada: uma impassível máscara de Combatente. Todas as peças do mosaico se encaixaram, e em um instante Kora compreendeu, tarde demais, o motivo pelo qual uma escrava, que não deveria estar zanzando à noite, tinha ido chamá-la àquela hora e a levara até lá. Não pôde evitar um lamento.

Grele deu um passo adiante, e a luz iluminou o sorriso da parte exposta de seu rosto, um sorriso em que se viam ao mesmo tempo pena e triunfo.

– Por que quis intrometer-se num jogo maior que você, Kora? Eu até resolvera deixá-la em paz, mas você quis meter o nariz onde não fora chamada.

Kora teve vontade de gritar, de pedir ajuda, mas parecia que não tinha mais ar nos pulmões.

– Você... você a matou – gaguejou.

– Não, Kora, foi *você*.

Grele mostrou o punhal que apertava nas mãos. Kora o reconheceu. Era aquele com que dormiu nos últimos tempos, uma herança de família com as iniciais do avô paterno gravadas. Não havia dúvida, era dela.

– Ouvi os gritos da Pequena Madre, acudi e encontrei você aqui, segurando o punhal. Tentou fugir e me feriu.

Grele passou a lâmina no braço, cortando-se sem dar um pio de dor.

– Entendeu, agora? – concluiu, e seu rosto mudou de expressão: a careta escarnecedora de vitória transformou-se, de repente, no mais doloroso pesar.

Coube então a ela encontrar o fôlego que faltara a Kora, e gritou jogando o punhal no chão. Segurava o braço, enquanto as lágrimas riscavam suas faces.

– Socorro! – berrava desesperada. – A Pequena Madre! – Parecia outra pessoa.

Kora percebeu que não tinha outra escapatória a não ser fugir. Jogou-se da janela, de três braças de altura, e estatelou-se no chão. Uma fisgada de dor correu por seu braço, do ombro ao cotovelo. Começou a correr, tomada de desespero, tentando raciocinar o mais rápido que podia. A plataforma, enquanto isso, havia começado a encher-se de passos e de vozes. De repente Kora lembrou: o local dos elevadores de carga na asa leste do mosteiro. Estava em obras, seria o lugar perfeito para se esconder.

Precipitou-se naquela direção, mas logo em seguida algo bloqueou sua corrida. Um embrulho sangrento jazia no chão. Aproximou-se, trêmula: era Galja, com uma ferida profunda no abdome e o rosto entregue a uma paz extrema, como se estivesse dormindo. Era o preço que pagara por ter-se atrevido a desafiar o poder de Grele. Sua amada criada pessoal morta, sem misericórdia. As lágrimas encheram seus olhos, mas não podia parar.

Alcançou o local dos elevadores e subiu de qualquer jeito nos andaimes, com o braço que pulsava de dor. Tudo aquilo parecia um pesadelo. Uma voz continuava a repetir em sua cabeça que não havia escapatória, que não havia saída, mas outra incitava-a a procurar uma salvação, porque desejava desesperadamente viver. Agarrou um cabo do elevador, puxando-se para cima usando apenas a força das pernas e do braço são. Estava esfolando a mão, mas não importava. O novo mosteiro havia sido construído algumas braças embaixo do antigo, e era lá que procuraria abrigo. Havia um pequeno espaço perto das engrenagens, o mesmo onde Talitha tinha lutado contra a Combatente antes de fugir, e onde irmã Pelei perdera a vida. Kora meteu-se naquele cubículo apertado, procurou um canto escondido e se encolheu toda, apertando as pernas no peito. Era um bom esconderijo, ali em cima, entre os escombros enegrecidos pelo fogo. Com um pouco de sorte, não a encontrariam. No dia seguinte, quando movimentassem o mecanismo, desceria para Messe. E depois... depois quem sabe. Era só o começo, bem sabia disto.

Entregou-se a um pranto silencioso, ninando o braço ferido.

32

A cidade se chamava Letora e ficava na fronteira com o Reino do Outono. Havia sido conquistada dias antes, mas os talaritas tinham procurado refúgio em peso no mosteiro, o mesmo que os rebeldes tinham decidido atacar. Corria o boato de que muitos escravos haviam sido mortos, de forma que talvez não sobrassem muitos a serem libertados. A missão era, portanto, guiada pelo mero desejo de vingança, e representava o último passo rumo à tomada de uma cidade cujo valor estratégico não era particularmente relevante, mas que tinha um peso significativo para o moral dos rebeldes. Todo o Reino do Inverno já estava na prática nas mãos deles, principalmente a parte mais ao norte. A produção do gelo estava parada e, com o aumento da temperatura, quem mais sofria com isso era o sul, que já não podia contar com as minas para o suprimento de gelo necessário ao transporte e à conservação dos alimentos. A zona limítrofe ao Reino do Outono, entretanto, ainda estava firme nas mãos dos talaritas, sobretudo graças a Megassa. Conquistar Letora e destruir seu mosteiro significava mostrar que nada podia deter os femtitas.

Nos dias que antecederam o ataque, Talitha ouviu falar muito do pai. Ao que parecia, tornara-se a alma da resistência talarita. Estava em toda parte, com seus homens, e, aonde as tropas chegavam, a derrota dos rebeldes podia ser considerada certa. Era uma faceta paterna que ela nunca tivera a oportunidade de conhecer. Para ela, o pai nunca passara de um político traiçoeiro e calculista, acostumado a alcançar seus objetivos através da intriga e da corrupção. Não imaginava que também fosse um habilidoso general. Era provável não intervir em Letora, pois estava empenhado num grande combate no sul, e Talitha lastimou o fato. Fremia de vontade de enfrentá-lo no campo de batalha.

Participou das reuniões para o planejamento da ofensiva, nas quais conheceu alguns femtitas que haviam servido nos mosteiros; um deles vinha justamente do mosteiro de Letora, e seria muito útil na elaboração da estratégia. Talitha procurou dar o melhor de si, desenhando mapas, explicando como funcionava a vida das sacerdotisas e revelando todo segredo de sua experiência passada.

O mosteiro que iriam atacar, consagrado a Man, era masculino, e os hábitos dos sacerdotes eram sem dúvida diferentes daqueles das sacerdotisas, mas seus conhecimentos ainda seriam proveitosos. Assaltar um mosteiro parecia-lhe uma façanha justa, que fazia desaparecer qualquer escrúpulo moral. A inocência era banida por definição daquelas muralhas: os sacerdotes não só eram responsáveis pela escravidão dos femtitas, que justificavam com seus desvarios religiosos, como também manipulavam os próprios talaritas impedindo-os de conhecer a verdade acerca de Miraval e Cétus e mantendo-os subjugados pelo medo dos deuses.

Durante a viagem para Letora foram acompanhados por um clima insolitamente ameno. Todos acharam a novidade agradável e aproveitaram aquela inesperada primavera. Menos Talitha. Parecia-lhe que o toque gentil dos raios dos sóis nada tivesse de benfazejo. Aquele clima não era natural, não devia fazer todo aquele calor naquela zona.

Você escolheu, ficou aqui, procure então concentrar-se na batalha!, dizia a si mesma, com raiva, mas não conseguia. Havia algum tempo que segurava o seixo que a irmã lhe deixara, e que sempre levava no bolso. Toda vez que os dedos tocavam na pedra, não podia deixar de levantar os olhos para os sóis.

Letora apareceu sob um céu cristalino. A neve tinha derretido quase por completo, a não ser por uns raros montículos sujos que manchavam o terreno. Os galhos mais baixos do Talareth que amparava a cidade estavam ressecados: as folhas agulheadas ainda resistiam, mas estavam marrons e murchas, como se um feitiço as tivesse matado de repente, sem nem mesmo dar-lhes o tempo de cair ao chão.

Nas margens da cidade ainda era visível a vala comum na qual haviam sido jogados os cadáveres dos talaritas, e as casas, de paredes enegrecidas, mostravam os sinais dos combates. O mosteiro ficava a quatrocentas braças de altura, arraigado ao tronco do Talareth como um cogumelo. Lá de cima chegavam sem parar setas e pedras, arremessadas pelos sacerdotes Combatentes. O último trecho da escada havia sido arrancado, para impedir a subida dos rebeldes, mas ela continuava intacta quase até a plataforma do mosteiro. O sítio já durava duas semanas, e os talaritas deviam estar esgotados. Houvera chuvas e, portanto, podiam não ter falta de água, mas a comida começava a escassear: pelo que contavam, o local estava superpovoado, e mesmo as consideráveis reservas do mosteiro já deviam estar minguando.

Na noite anterior à investida os rebeldes entregaram-se aos festejos. Fazia parte de uma estratégia proposital: queriam mostrar aos talaritas que não receavam a morte, e que estavam tão confiantes na vitória a ponto de fazer festança antes mesmo da batalha. Talitha não participou. Achava de mau agouro celebrar antes de vencer.

Naquela noite sentia uma ansiedade que havia muito tempo não tinha. Por um lado estava impaciente, queria brandir a espada e entregar-se mais uma vez ao combate, como nas minas. Por outro, tinha medo de como se sentiria diante dos inimigos: e se não reencontrasse a determinação de antes? Se a visão daqueles civis inocentes, em Oltero, tivesse comprometido para sempre seu desejo de guerra? O que iria acontecer com ela? As vozes festivas dos femtitas chegavam abafadas e distantes, como se não pertencessem à sua vida.

A batalha começou ao alvorecer. Os rebeldes desferiram o primeiro ataque na garupa dos dragões, tentando aproximar-se do mosteiro por cima. Era uma manobra que já tinham posto em prática no passado, mas que nunca havia funcionado, pois as lanças e as flechas arremessadas pelos inimigos mantinham longe os animais. Desta vez, no entanto, um pequeno punhado de homens alcançou a plataforma do mosteiro pulando dos dragões. A luta ficou encarniçada na mesma hora, enquanto de baixo os rebeldes lançavam setas incendiárias.

Talitha, com Melkise e mais cerca de vinte guerreiros, havia começado a se mexer bem antes da alvorada. No mais absoluto silêncio, o pequeno grupo alcançara o tronco do Talareth e o vistoriara até encontrar o ponto de chegada dos elevadores de carga. Com a ajuda da espada, Talitha forçara a porta e entrara no túnel vertical por onde passavam as mercadorias. As roldanas que movimentavam as cargas haviam sido bloqueadas lá em cima, no mosteiro: o plano era, portanto, subir por aquela passagem enquanto os outros distraíam os Combatentes, destravar as roldanas e permitir o acesso de um bom número de rebeldes. Para a coisa dar certo, Talitha teria de recorrer à magia. Subiram pelas escadas de corda que se desenrolavam ao lado das plataformas, as mesmas que eram usadas pelos escravos para a manutenção.

Foram subindo e, então, pararam, à espera, até ouvirem com clareza os sons da batalha através das paredes de madeira.

– Vamos – disse, seca, Talitha.

Puxar-se para cima naquelas últimas cento e cinquenta braças foi um esforço imenso, e a visão do ponto de chegada do elevador pareceu-lhes uma miragem.

Como já esperavam, quando só faltavam mais dez braças para o topo foram recebidos por uma chuvarada de flechas.

Antes deles, outro grupo de rebeldes já tinha tentado subir até lá, mas fora forçado a recuar devido àqueles ataques. Desta vez, portanto, Talitha era absolutamente indispensável.

Não se deixou pegar despreparada. A quinze braças da meta já tinha começado a segurar o pingente de Pedra do Ar, concentrando-se e evocando a barreira. As setas eram bloqueadas a um palmo do mais adiantado dos rebeldes, que foi o primeiro a pular o mais rápido possível, antes que a sentinela percebesse que seu arco era inútil e corresse em busca de reforços.

Ouviu-se apenas um ganido abafado, antes de o corpo inerte do soldado despencar no vazio sem mais um lamento.

Puxaram-se para a plataforma, e enfim chegaram ao topo. Estavam no mosteiro, no lugar de onde se controlava o movimento dos elevadores. Em regra o local deveria pulular de escravos, mas, com as rodas bloqueadas por pesadas cunhas de madeira, estava deserto.

Talitha não pôde deixar de lembrar sua fuga do mosteiro de Messe: daquela vez estava com Saiph... Sacudiu a cabeça. Eram justamente pensamentos como esse que tinham apagado nela o fogo sagrado da batalha, e precisava afastá-los da mente, pois necessitava de toda a sua força e sua concentração. Deu uma olhada nos tocos de madeira que travavam as rodas. Não seria nada fácil tirá-los dali.

Levou um bom tempo, e os rebeldes tiveram de se esforçar bastante. Quando, por fim, desbloquearam o mecanismo, o contragolpe fez com que caíssem no chão e as rodas, livres, deixaram precipitar os tablados enquanto os cabos se desenrolavam soltos. Um femtita acabou sendo esmagado pelas engrenagens antes que a fuga das cordas pudesse ser detida.

Foi então que a porta da sala das máquinas se escancarou e um grupo de sacerdotes Combatentes caiu em cima deles de espadas na mão.

Os rebeldes logo investiram contra os recém-chegados, mas Talitha procurou não perder a concentração. A tarefa dela era importante demais. Arrancou do peito o pingente de Pedra do Ar e deixou-o no topo do mecanismo que controlava o movimento da plataforma. Desembainhou então a espada e sentiu-se cheia de renovado vigor, enquanto o pingente começava a brilhar mais fúlgido: mais uma vez a Espada de Verba entrou em ressonância com a Pedra do Ar, transmitindo-lhe uma energia sobre-humana e tornando-a capaz de façanhas que nem mesmo dez sacerdotisas poderiam levar a bom termo. Concentrando-se, Talitha baixou a plataforma até o chão e a trouxe de volta com os rebeldes a bordo.

Os elevadores começaram a se erguer rápidos, enquanto ela se virava para os inimigos. Lançou-se de impulso contra um Combatente, e aceitou com prazer a dor que sentiu ao mergulhar a lâmina em seu ventre. De espada na mão, qualquer outro pensamento sumiu de sua mente. Não havia dúvidas, não havia incertezas: tinha de abater o inimigo, precisa e implacável.

Tudo o mais se dissolveu, e mal se dava conta do fluxo de energia que da espada escorria para a Pedra do Ar. No fim do combate, talvez nem conseguisse mexer-se de tão cansada, mas não tinha importância. Depois de cada inimigo abatido, era como se o fluxo aumentasse de intensidade, tornando-a cada vez mais forte.

Os rebeldes começaram a se jogar em grande número do tablado diante do elevador, que continuava subindo e descendo, e não demorou para não haver mais inimigos a serem abatidos.

Talitha pulou para a plataforma externa e sentiu-se invadir pelo cheiro típico dos mosteiros. Aquele aroma um tanto metálico bastou para que se lembrasse de todos os sofrimentos padecidos em Messe, aguçando assim sua raiva.

Abateu um Combatente atrás do outro, ignorando a dor que cada morte lhe provocava. Rejubilava-se com o caos que tomara conta daquele lugar. O corre-corre das túnicas, a gritaria, o cheiro de sangue e de morte.

Um Combatente surgiu diante dela, mudo e desarmado, e começou a parar seus golpes com as mãos e os pés, como se fossem espadas. Por um momento Talitha ficou desnorteada diante daqueles movimentos imprevisíveis, perdeu o ritmo, e o outro a derrubou com um pontapé na mandíbula. Caiu para trás, batendo dolorosamente a nuca. Por alguns instantes tudo ficou escuro. Então, com um impulso fluido e repentino, o Combatente segurou-a pelas costas e passou um laço fino em volta de seu pescoço. Talitha, no entanto, foi mais rápida e, por instinto, colocou a mão entre a garganta e o cordão. Fez força, enquanto o fiapo cortava sua carne, tentou desvencilhar-se, mas o aperto do homem era firme e o ar lhe faltava cada vez mais.

Com a força do desespero empurrou todo o torso para a frente. O movimento desequilibrou o Combatente, que caiu com uma cambalhota, tombando de costas, mas logo se levantou com um salto acrobático.

Talitha não se deixou pegar desprevenida: pulou de pé e fendeu o ar com a espada. Um corte decidido, e a cabeça dele rolou sobre as tábuas da plataforma. Ela ficou parada diante da vítima, ainda ofegante, segurando a arma com firmeza.

Quando olhou em volta, a batalha tinha acabado. Os sacerdotes que não haviam sido trespassados pelas lâminas estavam sendo aprisionados.

Seus olhos vislumbraram o movimento de um Combatente franzino, que corria, atabalhoado, rumo à margem da plataforma. Havia alguma coisa estranha em sua postura, algo desajeitado, mas Talitha não se demorou a pensar no assunto. Alcançou-o num piscar de olhos. Acertou-o com um amplo corte horizontal que abriu uma ferida superficial em suas costas. O sujeito caiu no chão com um grito. Mas a voz era claramente feminina, e Talitha ficou surpresa.

O Combatente virou-se de mãos levantadas:

– Misericórdia! – berrou, então parou. – Talitha... – murmurou.

Talitha arrancou a máscara que encobria aquele rosto. Por baixo, uma cara branquíssima e cheia de medo, emoldurada por escuros cabelos vermelhos.

– Kora... – sussurrou incrédula.

33

Saiph acordou com um vago cheiro de comida enchendo-lhe as narinas. Levou alguns minutos para se recobrar e entender como tinha acabado ali. Levantou os olhos e, logo acima, viu um teto abaulado de pedra. Era um refúgio cavado na rocha. Ergueu-se para sentar e descobriu que tinha deitado numa cama encostada numa parede da caverna. Do outro lado havia uma estante, uma mesa de madeira com uma cadeira, uma lareira cavada na pedra com uma panela nas brasas e um poço redondo no meio do aposento. Era tudo muito parecido com o que já vira antes em duas outras grutas, e não teve dúvidas: estava no refúgio de Verba.

Ao que parece, algum deus deve realmente gostar de mim... disse a si mesmo, com um meio sorriso.

Como se tivesse sido evocado, Verba apareceu. Estava usando uma túnica de tecido leve e uma calça de tela que lhe chegava aos joelhos. Endereçou-lhe um olhar irônico.

– Passou três dias dormindo – disse, e depois deu uma mexida na sopa, que borbulhava na lareira.

– Obrigado por salvar-me – falou Saiph de pronto.

– A tentação de deixá-lo lá foi grande, mas um cadáver na única poça de água por muitas léguas não me pareceu uma boa ideia.

Saiph percebeu que já não tinha no pescoço o cachecol com o suco de aritela, e que mesmo assim estava respirando sem problemas. Como explicar isso?

– Tenho meus esquemas – disse Verba, como se tivesse lido seus pensamentos, e apontou para um vaso no qual até então Saiph não tinha reparado. Cresciam nele robustos galhos de Talareth, e um fio preso a um cristal de Pedra do Ar pendia bem acima da boca.

Verba pegou uma tigela e entregou-a ao rapaz.

– Pegue, coma.

– Da última vez que Talitha tomou a sopa adormeceu na mesma hora – comentou Saiph.

– Pode ficar tranquilo. Já estou farto de vê-lo dormir.

Saiph começou a sorver a sopa, primeiro com alguma desconfiança e em seguida com avidez. Estava uma delícia, um bálsamo para sua boca ressecada.

As últimas horas de viagem estavam envolvidas numa espécie de neblina, lembrava-se de Talitha, mas era somente um sonho, um sonho maravilhoso e terrível. E lá estava ele, exatamente onde queria estar.

Verba, diante dele, comia em silêncio. Sob o olhar inquisitivo de Saiph, decidiu enfim levantar a cabeça.

– Não pensei que chegaria até aqui.

– Esperava que morresse na Grande Extensão Branca?

– Talvez.

Saiph sorriu.

– Que nada! Queria mesmo que eu o encontrasse, sei disso. Só não entendo a razão para tanto mistério. Seu diário para eu decifrar, a carta... Não teria sido mais simples falar comigo? Dizer o que esperava que eu fizesse?

Verba suspirou.

– Os longos anos durante os quais convivi com sua raça, e com os talaritas, ensinaram-me que muitas vezes as palavras não correspondem às ações. Queria certificar-me de que suas intenções eram sólidas. Queria saber se podia confiar em você.

– Estava me pondo à prova?

– Isso mesmo. E você passou. Achei que não conseguiria, eu confesso. Mas, ao mesmo tempo, tinha certeza de que sua patroa o abandonaria pelo caminho.

– Ela não me abandonou. Precisava... – começou Saiph, mas não concluiu a frase.

Verba sorriu.

– Precisava cuidar de coisas mais importantes. Tais como a guerra.

– Pois é, lutar ao lado dos rebeldes – murmurou Saiph.

– Você nem imagina quantas vezes já vi isso acontecer. O desejo de sangue que faz perder de vista os objetivos, os compromissos, a palavra dada...

– Está errado. Ela é diferente, só que ainda não sabe.

Verba fez um gesto de impaciência com a mão.

– O diferente é você, aquele que está fazendo as escolhas menos óbvias. Você que está aqui, em lugar de lutar ao lado de seus semelhantes, e não entendo a razão.

Saiph olhou a tigela vazia.

– Porque a guerra, ainda mais uma guerra como esta, não leva a lugar algum. Não gosto de ver meu povo escravizado, não gosto de vê-lo sofrer e morrer, mas tampouco gosto de ver meus semelhantes matando os talaritas, e se rejubilando com isso. Não há liberdade nisso, este não é o caminho.

– É seu único motivo?

Saiph hesitou, pesando com cuidado as palavras que estava a ponto de proferir.

– Não. Vou ser sincero. Levei adiante meus propósitos também porque queria fugir de Talitha. Compreendi que já não precisava de mim, que já havia alguém em sua vida.

Verba anuiu de leve.

– Sou diferente, nisso você tem razão: não me sinto nem femtita nem talarita, meu único laço com Talária era ela. Este laço quebrou-se, e eu fui embora.

Saiph recuperou o fôlego, pois a confissão era dolorosa.

– E segui em frente... e então vi. Vi que este mundo é mais amplo e misterioso do que se possa imaginar, que há coisas maiores do que eu, coisas que eu quero entender. E nesta altura já não tenho intenção de fugir. Agora eu quero saber. Quero saber o que é o enorme navio que encontrei na Grande Extensão Branca, quem o abandonou, o que são essas montanhas, e por que encontrei nelas esqueletos de peixes. Quero saber o que está havendo com os sóis no céu, e se há alguma coisa que eu possa fazer a respeito. Porque já me convenci de que é verdade, a catástrofe está se aproximando.

Verba ficou imóvel por alguns instantes e começou a remexer na estante em silêncio. Saiph nada disse. Sabia que era impossível forçá-lo a dizer alguma coisa contra a vontade. Quando voltou a sentar à mesa, Verba segurava um objeto de madeira que se alargava na base até formar um pequeno fornilho. Enfiou na boca o lado mais fino e encheu o fornilho com uma erva seca, que acendeu com um tição. Uma fumaça aromática começou a espalhar-se, e ele inalou-a profundamente antes de passar o instrumento a Saiph.

– Chama-se fumeiro, é feito de madeira de Talareth com mil anos de idade.

– O que preciso fazer?

– Inspire e deixe a fumaça encher seus pulmões. É um hábito que aprendi com velhos amigos, há muito desaparecidos. A planta que eles fumavam já não existe, a que uso é erva seca de Thurgan.

– É venenosa... já vi seus efeitos – objetou Saiph.

Verba agitou o fumeiro.

– Vamos lá, não seja indelicado com seu anfitrião.

Saiph pegou-o e inalou. A sensação de calor que lhe invadiu a boca e os pulmões provocou um acesso de tosse, a cabeça começou a rodar. Devolveu o fumeiro a Verba, que deu uma profunda tragada sem maiores problemas.

– Eu posso até contar-lhe a verdade, Saiph, mas você precisa ter certeza de que quer ouvi-la. Foi justamente meu incontrolável desejo de saber que me levou aonde estou. Se eu tivesse ficado calminho no meu canto, satisfeito com aquilo que minha gente contava, não estaria aqui sozinho e desesperado. Quer que o mesmo aconteça com você?

– Uma vida sem conhecimento é uma vida pela metade – respondeu Saiph. – Quando você não sabe, não pode entender, e, se não entende, para que viver?

Verba sacudiu a cabeça dando umas risadinhas.

– Você se parece mesmo comigo... – Inalou profundamente, soltou uma densa nuvem de fumaça e fitou-o nos olhos. – Cheguei aqui milhares de anos atrás.

– De que terra? – perguntou Saiph.

Verba bufou.

— Por enquanto, contente-se em saber que vim de longe. E era como você. Tinha certeza de que nada mais existia fora do pequeno mundo onde nasci e cresci. Descobrir que a verdade era outra atropelou tudo aquilo em que acreditava. Naquele tempo, não só Talaria, mas, sim, Nashira inteira era diferente. Só para dar-lhe uma ideia, onde fica a Grande Extensão Branca havia água a perder de vista.

— É por isso que abandonaram um navio fincado no terreno?

— Isso mesmo. Ali havia uma imensidão de água salgada, tão vasta que a maior parte dela nunca havia sido explorada... O mar! E este lugar onde nos encontramos também estava submerso: nada mais que um imenso volume de água povoado por peixes extraordinários e por toda forma de vida que você pode imaginar. E também havia fartura de ar, podia-se respirar em qualquer lugar.

— Não acredito... — murmurou Saiph.

— Mas deve. Tudo graças à olakita.

— Olakita?

— É o que vocês chamam de Pedra do Ar. Embaixo do deserto há uma gigantesca camada. Em contato com a água, a olakita produz ar respirável. Só um pouco, mas não esqueça que então havia muita água. Naquele tempo as pessoas podiam ir a qualquer lugar sem precisar ficar ao abrigo dos Talareth.

Saiph nem imaginava um mundo como aquele, um mundo onde a palavra liberdade tinha um sentido bastante diferente.

— Precisa entender que naquela época aqui viviam seres diferentes dos que você vê hoje. Animais, plantas... tudo.

— Quem construiu o barco foi seu povo?

O olhar de Verba pareceu perder-se nas lembranças.

– Não. Foram pessoas que já não existem, há muito tempo.

– Talaritas, femtitas? – perguntou Saiph, que não entendia.

– Nenhum dos dois. Havia outras raças, naquele tempo. Os que construíram o barco tinham pele escura, mais escura que a dos talaritas, muito altos e magros. E nenhum deles tinha cabelo.

Saiph ouvia boquiaberto.

– Como se chamavam?

Verba emitiu um som estranho, e Saiph compreendeu que era uma palavra em outra língua.

– O nome nada significaria para você, usavam um alfabeto só deles. Mas pode chamá-los de Assytas, é uma tradução aceitável. Assys era o nome da terra onde viviam, toda cercada pela água, e eram a raça mais pacífica que já conheci.

Verba explicou que seu povo encarregara-o de estudá-los, e que depois dos primeiros contatos passara a morar com eles.

– Não tinham a menor desconfiança de quem era diferente, ao contrário. A violência era banida, e não sabiam o que era uma guerra. Não havia reis, viviam em pequenas cidades e reuniam-se uma vez por ano a fim de tomar as decisões importantes que concerniam à vida comunitária.

– Acho que teria gostado de viver com eles – observou Saiph.

– Tinham o maior respeito pelos animais, mesmo quando os usavam para os trabalhos de todos os dias.

– Incrível...

Saiph pensou em seus semelhantes: haviam ficado em paz por muitos séculos, mas só porque um povo inteiro pagara por isso.

– Eles também tinham conhecido o ódio e a violência, mas justamente por estes males os terem levado à beira da extinção, os repudiaram, e tiveram a força e a coragem de mudar seu sistema de vida.

Verba deu uma longa tragada.

– No fim, eu praticamente me tornei um deles. Acabei quase esquecendo meu povo, partilhava as crenças deles, seus hábitos, suas esperanças. Havia uma mulher... Tinha sido escolhida para ficar a meu lado e me ensinar tudo, mas com ela aprendi muito mais do que meras noções sobre o que eram os Assytas. Quase não visualizo mais seu rosto, mas lembro muito bem seu nome: Khler.

– Que fim levaram Khler e os demais? – perguntou Saiph.

O olhar de Verba encheu-se de tristeza.

– Tinham percebido que havia algo errado nos sóis. A civilização deles não era adiantada, mas conheciam muitas coisas acerca de como o mundo funciona, pois eram curiosos por natureza. Perceberam que o clima estava mudando. Nos últimos tempos, grandes porções da costa haviam sido engolidas pelo mar, havia períodos de seca, inundações... e muitos haviam começado a ficar doentes.

– Que tipo de doença?

– A pele rachava e formavam-se chagas que levavam à morte. A luz de Cétus tornara-se tóxica. Khler era perita em medicina, era uma das pessoas que mais conheciam a doença, e por isso fora chamada à capital, onde haveria um conselho reunindo todos os sábios de Assys. Um dos anciãos afirmava saber o que estava acontecendo.

Verba fechou os olhos, teve um leve estremecimento.

– É a primeira vez que falo a respeito daqueles dias com alguém, e não pensei que fosse tão difícil...

– Desculpe, mas eu...

– *Precisa* saber, eu sei, é nossa sina. – Verba tomou coragem com mais uma profunda tragada. – A viagem foi funestada por cataclismos naturais. O calor era insuportável, a luz dos sóis variava sem parar, um dos dois parecia pulsar no céu. Estávamos todos assustados. Aconteceu logo que chegamos à cidade. Eu estava sob o Mehertheval, o enorme cristal de olakita que surgia no centro da capital e que, segundo as crenças deles, abrigava os espíritos de todos os mortos. Segurava a mão de Khler. Depois, só me lembro de uma luz insuportável: fui vencido por um sono profundo. Quando acordei, já haviam se passado vários dias, talvez semanas, e meu corpo começava a sarar. À minha volta, nada mais existia: a capital desaparecera, não havia sinal de meus companheiros Assytas, de Khler. Para onde virasse os olhos, só via cinzas. Continuei chamando o nome deles durante dias, procurei-os por toda parte. De seu mundo sobravam apenas uns poucos escombros. Quase tudo havia sido arrasado. A não ser o Mehertheval: erguia-se no meio do que fora a capital, intacto, espalhando sua benéfica luz azul, tão resplandecente que feria os olhos. Só havia eu e aquela... *coisa*. Tudo o mais se dissolvera no nada.

Verba ficou em silêncio, pensativo.

Saiph estava confuso. Quer dizer que bastara um nada, a luz de um segundo, para tudo se dissolver: os Assytas haviam desaparecido e de sua civilização sobrara somente um navio enterrado num grande descampado. Sentiu o medo apertar a garganta de uma forma que nunca lhe acontecera antes. O que ele poderia fazer, se o inimigo contra o qual tinha de lutar era o céu?

– E os sóis? – perguntou afinal, num sopro.

Verba esvaziou o fumeiro batendo-o na bota.

– Passei vários dias sem ter a coragem de olhar para cima. Só de pensar no céu ficava aterrorizado.

– E depois? Quando o fez então?

– Tudo estava exatamente como antes do desastre, como se nada tivesse acontecido. Cétus voltara a ter sua luminosidade normal.

Saiph massageou o rosto, nervoso.

– Fale a verdade: as mudanças do clima, a chuva, o calor... eram como o que está acontecendo?

Verba passou a mão entre os cabelos brancos. Mostrava-se não muito disposto a falar.

– Passaram-se dez mil anos, Saiph. Algumas coisas me parecem iguais, outras eram certamente piores.

Saiph não se sentiu nem um pouco confortado. Lembrava o que tinha lido com Talitha, no Núcleo do mosteiro de Messe. Lembrava os desenhos, as páginas com a imagem de Cétus e Miraval, e Cétus, que aumentava de luminosidade à medida que a leitura continuava.

– Mas o começo fora assim mesmo, não é?

– Acho que sim... Acredito que o ciclo esteja fadado a se repetir.

– E nós acabaremos como os Assytas, se não o detivermos.

Verba dirigiu-lhe um olhar desafiador.

– E você sabe como fazer isso, garoto? Sabe como salvar os outros do próprio destino?

– Eu, não, mas você sabe. Li as transcrições de seu interrogatório no mosteiro de Messe.

Verba deu uma risada de escárnio.

– Está falando daquelas sacerdotisas que se achavam capazes de esconder a verdade e salvar suas crenças idiotas? O herege, é assim que me chamavam... E, de qualquer maneira, nunca afirmei que sabia como enfrentar a situação.

– Afirmava saber o que está acontecendo, e ter sobrevivido a uma catástrofe parecida. Talvez possa ensinar a nós todos. Talvez fosse melhor a gente voltar ao lugar onde você estava da última vez que Cétus queimou Nashira. Contou que, quando aconteceu, você e Khler estavam na capital dos Assytas para debater o que estava acontecendo. Porque os sábios deles tinham descoberto alguma coisa.

– Isso mesmo. Mas já dez mil anos atrás, da capital só haviam sobrado escombros. Até eles devem ter sumido, nesta altura.

– Nunca mais voltou?

Verba fez sinal que não.

– Não podia tolerar rever um lugar que tanto amara reduzido a... nada.

– Leve-me para lá. Talvez a gente encontre uma resposta.

– Já não estou interessado em resposta alguma.

– Mesmo que ela possa significar a salvação de Nashira?

– Saiph, eu sobreviverei de qualquer maneira. O que sou já venceu a fúria de Cétus uma vez, e a vencerá de novo.

– Mas acabará perdendo tudo o que conhece. Este mundo.

– Há alguma coisa que valha a pena salvar? Eu só vejo morte, escravidão, destruição. Talvez vocês mereçam ser varridos daqui de uma vez por todas.

Saiph fitou-o e o viu como até então jamais o vira. Um ser que vivera tanto tempo a ponto de considerar a ele e a seus semelhantes criaturas sem importância, cuja existência só durava um piscar de olhos. Então, atrás daqueles traços impassíveis, um tanto entorpecidos pelo fumo, também vislumbrou uma solidão sem saída.

– Da última vez perdeu tudo, mas desta vez a coisa poderia ser diferente. Só precisa criar coragem para tentar.

Verba curvou-se e se dirigiu a ele com dureza, quase encostando o rosto no dele.

– Está falando de coragem para mim? Sabe quantas coisas já vi, quantas fiz? Do que acha que um sujeito como eu pode ter medo?

– De voltar a sentir afeto por algo ou alguém, e perder tudo de novo. De ter esperança e se desiludir. Seu corpo pode sobreviver a qualquer coisa, Verba, mas não sua alma – disse Saiph, sem parar de fitá-lo.

Ele meneou a cabeça.

– Percebi logo que você era diferente dos outros. Talvez não tenha sido um erro deixar que chegasse até aqui.

– Quer dizer que concorda? – perguntou Saiph.

Verba não respondeu. Deu-lhe as costas e fechou-se num longo silêncio.

Saiph o respeitou e continuou sentado na cama, olhando para as volutas de fumaça que subiam devagar até o teto da gruta.

Então, de repente, Verba jogou o fumeiro na mesa e se levantou.

– Concordo – disse. – E, agora, mexa-se, antes que mude de ideia. Vamos partir dentro de uma hora.

34

Verba entregou a Saiph uma máscara embebida com uma gelatina de cheiro mais ardido do que o da aritela, mas que, como assegurou, teria efeito mais duradouro. Ele mesmo usava uma, apesar de ter afirmado que podia sobreviver por longos períodos sem ela. Juntou em dois alforjes cobertores e mantimentos e então partiram.

Pegaram o caminho que descia do topo dos Montes Marinhos, onde Saiph perdera os sentidos e onde se encontrava o refúgio de Verba. Desenrolava-se por um amplo planalto em desnível que parecia abrir-se ao infinito diante deles. Os montes dividiam a paisagem em duas partes: de um lado a Grande Extensão Branca, do outro os contornos arredondados e macios de baixas colinas. Saiph tentou visualizar o aspecto que deviam ter aqueles lugares quando ainda estavam submersos, mas o cenário era tão surreal que mal o imaginava.

– De onde vem a água do lago? – perguntou.

– De vez em quando chove. Mais ou menos uma vez por mês.

– E é suficiente para impedir que fique seco?

– É o que tudo indica... – resmungou Verba.

Parecia quase irritado com aquelas perguntas, e Saiph preferiu não insistir. Teve a impressão, no entanto, de perceber alguma coisa não dita no rosto do companheiro, alguma coisa que o outro não queria mencionar.

Foram andando pelas encostas das montanhas até a sexta hora, quando chegaram a uma gruta que se abria no rochedo bem embaixo deles. Verba deixou-se escorregar nela sem nada dizer, e Saiph não teve outra escolha a não ser ir atrás. Viu-se então em uma íngreme trilha natural que margeava as paredes irregulares de uma grande caverna. Estavam avançando numa leve descida e, à medida que seguiam em frente, o ar se tornava mais úmido, até começarem a andar por uma fina camada de água que não demorou a chegar a seus tornozelos. A pedra parecia reluzir e seu suave brilho azulado iluminava a caverna quase como a luz do dia.

Saiph ficou boquiaberto: estavam numa mina de Pedra do Ar. Se os talaritas soubessem daquilo, correriam para lá em massa para extraí-la. Então, alguma coisa chamou sua atenção: um estranho barulho, uma espécie de zumbido diferente de qualquer outro som que até então ouvira. Olhou para baixo e sentiu-se tomar por uma mistura de espanto e terror.

No fundo da gruta, com todas as patas mergulhadas na água, havia um inseto com pelo menos cinco braças de comprimento, de corpo esguio e sinuoso. Na cabeça grande e arredondada brilhavam, azuis como joias, dois olhos faiscantes. Um vistoso ferrão soltava reflexos no fundo do abdome, mas ainda mais impressionantes eram as pinças que despontavam de sua boca. Só de pensar no que o bicho poderia fazer com aquelas armas, Saiph sentiu um arrepio. Bastante graciosas eram, por sua vez, as quatro asas, duas maiores e duas levemente menores, juntas aos pares em volta da parte do corpo logo atrás da cabeça. Estriadas por um mosaico de linhas avermelhadas, eram translúcidas e, na luz que iluminava a caverna, soltavam reflexos azul-celeste. O animal estava ali, tranquilo, só vibrando de leve as asas, e era justamente aquele movimento que produzia o zunido que Saiph ouvira. O resto do corpo era formado por vários anéis interligados, de uma maravilhosa cor roxa cambiante.

Tinha nas costas uma sela de couro do mesmo tipo usado para cavalgar dragões. Verba aproximou-se sem titubear, enquanto o bicho levantava a cabeça e emitia um assovio ao reconhecê-lo. O homem afagou sua cabeça e chamou Saiph:

– Vamos lá, não precisa ter medo!

O rapaz criou coragem e juntou-se a ele. O animal fitava-o com aqueles seus grandes olhos inexpressivos, de cabeça um pouco inclinada. Saiph não fazia ideia do que poderia esperar.

– Ela é Kalatwa – disse Verba. – Na minha língua significa "dama", "mulher nobre". Precisa vê-la voar...

Afagou-a mais um pouco, roçando com a mão em suas costas. Kalatwa respondeu com uma série de estalidos satisfeitos.

– Que bicho é esse? – perguntou Saiph, ainda temeroso.

– Um inseto, claro.

– Tão... grande?

– Há colônias inteiras de insetos parecidos, vivendo nestas montanhas. Eu os chamo de pa'tlakas, que na minha língua quer dizer "voadores incansáveis".

– Deu um nome a tudo?

– É uma boa maneira para ocupar o tempo. Aproxime-se, não precisa ter medo, ela não morde.

Saiph chegou mais perto, com passos curtos e inseguros. Verba segurou a mão do rapaz e a colocou sob o focinho de Kalatwa. O animal curvou as duas longas e finas antenas que despontavam da cabeça e, com toque gentil, explorou-o. Saiph fez uma careta; estava sentindo cócegas.

– É assim que ela percebe o mundo exterior, muito mais com as antenas do que com os olhos – explicou Verba. Kalatwa recolheu as antenas, satisfeita. – Agora já conhece você, sabe que é meu amigo e nunca lhe fará mal.

Em seguida prendeu os alforjes nos flancos do animal e apertou os arreios. Saiph ficou olhando, tentando se acostumar com aquele ser. Para ele, de qualquer maneira, o bicho se parecia um pouco demais com o enorme inseto que tinha devorado Mareth.

– Eu a conheci durante uma de minhas primeiras viagens no deserto. Desde então, somos inseparáveis.

Enquanto falava, Verba cobriu a boca de Kalatwa com uma máscara parecida com as que eles usavam, mas de tamanho adequado. Em seguida, olhou em volta.

– Sabe de uma coisa? É até engraçado, mas é daqui mesmo que você e todos os seus semelhantes saíram.

Indicou a caverna.

– Já percebeu, não é? Este lugar está cheio de olakita, e também há água. Logo depois da tragédia não sobrara uma única gota: levou meses antes que voltasse a chover. Mas aqui nunca faltou. Foi assim que sobrevivi naquele tempo, trancado aqui embaixo.

Apertou as correias nos flancos de Kalatwa.

– Pois é, foi aqui que a vida recomeçou, depois da catástrofe.

Saiph sentiu um aperto no coração. Havia mitos acerca da criação que explicavam como Mira construíra tudo do nada, confiando cada região de Talária a um deus para que a povoasse e a tornasse aprazível. Agora, no entanto, já não tinha certeza de nada. Nenhum mito jamais mencionara os Assytas, nem a tragédia que mudara por completo Nashira dez mil anos antes. Quer dizer que tudo aquilo que sabia sobre a origem do mundo não passava de lorota. Estava prestes a descobrir a verdade.

— E você... você viu como foi? — perguntou, o coração parecendo estourar no peito.

— Foi um processo rápido. Não levou mais que cinco ou seis mil anos.

— Mas é uma eternidade.

Verba deu uma risada gostosa.

— Acredite, não são nada. De qualquer maneira, aqui a água não levou muito tempo para pulular de criaturas: primeiro houve uma espécie de vermes, aí peixes... Pouco a pouco, desenvolveram-se seres cada vez mais complexos, até chegarmos a vocês.

— Em resumo, não houve criação alguma... nada de Mira, nada de Alya...

Verba olhou para ele como se estivesse diante de um idiota.

— Não havia *nada*, Saiph, está entendendo? *Nada*. Então, depois de alguns milhares de anos, apareceram vocês. Ainda acha que não é criação? Não é algo mágico? Agora, se depois me perguntar se vi Mira surgir das entranhas da terra para criar tudo, não, não vi. Mas ainda assim é um milagre.

— Sim, claro... um milagre — murmurou Saiph, sem entender direito o que Verba queria dizer.

— Escute aqui, meu rapaz. Sei que são conceitos difíceis para você. Mas segundo o que me ensinaram meus mestres, um processo desta envergadura deveria precisar de milhões de anos, e não de milhares, está me entendendo? E um novo começo que leva a seres humanos tão parecidos com os anteriores? Pois é, trata-se de uma coisa que deveria ser impossível... Mas que aconteceu, como você está vendo. Como e por quê, no entanto, eu não sei dizer. Já parei há muito tempo de investigar mistérios que não posso resolver.

– Até agora.

– Vamos, suba – disse Verba dando uns tapas no couro da sela. – Está na hora de partirmos.

Saiph olhou para cima, para a abertura pela qual haviam entrado. Era pequena demais para o enorme corpo de Kalatwa.

– Nunca vai passar...

– E quem disse que vamos sair por ali?

Ajeitaram-se nas costas do inseto, Saiph com uma mistura de nojo e medo. Verba puxou as rédeas e Kalatwa emitiu um assovio agudo. Suas asas começaram a bater tão rápido que quase não dava para vê-las, só sendo possível distinguir uma nebulosidade azulada. O zumbido ficou ensurdecedor e Saiph sentiu vontade de levar as mãos aos ouvidos, mas deste jeito não poderia segurar-se em Verba e acabaria caindo da sela.

Kalatwa levantou-se do chão, deu meia-volta no ar e, reta como uma flecha, chispou para um túnel que se abria na rocha. Atravessaram-no tão depressa que Saiph não enxergava nada claramente, mas pareceu-lhe vislumbrar uma parede musgosa coberta de criaturas rastejantes. Afinal, a luz envolveu-os de repente, o calor dos sóis acertou-os como uma chicotada: estavam fora.

Sobrevoavam uma ampla extensão dourada. Embaixo deles a paisagem estava marcada por todo tipo de aspereza: havia trechos encrespados por verdadeiras ondas, que desenhavam bizarros ornatos regulares na superfície do terreno, e depois dunas íngremes e escarpadas. Em suas encostas, às vezes, dava para vislumbrar os sinais da passagem de algum animal.

– Bem-vindo ao deserto! – berrou Verba.

Saiph olhou para aquela imensa extensão de areia, imaginou-a coberta pelas águas e, pela primeira vez, visualizou o mar. Velejavam por um oceano de areia, um lugar que nenhum femtita, antes dele, jamais vira, rumo a uma cidade que, só agora pensava nisso, tinha todas as características da mitológica Beata acerca da qual seus semelhantes devaneavam, e com a qual Talitha sonhara durante toda a sua infância. Uma sensação exaltante tomou conta dele. Era a felicidade de ver alguma coisa que só os olhos de Verba haviam podido observar, de descobrir que o mundo era um lugar imensamente maior do que ele jamais imaginara, e cheio de coisas a serem reveladas e compreendidas, um universo desconhecido a ser explorado.

Relaxou, soltou os braços e contemplou o panorama. Redescobrir Nashira era simplesmente maravilhoso.

Viajar com Kalatwa era uma experiência nova. Ao voar num dragão, era preciso tomar cuidado para não perder o equilíbrio e cair, pois o bicho se agitava bastante e não era fácil manter-se na garupa. Ela, por sua vez, só mexia as asas enquanto o corpo permanecia quase parado. O único obstáculo que era preciso levar em conta era a violência do vento, pois Kalatwa era pelo menos duas vezes mais veloz que um emipiro. No mais, cavalgá-la era uma experiência bastante agradável.

Muito em breve, entretanto, a paisagem se tornou monótona. Areia, areia por toda parte, a perder de vista. De água e de vegetação, nem sombra. De vez em quando só se divisavam aquelas gigantescas pegadas que marcavam as encostas das dunas. Lá de cima, no entanto, nada mais pareciam que vestígios da passagem de algum inseto. Saiph começou a ficar preocupado com os mantimentos. Ainda havia o suficiente, mas ele não sabia quanto tempo a viagem duraria. Verba dissera que a capital ficava do outro lado de Nashira em relação a Talária, uma distância que para Saiph parecia incomensurável. Ainda mais porque nem mesmo os sacerdotes faziam ideia do que havia depois do deserto e, como todos os seus semelhantes, ele sempre acreditara que o mundo era um disco plano suspenso entre os braços de Mira.

– Não, é uma esfera – disse Verba enquanto voavam. – Uma grande bola só um pouco achatada.

– Pendurada no quê? – perguntou Saiph, incrédulo.

– Em nada! Roda sobre si mesma e em volta dos sóis.

– Como assim, roda? O que roda à nossa volta são os sóis! – rebateu Saiph.

– Ainda precisa aprender muita coisa, garoto. Mas não creio que seja o momento certo. Seja como for, confie em mim, pois conheço muito bem este mundo. Cruzei-o de cabo a rabo. Dez mil anos levam muito tempo para passar.

– E mesmo assim manteve-se longe de Assys... ou de seus escombros.

– Isso mesmo – concluiu Verba, carrancudo.

Continuaram voando até os dois sóis desaparecerem atrás do horizonte. Naquele momento Saiph distinguiu com mais clareza o perfil de Miraval e de Cétus, seus tamanhos diferentes e o estreito filamento luminoso que os unia. Quanto mais tempo passava, mais ele se convencia de que o problema consistia naquilo, no que parecia um fio ligando os dois sóis... Se quebrasse aquele liame, provavelmente não haveria mais problemas, e estariam salvos.

Quando pousaram, Kalatwa jogou-se em cima da areia e, famélica, começou a devorá-la. Saiph ficou atônito, enquanto Verba sorria.
— Como já lhe disse, há água por aqui. Em quantidades mínimas, na forma de imperceptível umidade na areia, mas existe. Não o suficiente para permitir o crescimento de plantas, mas o bastante para Kalatwa, que é uma criatura do deserto.
— Você disse que os bichos de sua espécie vivem naquelas cavernas, e quando a vimos ela estava na água...
— É verdade, mas os pa'tlakas podem fazer longas viagens no deserto. Armazenam a água quando estão nas cavernas para então usá-la quando for preciso. Há outras montanhas como os Montes Marinhos, mais para o sul; os pa'tlakas se deslocam entre estas duas cordilheiras duas vezes por ano. É uma migração. Botam ovos lá e voltam para casa. Quando os ovos se rompem, as ninhadas formam novas colônias.

Saiph ouvia, fascinado, todas aquelas novas informações e pensou em quantos animais extraordinários deviam povoar Nashira.

Comeram parte de suas provisões e depois se deitaram para dormir. Quando Saiph já estava a ponto de adormecer, o silêncio foi quebrado por um estrondo poderoso que os fez saltar. Talvez não durasse mais que um minuto, mas pareceu interminável. Era um tremor longo e profundo, e a terra embaixo deles vibrou como se um tipo de mão enorme a estivesse sacudindo. Ambos caíram ao chão, enquanto Kalatwa gemia desesperada. Bem ao lado deles abriu-se uma voragem da qual surgiu uma nuvem de fumaça.

– Prenda a respiração! Pressione a máscara na boca! – gritou Verba, e Saiph obedeceu.

Ficaram daquele jeito um bom tempo, mesmo depois que o solavanco passou. Kalatwa tremia, com as asas percorridas por um frêmito, enquanto Saiph não normalizava o ritmo cardíaco.

Então Verba se levantou, tirou de um dos alforjes uma nova máscara e entregou-a a Saiph.

– Respire.

– O que foi? – perguntou ele depois de recuperar, enfim, o uso da palavra.

Verba fitou-o por um momento, desnorteado.

– Esqueci que você nunca viu antes. A terra tremeu porque lá embaixo, a centenas de milhares de braças de profundidade, há chamas e fumaças escaldantes. De vez em quando precisam sair. Mas são venenosas, você pode morrer se as respirar. – Diante da expressão interrogativa do rapaz, acrescentou: – É uma coisa normal, apesar de você nunca ter visto até agora. Já pode voltar a dormir.

Saiph não conseguiu mais pegar no sono. Até poucos meses antes vivia em um lugar repleto de dor e injustiça, mas onde o terreno não tremia, onde os sóis não explodiam e tudo permanecia igual a si mesmo desde uma eternidade. Olhou para as estrelas, com a mão apoiada na areia, e achou que não havia nada em que pudesse de fato confiar, nem na terra nem no céu. Nunca, como naquele momento, o sentido das palavras de Verba lhe pareceu mais claro: querer saber é uma maldição, e pela primeira vez ficou arrependido de ter seguido aquele caminho.

35

Para Saiph o deserto parecia infinito e a paisagem que corria embaixo deles sempre igual a si mesma. Só a diminuição dos mantimentos assinalava a passagem do tempo. A água acabou no décimo dia de viagem.

– E agora? – perguntou Saiph.

Como resposta, Verba fez Kalatwa pousar. Enquanto tirava os arreios, o animal parecia excitado, soltando toda uma variedade de estalidos e assovios. Dobrou então as asas e mergulhou de cabeça na areia. Levou menos de um minuto para desaparecer, só deixando atrás de si um grande buraco. Saiph estava pasmo.

Verba fitou-o com um sorriso maroto.

– Vai levar algum tempo – disse.

Sentaram e aproveitaram a pausa para comer; ele, alguns insetos capturados na areia; Saiph, um punhado das ervas secas que haviam trazido.

– Não precisa se preocupar, daqui a alguns dias o deserto vai acabar, e então encontraremos comida – explicou Verba, apontando para a crista de altas montanhas. A primeira vez que as avistaram não passavam de uma fina linha avermelhada no horizonte, enquanto no momento se erguiam majestosas acima de uma leve névoa opalina. – Aquela é a Barreira de Assys. Como o próprio nome indica, cem léguas depois daqueles montes começa o território de Assys, ou o que sobrou dele.

Saiph protegeu os olhos com a mão e observou as montanhas. Quer dizer que estavam perto da meta, pensou com um suspiro.

De repente o chão embaixo deles tremeu como algumas noites antes, quando houvera o terremoto, mas felizmente o abalo só durou poucos segundos. O que aconteceu logo a seguir deixou mais uma vez Saiph de queixo caído: no buraco no qual Kalatwa sumira começou a formar-se uma nascente de água. O grande inseto reapareceu a algumas braças de distância, sacudindo o focinho. Estava coberto de uma tênue camada de areia úmida.

– Incrível... – murmurou Saiph.

Verba apanhou alguns odres de couro e jogou um para ele.

– Mexa-se, não vai durar muito tempo.

Saiph obedeceu e foi enchendo o maior número possível de recipientes. Depois de alguns minutos a água parou de jorrar e formou uma pequena poça, que foi logo reabsorvida pela areia.

– De onde vinha aquela água?

– Principalmente da chuva; não é detida pela areia, então alcança as camadas mais profundas do terreno, onde encontra a pedra. Acumula-se ali, e vaza para baixo tão devagar que acaba formando verdadeiros lagos subterrâneos. A areia sobre estes depósitos faz pressão; assim, quando você cava um buraco bastante fundo, a água é empurrada para cima. É como quando se comprime um odre de um lado para o líquido sair do outro. Os pa'tlakas chegam à profundidade certa e, então, a água jorra. Acredito que farejam o cheiro, ou algo parecido.

Quantos segredos terá este planeta?, Saiph ficou pensando, maravilhado, mas também com uma sombra de inquietação.

Voaram pelo resto do dia e, à noite, acamparam como na vez anterior. Graças às novas reservas de água, Saiph preparou uma boa sopa. Já fazia dias que não comia alguma coisa quente, e aquela refeição veio a calhar para reanimá-lo. Durante o dia o deserto era escaldante, mas à noite a temperatura despencava a ponto que tinham de se proteger com dois cobertores.

Kalatwa, esgotada após a longa viagem, caiu no sono quase de imediato.

Verba olhou para ela, preocupado.

– Esta noite não poderemos contar com ela – disse mordendo nervosamente o lábio. – Está cansada demais para perceber a chegada de algo ou de alguém. Precisaremos fazer turnos de vigia.

– Do que tem medo? – perguntou Saiph.

– O deserto não é um lugar propriamente... deserto. Há feras antigas que se escondem na areia. Poucas, mas perigosas. Kalatwa pode senti-las e logo me avisa quando alguma coisa suspeita se aproxima. Agora, no entanto, nós mesmos teremos de ficar atentos.

– Nunca me falou destas... feras – disse Saiph.

– Não queria assustá-lo demais. Sabe aquelas marcas na areia que você via lá de cima? Pois bem, não dependem apenas do vento.

Saiph sentiu seus cabelos ficarem em pé, mas tentou mostrar-se corajoso.

– Muito bem, então lhes daremos as boas-vindas que merecem.

A noite foi interminável, e Saiph não conseguiu dormir, tanto assim que acabou substituindo Verba nos turnos de vigia. Felizmente, nada aconteceu. A única coisa que se mexeu foi o vento que varria os grãos de areia do deserto, produzindo um som delicado, quase musical.

Quando os sóis surgiram no horizonte, por trás de uma duna e incendiando o deserto numa explosão vermelha de sangue, Verba espreguiçou-se afastando os cobertores.

– Deveria ter me acordado, eu o renderia – disse.

Saiph, o rosto marcado por profundas olheiras, fitou-o enfastiado. Como se pudesse dormir, depois de ouvir o que o outro contara na noite anterior!

Verba levantou-se e se aproximou de Kalatwa, despertando-a com dois delicados toques na cabeça. O animal acordou com um frêmito das asas, quase impaciente para seguir viagem.

Foi então que aconteceu, tão rápido que não tiveram tempo de reagir. Uma vibração do terreno, e um monstro gigantesco surgiu da areia. Era uma espécie de verme extremamente comprido, com o corpo formado por uma série de anéis rígidos que se engatavam uns nos outros, unidos por um tecido mole. Cada anel era provido de umas vinte patas, pequenas e juntinhas, cada uma armada com uma grande garra curva. O animal erguia-se na areia por pelo menos vinte braças, mas parte dele ainda devia estar enterrada. A cabeça era minúscula, encaixada em cima daquele corpo gigantesco quase por engano; era preta, com dois pequenos olhos brancos, e a boca, imensa e provida de grandes pinças como as de Kalatwa, ficava logo embaixo, na parte superior do abdome. Aos lados havia duas enormes patas armadas de quelas afiadas, que produziam assustadores estalos ao se abrirem e fecharem.

A fera levantou-se no céu, com as pinças da boca movendo-se rápidas e famélicas, para então investir contra Kalatwa.

Saiph ficou petrificado de terror, como quando vira despontar da Grande Extensão Branca o corpo enorme do gigantesco perídio, mas Verba também foi pego desprevenido. Kalatwa, por sua vez, levantou voo escapando por um triz das quelas do monstro. O verme acabou enterrando a cabeça na areia, e Verba e Saiph viram correr aquele corpo em todo o seu comprimento; parecia não ter fim enquanto, um depois do outro, cada anel saía do terreno até deixar à vista, no último segmento, um grande ferrão preto.

O chão voltou a tremer, e a fera reemergiu da areia, mais ameaçadora do que nunca. Espichou-se no ar por pelo menos trinta braças na tentativa de capturar Kalatwa, que, no entanto, se mantinha fora de alcance, estalando as mandíbulas para atemorizá-la.

Verba retomou então o controle de si mesmo, sacou a espada, que trazia nas costas, e investiu. Saiph achou aquilo a coisa mais idiota e heroica que já vira: o que pensava que podia fazer contra aquele monstro? Os anéis que formavam o corpo pareciam escudos insuperáveis, e uma só daquelas garras seria suficiente para trespassar Verba de lado a lado. Mas haveria outra escolha? A fuga seria impossível naquele imenso descampado de areia, ainda mais se perdessem Kalatwa.

O inseto alado estava voando em volta da cabeça do gigantesco verme; da ponta de seu abdome sobressaía o ferrão afuselado no qual Saiph já reparara quando vira o animal pela primeira vez. Só que Kalatwa esticara-o em todo o seu comprimento, e sua aparência era terrível. Saiph arreganhou os dentes, segurou com firmeza o punhal e também arremeteu contra o monstro, juntando-se a Verba, que tentava golpeá-lo com a espada, mas foi detido pelas patas do verme.

Viu-se diante daquele ventre enorme, com pelo menos quatro braças de largura; a multidão de patas, que fremiam nervosas, parecia uma selva de lanças prontas a trespassá-lo. Tentou afundar o punhal numa das cartilagens moles que conectavam os anéis, mas uma pata acertou-o no estômago, jogando-o longe. Ficou por alguns instantes atordoado, mas depois se recuperou. Verba mexia-se com elegância e rapidez, desenhando com o corpo movimentos que Saiph nunca vira antes em nenhuma outra criatura de Talária. Era um combatente formidável e Saiph entendeu como lhe fora possível libertar a fortaleza de Danyria quase sozinho. Acertou alguns golpes justamente onde o monstro era mais vulnerável, e o corpo do verme foi sacudido por longos frêmitos. Verba aproveitou para afundar a espada até a empunhadura, mas a fera desvencilhou-se com violência e, com uma garra, traçou um longo corte vermelho em seu peito.

Verba foi arremessado para longe, enquanto a espada permanecia fincada entre dois anéis.

O enorme verme parecia furioso: mirou no corpo desfalecido, decidido a acabar de uma vez com aquele incômodo. Saiph assoviou como Verba lhe ensinara e Kalatwa planou até ele. Subiu em sua garupa com um pulo e a guiou até perto da cabeça do monstro, que desviou a atenção de Verba na tentativa de pegá-los. Saiph mandou a pa'tlaka dar a volta no verme até ficar rente ao chão, na altura da espada ainda espetada entre dois anéis. Tirou-a na hora, provocando ainda mais a ira da fera, que se agitou no ar movendo freneticamente as pinças.

Saiph levou Kalatwa a sobrevoar a cabeça do verme e, sem pensar duas vezes no que estava fazendo, pulou em cima do bicho, que já ia investir contra Verba. Apesar de a cabeça ser pequena em relação ao resto do corpo, mesmo assim ele não conseguia envolvê-la. Constatou a consistência fria da casca: parecia mais dura até que a Pedra do Ar.

O animal empinou-se enfurecido, mas Saiph se manteve firme apertando as coxas. Segurou a espada com ambas as mãos procurando um alvo para o único golpe do qual podia dispor. Apontou para a nuca, mas bem em cima da hora desviou a lâmina para o olho esquerdo.

Acertou bem no meio do globo ocular e um líquido preto esguichou no ar. Saiph gritou quando uma gota daquele sangue respingou em sua carne, pois queimava como fogo. Ignorou a dor, retirou a lâmina e a espetou no outro olho. Mais líquido, mais dor, insuportável, avassaladora. O animal se contorcia frenético sob suas pernas, mas os movimentos eram cada vez mais imprecisos. Saiph achou que ia desmaiar, mas sabia que se caísse o monstro o devoraria.

Coube a Kalatwa intervir. Ao ver o verme em desvantagem, voou até seu ventre e afundou o ferrão com precisão: uma, duas, três, muitas vezes. A monstruosa criatura desmoronou no chão, onde continuou a debater-se, enquanto Saiph caía ali perto, rolando para longe com um derradeiro esforço. A última coisa que viu foi Kalatwa, que voava para ele.

36

A investidura de Grele como Pequena Madre aconteceu menos de um mês depois do funeral daquela que a antecedera. Só a decana das Medicatrizes se atreveu a expressar uma tímida ressalva.

– Levando em consideração os dramáticos acontecimentos dos últimos tempos, e em geral o que está ocorrendo em toda a Talária – dissera –, eu estaria mais inclinada a indicar uma candidata mais experiente; nossa coirmã Grele é, sem dúvida, muito sábia, mas nem chega a ter vinte anos, e acredito que lhe falte aquela segurança que só o tempo é capaz de proporcionar.

Grele, que participara da reunião para a nomeação, mantivera o tempo todo o rosto baixo, escondendo a ansiedade. Estava arriscando tudo: conquistar aquele lugar exigira muito dela, e tudo o que fizera nos últimos meses – tudo o que fizera em *toda a sua vida* – tinha como finalidade aquele momento. A ideia de alguém se intrometer entre ela e sua meta fazia ferver o sangue em suas veias. Mas se havia uma coisa que entendera naqueles meses era justamente que a raiva não leva a lugar algum: era preciso ter paciência. Nesta altura estava tão acostumada a fingir que às vezes continuava a fazê-lo mesmo quando estava sozinha, em sua cela. Dizia a si mesma que quando chegasse ao topo poderia enfim ser ela mesma, e que caberia então às outras acostumar-se com ela e imitá-la. Enquanto isso, precisava mostrar-se submissa. Teria sua desforra mais tarde, de cabeça fria, e aproveitaria mais ainda.

Quem se levantara a defendê-la fora a representante das Julgadoras.

– É verdade, irmã Grele é jovem, mas demonstrou possuir qualidades extraordinárias. Apesar do sofrimento que teve de enfrentar depois do incêndio, levantou-se e se tornou um elemento indispensável para a sobrevivência e a prosperidade deste mosteiro. E, por fim, não creio que seja necessário lembrar seu comportamento heroico na ocasião da trágica morte de nossa amadíssima Pequena Madre, irmã Althea. Irmãs, alguém entre nós pode dizer em sã consciência que se sente mais adequada a desempenhar este papel? E baseando-se em que virtude, só em nossa maior idade? Não será isso a salvar a nós e nosso mosteiro, mas, sim, a dedicação, a coragem e a força desta jovem.

Grele não ficou surpresa. Irmã Solônia, no comando das Julgadoras, estava na folha de pagamento de Megassa. Uma excelente aquisição, sem dúvida: uma mulher de língua cortante, acostumada com as intrigas e os jogos de poder da política.

De qualquer maneira, não fora necessário comprar mais votos no conselho. Eram tempos obscuros, era preciso tomar decisões drásticas e, principalmente, rápidas, e a proteção de Megassa, que todas sabiam ser o padrinho de Grele embora preferissem jamais mencioná-lo, valia mais que mil palavras. Grele mantivera uma atitude submissa. Com uma vistosa atadura no braço, mantinha a cabeça baixa, em silêncio, como se estivesse preparada a aceitar qualquer decisão do conselho.

– Irmã Grele, você aceita este pesado encargo? – perguntou afinal irmã Solônia.

Grele pareceu voltar à realidade, como se a tivessem tirado de outros pensamentos, e em seu rosto apareceu uma expressão de dor e consternação.

– O que estão me dando é uma honra extraordinária, e sei que deveria estar feliz em poder servir a divina Alya e a Ordem inteira. Minha alma, entretanto, está oprimida pelo temor de não estar à altura da nobre tarefa que sou chamada a cumprir, e pergunto a mim mesma se minhas forças serão suficientes. Mas acredito com determinação que a presença da deusa esteja firme e viva entre nós, e que seja ela a guiar as resoluções deste conselho. Assim sendo, só me resta baixar a cabeça e aceitar.

Um murmúrio satisfeito correu pela sala, e Grele voltou a baixar os olhos.

A vestidura aconteceu no mosteiro de Messe; a eleição da Pequena Madre, com efeito, estava intimamente ligada ao mosteiro que iria administrar.

– O lugar onde exercemos nosso mandato não conta, o que conta é nossa fé – dissera Grele com humildade, e todas as coirmãs haviam louvado sua sabedoria e apreciado sua modéstia.

Aquela paródia de mosteiro era o símbolo de sua redenção. Era ali que, em poucos minutos, tinha perdido tudo o que tinha, era ali que Talitha se atrevera a desafiá-la, e era ali que triunfaria. Ela, a nova Pequena Madre, enquanto Talitha estava perdida entre as montanhas, passando fome ao lado dos escravos.

De alguma forma, Megassa fizera com que o templo fosse reformado para a cerimônia. Quando Grele voltou a entrar nele, na manhã da vestidura, seu coração encheu-se de orgulho.

Mantinha a estrutura do antigo templo, e a laje em que estava gravada a imagem da deusa Mira, atrás do altar, era a mesma. Tudo o mais, no entanto, era novo, majestoso, imponente. Estuques dourados e ornatos de Pedra do Ar por toda parte, bancos de preciosa madeira de Talareth, altar de mármore e vitrais multicoloridos não somente no teto, mas também nas paredes. Era um triunfo de cores e opulência, que ostentava a imensa riqueza e o poder do homem que o mandara construir e, de reflexo, da Ordem das sacerdotisas.

O templo estava apinhado de gente, das coirmãs do mosteiro às noviças, e representantes importantes dos mosteiros de outros Reinos. E todos olhavam para Grele com uma mistura de esperança e admiração.

Ela percorreu a longa nave de mármore laranja, a cor da deusa Alya, entre alas de noviças que entoavam hinos vestindo túnicas amarelas.

Quem oficiava a cerimônia era a Madre do Verão, a Suprema Sacerdotisa daquele Reino, a representante de Alya na terra. Grele não pôde deixar de olhar para ela com inveja; nem tinha sido ordenada Pequena Madre, ainda, mas já planejava o passo seguinte, almejando o cargo ocupado por aquela mulher. Já chegara a pensar, no passado, que tornar-se Pequena Madre era a máxima aspiração possível, que uma vez alcançada aquela condição já não desejaria nada na vida. Agora, entretanto, sabia que só estava galgando o primeiro degrau de uma longa escada que pretendia subir até o topo.

Observou a Suprema Sacerdotisa, idosa e pesada em sua túnica laranja, de rosto cansado mas altivo. Imaginou-se naqueles trajes, e um arrepio de prazer correu por sua espinha.

Aproveite o presente, o resto virá, pensou.

Duas coirmãs despiram-na das roupas de sacerdotisa; o cerimonial mandava que a vestidura acontecesse diante de todos. Grele entregou-se ao toque experiente das mãos delas. Quando, a cobrir-lhe o corpo, sobrou apenas a túnica de pano grosseiro, cândida como neve, a Madre do Verão aproximou-se dela. Mergulhou um ramalhete de Talareth num óleo perfumado e aspergiu sua testa. Era um cerimonial parecido com aquele que se usava durante os funerais, justamente porque, na simbologia sagrada, a nova Pequena Madre abandonava a vida anterior para renascer no novo papel. A Suprema Sacerdotisa tirou então um punhado de terra de um pequeno recipiente de prata trazido por uma assistente e o espalhou na cabeça de Grele, rezando a bênção de Mira. Em seguida afastou-se, abrindo espaço para quatro noviças que mantinham bem esticada a túnica vermelho-escura. Com gestos lentos e rituais voltaram a vestir Grele.

Quando se virou, nesta altura já Pequena Madre, a jovem recebeu de cabeça baixa o aplauso caloroso de todos os presentes. Sentia um verdadeiro êxtase de felicidade. Desejou que o pai estivesse presente, para mostrar-lhe seu verdadeiro valor, para deixar bem claro o erro que ele cometera ao decidir abandoná-la ao próprio destino.

Depois levantou a mão e a multidão calou-se na mesma hora. Grele regozijou-se com aquele prazer sutil, o prazer do poder, e compreendeu bem o motivo que levara Megassa a consagrar-lhe toda a sua vida.

– Estamos enfrentando tempos difíceis, nos quais animais degenerados estão tentando subverter a ordem constituída, aquela que os próprios deuses impuseram a nosso mundo. Coisas que considerávamos impossíveis infelizmente aconteceram, vimos mulheres justas e cheias de virtude sucumbir à maldade de cobras que nós mesmas criamos em nosso seio.

Fez uma pausa de efeito.

– Tudo isso, no entanto, não pode nos atemorizar. A Ordem é mais forte que qualquer complô, maior que qualquer ameaça. Nossos inimigos serão aniquilados por sua própria blasfêmia, porque os deuses estão conosco!

Um novo aplauso a interrompeu, mas um gesto seu foi suficiente para impor mais uma vez o silêncio.

– Diante de vocês todos, assumo o compromisso de levar este mosteiro a seu antigo esplendor e de proteger os fiéis da mão assassina dos descrentes. Nossos inimigos sucumbirão e nós prevaleceremos com a força da fé.

Mais uma salva de palmas selou suas palavras. Grele concedeu finalmente a si mesma um sorriso satisfeito.

Houve um suntuoso banquete, como sempre, servido no palácio de Megassa. Depois do anoitecer a nova Pequena Madre e o conde apartaram-se para conversar nos aposentos dele. Diante dos dois, uma garrafa de suco de purpurino envelhecido, um bem de luxo produzido nas adegas do próprio conde.

Megassa levantou a taça e propôs um brinde, mas Grele só bebericou um gole.

– O senhor tem alguma notícia de Kora? – perguntou logo, sem hesitar.

– Ainda não foi capturada, Vossa Eminência. Mas não precisa ficar preocupada.

– Não preciso? Kora sabe o que fiz.

– Ninguém jamais acreditará nela. E de qualquer forma, Grele – continuou Megassa, esquecendo o tom formal –, você mesma deixou que ela fugisse.

– Pegou-me de surpresa.

– O que importa é que sei onde está – disse ele. – Parece que se abrigou no mosteiro de Letora, pouco antes que os rebeldes o expugnassem. Tudo indica que já deve estar morta, ou que morrerá muito em breve.

Grele praguejou e apertou com força a taça entre as mãos.

– Perdemos mais um mosteiro. É um preço alto demais para dar cabo daquela intrometida.

Megassa suspirou.

– O Norte está um verdadeiro caos, cidades inteiras caíram nas mãos dos rebeldes.

– Prometi aos fiéis que os protegeria – disse Grele.

– Você prometeu, mas quem tem de cumprir a promessa sou eu – replicou o conde, cortante. – E só posso chegar até certo ponto, com as forças de que disponho.

– Não era minha intenção duvidar do senhor – falou Grele, de repente conciliadora. Megassa talvez fosse a única pessoa no mundo que ela temia de verdade.

– Sim, Grele, eu sei... Estamos enfrentando uma guerra santa. E, neste contexto, infelizmente os que têm mais a perder são os mosteiros. – O conde revirou a taça entre as mãos e sorriu. – Mas também tenho uma boa notícia. Muito em breve, como você, mais alguém terá uma promoção...

A rainha Aruna estava sentada diante do espelho. Soltou devagar o elaborado penteado; os dedos nodosos e retorcidos pela idade tinham alguma dificuldade de encontrar os grampos e tirá-los dos cabelos. Poderia ter pedido a ajuda de sua criada, ou a qualquer um dos muitos escravos que povoavam o palácio real, mas preferia evitar: a toalete noturna era o único momento em que ficava sozinha consigo mesma, e queria aproveitá-lo. Já se sentia velha; se pedisse ajuda até para desmanchar o penteado, se sentiria decrépita. Receava a morte, sentia seu hálito fedido na nuca. Sempre tivera medo dela, desde criança, e agora que a via chegando a largas passadas o temor transformara-se em terror. Algumas vezes, brincando, perguntara à Medicatriz da corte se alguma sacerdotisa já tentara encontrar um filtro para a vida eterna.

A mulher sorrira.

– Todas nós não vemos a hora de alcançar as moradas dos deuses no centro da terra – respondera.

Pode ser, mas não ela. Ela sentia-se muito à vontade na superfície de Nashira.

Escovou os cabelos. Já haviam se tornado opacos, de uma cor preta triste e apagada. E pensar que sua cabeleira brilhosa sempre havia sido um orgulho para ela, desde que subira ao trono, aos quinze anos, a mais jovem rainha na história do Reino do Verão.

Alguma coisa mexeu-se, na margem de sua visão periférica. Aruna virou-se para a janela, onde as cortinas se enchiam esvoaçando no sopro do vento que mitigava a noite abafada de Liteka, o lugar que tinha escolhido como sua nova morada. Mudara-se para lá seguindo o conselho do conde Megassa, que dizia ser um local mais seguro do que Messe naqueles tempos turbulentos.

Foi até a janela, afastou as cortinas e olhou para fora. Só vislumbrou as luzes trêmulas dos edifícios dos escravos, às margens do grande Talareth. Em Liteka só havia seu palácio real. Dispunha de um Talareth inteiro só para ela.

Já ia virar-se para voltar ao espelho quando sentiu-se agarrar pelos ombros. Alguém torceu dolorosamente seu braço, por trás, enquanto tampava sua boca com a mão.

– Não se agite, Alteza, e não sofrerá mal algum – disse uma voz rouca. Aruna chegara a recear a revolta dos escravos, mas a mão de pele escura que lhe apertava a boca era talarita. *Um complô*, pensou. E foi seu último pensamento lúcido. Porque o homem que a segurava com mão de ferro pusera alguma coisa em seu rosto. Alguma coisa de cheiro penetrante, e a rainha teve na mesma hora dificuldade para respirar. Tentou sacudir a cabeça, mas um gelo mortal começou a espalhar-se do peito para os braços e as pernas.

– Calminha, calminha... já estou acabando... – disse ainda a voz.

Aruna sentiu-se escorregar pelo chão, enquanto a percepção do mundo dava lugar ao cinza e ao nada. Até o medo desaparecera, abrindo espaço para um atônito espanto. Então era assim que tudo acabava.

A última coisa que viu foi o rosto do assassino, nada mais que um rapazola talarita.

– Com os cumprimentos do conde Megassa – anunciou o garoto, com um sorriso.

37

O mosteiro de Letora caíra, e havia alguns dias que os rebeldes o tinham transformado numa nova sede. Naquela noite, a plataforma principal, onde antes os sacerdotes faziam reuniões, estava deserta. Talitha percorreu-a a caminho dos alojamentos dos noviços. Dispostos ao longo de um único corredor, era fácil vigiá-los, e por isso mesmo haviam sido transformados em celas para os poucos talaritas sobreviventes.

Quando chegou à embocadura do corredor, o rebelde de plantão deteve-a.

– O que está fazendo aqui? – perguntou.

– Preciso ver uma prisioneira.

O guarda ficou desnorteado.

– Tem autorização do Conselho? Ninguém me avisou.

– Não, mas não creio que seja um problema. Não é minha intenção deixar que alguém fuja.

– Mas é um problema para mim. Se descobrirem, eu fico em uma enrascada.

– Vou ser bem rápida.

O rebelde suspirou.

– Fiquei a seu lado na batalha, tenho de confiar em você. Quem é o prisioneiro?

– É uma prisioneira, na verdade. A Combatente.

O guarda anuiu.

– Acompanhe-me.

Guiou Talitha pelo corredor. De trás das portas das celas vinha o fedor dos prisioneiros, abandonados à própria sorte, sem água nem comida, e ouviam-se fracos lamentos. Talitha sentiu um aperto no coração, mas manteve uma expressão impassível.

O guarda parou diante de uma cela.

– Aqui está – disse, e abriu a porta. – Só poucos minutos, está bem? Não me faça me arrepender.

– Tem minha palavra – respondeu Talitha.

Entrou e a porta fechou-se atrás dela. Não botava os pés numa cela de mosteiro desde a época de Messe, e a coisa deixou-a um tanto perturbada. Para ela, tudo era ao mesmo tempo familiar e alheio: a cama num canto, as prateleiras nas paredes, o genuflexório, a pequena janela.

Então a viu.

Kora estava amarrada à cabeceira da cama, as mãos presas em grilhões ligados a uma pesada corrente. Estava deitada, largada sobre o flanco, com os trajes de Combatente manchados de sangue devido ao ferimento que *ela* lhe infligira, Talitha pensou com horror. Estava branca como um trapo.

Talitha curvou-se e tirou do bolso um cantil de água, que apoiou nos lábios rachados de Kora, e ela abriu os olhos e, antes de reconhecê-la, teve uma reação instintiva de medo.

– Sou eu, Talitha. Beba, vamos. É água.

Kora esticou a mão acorrentada e segurou o cantil, tomando o líquido com avidez.

– Estava com muita sede... muita mesmo – disse com voz quase inaudível.

– Também trouxe um pouco de comida – acrescentou Talitha entregando um pedaço de pão. – Esconda-o sob o colchão, não quero que o encontrem. E coma mais tarde.

– Não estou com fome – disse Kora, deixando-se novamente cair.

Talitha apalpou sua testa. Ardia. Mesmo que fosse superficial, a ferida estava infeccionando. Segurou a Pedra do Ar e realizou um rápido encanto de Cura.

Kora sorriu.

– Fico feliz em saber que ainda tenho uma amiga aqui. Não sabia que se juntara aos rebeldes.

– E eu não sabia que você se tornara uma Combatente.

– E, de fato, não sou. – Kora contou do homicídio da Pequena Madre e da fuga. – Safei-me entre os elevadores de carga de lá – continuou. – Peguei a Artéria, para que eu pudesse me esconder entre as pessoas. Quanto à roupa de Combatente, roubei-a no caminho, numa hospedaria. Só pensava em me afastar o máximo possível de Messe, e decidi então vir para o norte.

– Mas aqui há uma guerra, Kora... Não podia escolher lugar pior! – exclamou Talitha.

Kora assentiu.

– No mosteiro, eu tinha uma visão do mundo bem diferente. Chegavam notícias da guerra, mas tudo me parecia tão incrível e distante, tão irreal...

– E não pensou em denunciar Grele, em vez de fugir?

– Denunciar a quem? Antes mesmo que eu refletisse com calma sobre o assunto, começaram a aparecer cartazes de recompensa por toda parte, com minha cara. Ninguém acreditaria em mim. – Sorriu com amargura. – Ela tem a proteção de seu pai, que é o herói desta guerra.

Talitha percebeu que a amiga estava certa. Viviam num mundo onde a verdade tinha menos importância do que a condição social e a raça.

– O que vão fazer comigo, Talitha? – perguntou Kora.

– Nada, pode ter certeza. Não vou permitir que lhe façam mal.

– Odeiam-me pelo que sou, e talvez estejam certos. Eu... sempre tratei direito meus escravos, nunca os espanquei com o Bastão, mas para dizer a verdade gostava que trabalhassem a meu serviço, nunca passou pela minha cabeça que pudessem ter outro destino.

– Nenhum de nós o pensava, Kora. Leva tempo para entender.

– Mas eu não terei tempo, vão me matar primeiro.

Talitha segurou suas mãos.

– Ouça. Talvez, antes, fizessem isso. Mas agora há cada vez mais rebeldes contrários à matança indiscriminada. Por isso, pela primeira vez, haverá um processo.

– E poderei defender-me?

– Sim. E eu estarei com você. E, além do mais, o que sabe de meu pai poderia ser uma arma para a causa. Se espalharmos a notícia de que está envolvido no homicídio da Pequena Madre, poderia ter sérios problemas na corte.

Kora ficou um bom tempo fitando-a, então anuiu.

– Assim espero – disse apertando-lhe as mãos com força. – Assim espero.

– Vamos, Talitha, está na hora de sair – incitou-a o guarda, aparecendo na porta.

Talitha se levantou. Não largava as mãos de Kora.

– Não desanime, está certo? Eu estarei sempre a seu lado.

Apertou-as mais uma vez e saiu.

O baque da porta, que se fechava, trouxe um presságio obscuro.

O processo aconteceu no templo, três dias depois. Logo que foi tomado, o mosteiro foi saqueado e profanado. Femtitas e talaritas acreditavam nos mesmos deuses, mas na verdade o conceito da religião e os dogmas nos quais sua fé se baseava eram bastante diferentes. Os talaritas encontravam na religião a justificativa para a escravidão dos femtitas, e estes se consideravam por sua vez o povo eleito, fadado a povoar de novo o Bosque da Volta com a ajuda de Mira. Foi por isso que o mosteiro havia sido assolado: para os femtitas representava um lugar de corrupção, onde a verdadeira fé havia sido subvertida pela heresia.

Embora Talitha não pudesse considerar a si mesma uma crente, entrar no templo apertou-lhe o coração. Havia sinais de incêndio, manchas de sangue nas paredes, os vitrais haviam sido quebrados, as estátuas decapitadas. O altar, atrás do qual se erguia o painel com a imagem de Mira, havia sido saqueado de todos os seus ornamentos. O próprio afresco, cujos restos ainda deixavam vislumbrar sua magnificência, havia sido parcialmente descascado e coberto por desenhos obscenos. Tudo, ali, evocava ódio selvagem.

Os jurados e o juiz escolhido sentavam-se na frente do altar, e usavam trajes adaptados das vestes cerimoniais dos sacerdotes. Todo símbolo talarita havia sido arrancado e substituído por aquela que, já fazia algum tempo, se tornara a marca da rebelião: uma coleira arrebentada sobre a qual se erguia uma árvore vicejante, símbolo do Bosque da Volta.

Os réus sentavam num canto, em uma das duas áreas ao lado do altar que no passado eram reservadas aos dignitários do mosteiro. A mureta de mármore que antes delimitava o local havia sido modificada, e enxertada nela estava uma jaula de madeira erguida às pressas e vigiada por dois guardas armados de lanças. Os prisioneiros tinham coleiras de ferro e grilhões que lhes prendiam mãos e pés, todos interligados por pesadas correntes. Vestiam as roupas dos escravos. Talitha logo identificou Kora: estava pálida e macilenta, mas mantinha uma aparência de extrema dignidade. Parecia animada por um fogo interior que lhe dava a capacidade de suportar a provação pela qual estava passando. Então era esta a força de sua fé, uma fé autêntica, a mesma que atraíra Talitha nos dias do mosteiro, levando-a a admirar tanto aquela moça com rosto de menina.

O templo estava literalmente apinhado: todos haviam se reunido lá dentro para participar de alguma coisa inédita e, de algum modo, relacionada com o divino. Era algo muito mais importante do que as numerosas execuções sumárias às quais os femtitas haviam assistido: enfim estavam assumindo as feições de uma confederação como um povo autônomo, com suas leis e uma ética própria. Por isso haviam confluído ali representantes das aldeias próximas. Talitha achou que isso era um sinal animador.

Vai dar tudo certo, posso sentir, dizia a si mesma sem parar.

A sessão foi aberta por um velho femtita cheio de feridas que conduzira o ataque e era um dos chefes rebeldes. Contavam que tinha vivido por anos, sozinho, no Bosque da Proibição, depois de matar seus donos e fugir, muito antes do aparecimento de Saiph e de tudo o que se seguira. As pessoas olhavam para ele com admiração, estavam prontas a morrer por ele e ouviam-no como se ouve um oráculo.

Talitha achou-o pouco incisivo e inutilmente solene. O femtita exaltou a grandeza daquele dia, explicou que naquele momento estava sendo fundada uma nova comunidade da qual nasceria o mundo do amanhã, e demorou-se na importância de punir os culpados, como se os prisioneiros já tivessem sido condenados e o processo só servisse a estabelecer os castigos com um mínimo de equidade.

– Pois é, parece que estamos começando bem... – disse Melkise, baixinho, com um sorriso sarcástico. Estava sentado ao lado dela, e de uns dias para cá os dois tinham recomeçado a dirigir-se a palavra, graças à empolgação do combate. Mesmo gentilmente, ele continuava a manter alguma distância, mas Talitha já não sofria com aquilo. Não muito, pelo menos.

– Você não disse que não estava interessado no processo? – comentou.

– Não quero criar atritos com o comandante. Sabe como é, aqui prestam muita atenção nas formalidades – respondeu ele, dando de ombros.

– E você faz de tudo para não ter problemas – replicou ela, cortante.

Melkise sorriu daquele jeito maroto que no passado Talitha chegara a considerar irresistível.

– Como sempre.

O juiz leu os termos da acusação: traição, atos desumanos contra os femtitas, homicídio, tortura. O julgamento era a cópia exata da liturgia dos processos talaritas, a única que os femtitas conheciam. Por fim, foi concedida a palavra ao porta-voz dos prisioneiros, o Pequeno Padre, um sacerdote idoso com uma vistosa ferida na cabeça, coberta por uma atadura manchada de sangue.

– Sempre levamos uma vida tranquila e afastada aqui no templo, dedicando-nos somente à adoração de Man – disse. – Nunca fizemos mal a ninguém.

O berreiro do público cobriu por completo suas palavras. O juiz pediu ordem na sala batendo com a mão num pequeno tambor. Talitha o reconheceu: era o instrumento normalmente usado para acordar as noviças ao alvorecer.

– Quer dizer que se declaram inocentes – disse afinal, enfastiado.

– Sim, senhor – declarou o Pequeno Padre, conformado.

A multidão explodiu num coro de gritos e assovios.

– Então, além das demais motivações, vamos acrescentar a mentira.

Talitha estava prestes a se pôr de pé, mas Melkise segurou-a pelo braço.

– Pare com isso e fique olhando, ou, se não aguentar, vá embora – murmurou em seu ouvido.

– Mas isso é uma vergonha! – sibilou ela.

– E esperava outra coisa? Fique sentada e mantenha a calma.

O resto da manhã foi uma longa sequência de testemunhos. Foram chamados a dar seus depoimentos quase todos os escravos femtitas sobreviventes que haviam trabalhado no mosteiro. Seus relatos eram dramaticamente idênticos: histórias de abusos, castigos cruéis e de violências. Muitos deviam ser verdadeiros, mas tudo indicava que outros deviam ter sido inventados ou exagerados.

Quando subiu para testemunhar uma velha femtita, contando que o patrão havia jogado seus filhos de cima do Talareth para que não atrapalhassem seu serviço, um jovem sacerdote debruçou-se nas barras de madeira da jaula.

– Mentira! Eu nunca fiz uma coisa dessas! – gritou, desesperado.

O juiz usou o tambor para calar berros e assovios.

– Ninguém lhe concedeu a palavra. E, além do mais, por que ela mentiria? – disse zangado.

– Para vingar-se de minha mãe, que impediu que ela se casasse com o homem que amava. Mas, juro em nome de Mira, eu sempre a tratei com respeito! Como pôde fazer isso, logo você que me criou como um filho? – gritou.

A velha fitou-o com ódio e se manteve calada.

O juiz impôs mais uma vez a ordem e perguntou:

– Confirma seu testemunho?

A mulher olhou gelidamente para o sacerdote.

– Cada palavra.

Ouviram-se aplausos mais uma vez. Talitha estava pasma.

Falou então um serviçal que descreveu torturas infligidas a escravos que eram pouco mais que crianças, e o Pequeno Padre insurgiu:

– Esse homem nem mesmo serviu aqui em cima!

– Não é o que dizem as informações de que dispomos – rebateu o juiz.

– E como os senhores podem saber melhor do que eu, que regi este lugar por vinte anos e sei muito bem quem foi e quem não foi escravo por aqui? – protestou o Pequeno Padre.

– A palavra de nossos irmãos, para nós, é prova suficiente.

Talitha assistiu àquela trágica pantomima até o fim. Tudo aquilo parecia-lhe absurdo, impossível. Mesmo assim, e agora entendia, era apenas a consequência lógica do que tinha visto durante aqueles meses. A perda de controle dos vencedores sobre os vencidos, o progressivo afastamento dos ideais dos rebeldes rumo a uma violência cega. Mas não de todos. Na multidão dos femtitas reunidos no templo, muitos rostos mostravam-se tão atônitos quanto o dela. Alguns dos presentes certamente desaprovavam o que estava acontecendo e, igual a ela, sentiam-se traídos. Mas não eram bastantes, e sem dúvida alguma não se atreveriam a demonstrar seu descontentamento.

A procissão das testemunhas acabou no começo da tarde. O juiz declarou que se apartaria junto com os anciãos a fim de deliberar o veredicto.

Talitha não aguentou mais e se levantou.

– E a voz dos prisioneiros? E os testemunhos em favor deles?

O silêncio tomou conta de todos, e o juiz olhou para ela, severo.

– Já ouvimos todos os testemunhos de que precisávamos.

– Mas eles também têm coisas importantes a dizer. Por favor, Kora, fale!

Melkise puxava-a convulsivamente pelo braço, mas Talitha nem quis saber. Kora permaneceu em seu lugar, procurando esconder-se.

– Há uma mulher, aqui, que possui informações importantes acerca de nossos inimigos! Informações que poderiam mudar por completo esta guerra! Kora, adiante-se!

Os femtitas viraram os olhos para a jaula, e Kora foi empurrada por seus próprios companheiros de cativeiro. Olhou à sua volta, perdida.

– E então – disse o juiz, austero.

A jovem suspirou e decidiu falar. Com voz trêmula contou sua história: falou de Grele, do complô, de Megassa. Quando acabou, suas palavras foram recebidas pelo silêncio.

– Estão entendendo? Ela nunca trabalhou neste mosteiro! Veio abrigar-se aqui depois do que descobriu. Tem nossos mesmos inimigos, pode ser nossa aliada!

O juiz fitou Talitha com um olhar gélido.

– Megassa está procurando assumir o poder: e daí? Essa Grele tornou-se Pequena Madre: e então? O que isso tem a ver com nossa luta? E o que torna a prisioneira melhor que seus pares?

– Eu a conheço! – gritou Talitha. – E posso jurar por todos os deuses que é a pessoa mais pacífica que existe, e que nunca a vi levantar um dedo sequer contra um femtita. A escrava dela adorava-a.

– Já a ouviu protestar quando os escravos eram espancados, torturados e passavam fome? Já a viu lutar pelos direitos deles?

– Não podíamos nos rebelar – disse Talitha com um fio de voz. – Nós mesmas, as noviças, éramos como prisioneiras...

– Já chega! – trovejou o juiz, e sua voz ressoou por todo o templo. – Você também quer subir para o banco dos réus? Porque está admitindo implicitamente que se manchou dos mesmos crimes desta gente e, se quiser saber minha opinião, com todo o respeito que tenho por Gerner, há algo muito estranho em uma talarita que luta entre nossas fileiras.

Um murmúrio de consternação percorreu o auditório. Talitha havia combatido ao lado de quase todos os presentes, e tinha salvado a vida de muitos deles. Uns dois levantaram-se e pediram a palavra, mas o juiz ignorou-os, e levantou as mãos, percebendo que tinha ido longe demais.

– Está bem – disse. – Admito não conhecer esta nossa aliada talarita, e que não deveria julgar suas intenções. Mas gostaria de sugerir que pensasse melhor no que diz.

Houve um estrondoso aplauso que, para Talitha, foi pior do que uma facada. Quando os anciãos se apartaram, saiu de cabeça baixa e foi trancar-se no alojamento. Já sabia no que aquilo tudo daria.

Quem lhe comunicou a sentença foi Melkise, depois de umas duas horas. Desta vez já não alardeava seu sorriso insolente.

– As notícias não são boas – foi logo dizendo.

Talitha estava sentada no chão, abraçando os próprios joelhos. As palavras de Melkise quase não pareceram atingi-la, já esperava por elas.

– Qual foi sua condenação?

– A mesma de todos. Serão chicoteados e depois queimados.

Talitha sentiu-se dilacerar de raiva.

– Kora é inocente! – exclamou, quase sem segurar as lágrimas. – Assim como muitos outros, talvez. É uma coisa... injusta, tragicamente injusta!

– Eu sei, mas ninguém se importa. Só você.

Talitha levantou de leve a cabeça.

– No que nos transformamos? – disse com um fio de voz.

Melkise abraçou-a, e ela, apertada em seu peito, entregou-se a um pranto desesperado.

38

Verba se recobrou antes de Saiph e enfaixou com ataduras suas feridas, provocadas pelo sangue do verme gigante.

– É corrosivo – explicou. – Mas felizmente não se trata de um ácido poderoso, só precisei de um leve encanto de Cura.

Saiph, ainda quase sem forças, olhava pasmo para o cadáver do monstro esticado na areia. Não acreditava que o trespassara com a espada. Correra, sem dúvida alguma, o risco de morrer.

Logo depois da atadura a dor diminuiu, dando lugar a uma sensação de frescor que, das extremidades, se irradiava até o peito.

– E você? Tudo certo? – perguntou a Verba.

– Tudo. A pancada na cabeça já está passando. E devo agradecer a você se não acabei na barriga daquele verme.

– Provavelmente você teria se safado sozinho – disse Saiph. – Afinal de contas, é imortal.

– Não creio que seria capaz de juntar minhas peças de novo, depois de ser mastigado por um monstro.

– Seja como for, não é a mim que tem de agradecer, mas, sim, a ela. – Saiph indicou, com um gesto da cabeça, Kalatwa, que só movia as asas de leve e os fitava com grandes olhos inexpressivos.

Tinham voado ininterruptamente um dia e meio para se afastar do deserto e das insídias que ele podia esconder. Haviam chegado aos contrafortes da Barreira de Assys e puseram-se a dormir na pedra dura.

– Agora que deixamos o deserto para trás, quanto falta para a capital? – perguntou Saiph.

Verba não respondeu. Mantinha os olhos fixos no território pelo qual haviam acabado de passar. Parecia triste em vez de aliviado.

– Mais uma semana de viagem – disse afinal. – Mas Kalatwa precisa descansar um pouco, usar o ferrão custa-lhe muita energia.

Saiph fez uma careta.

– Já não aguento mais este lugar.

– Fique calmo. Já passamos pela parte mais arriscada: a Barreira de Assys é povoada por uma fauna muito menos perigosa.

Ficou de pé e Saiph o viu pegar a espada.

– Aonde vai?

– Precisamos de comida, comida de verdade. Cuide de Kalatwa.

Verba se foi sem acrescentar mais nada. Saiph entendeu que ainda devia sofrer pelas antigas lembranças e precisava ficar sozinho.

Decidiu explorar os arredores. Nashira se tornara, para ele, um mistério irresistível, que tinha de desvendar de qualquer forma. Sempre gostara de estudar, de entender as coisas, mas nunca passara por sua cabeça que o desconhecido exercesse nele uma fascinação tão grande. Ganhava do medo e de qualquer outra situação. Quem sabe, talvez seu destino fosse descobrir o que ninguém antes dele jamais tinha visto.

De qualquer maneira, as montanhas da Barreira de Assys foram uma decepção. Nenhuma forma de vida, nenhum resquício de um passado esquecido. Cresciam por lá plantas parecidas com as que podiam ser encontradas em Talária nas zonas não cobertas pela sombra benéfica dos Talareth: tinham folhas pretas, troncos avermelhados e aparência robusta.

Quando chegou a um dos topos, Saiph viu pela primeira vez o que esperava por ele. A Barreira de Assys parecia uma cadeia montanhosa relativamente estreita, depois da qual se vislumbrava uma ampla extensão de terra queimada: Assys, ou o que sobrava daquela região. De longe, parecia igual ao deserto que acabavam de atravessar.

Após o segundo dia de viagem, no entanto, a paisagem mudou. Estavam sobrevoando uma planície de terra amarelada, rachada pelos sóis, e aterrissaram às margens de um regato que corria num leito bem mais largo, cercado por algo que se parecia com pedras de estranha forma regular. Saiph não resistiu ao chamado do lugar. Era a primeira vez que encontrava alguma coisa diferente da costumeira terra plana e desolada. Quando Verba adormeceu, pegou um tição em chamas e dirigiu-se às rochas. O que viu deixou-o sem fôlego. Era uma floresta, ou o que sobrava dela. As árvores, reduzidas a troncos com a altura de pouco mais que uma braça, pareciam ter sido queimadas e transformadas em pedra; e de pedra tinham a consistência, exatamente como o enorme navio no meio da Grande Extensão Branca.

Saiph superou a linha das árvores e encontrou outros pedregulhos ainda mais estranhos. Com a largura de um palmo, de forma retangular ou quadrada, estavam dispostos em longas fileiras regulares no terreno. Apanhou um deles e percebeu que se tratava de algo feito pelo homem, um tijolo que com o passar dos séculos adquirira a cor do solo. Seu coração começou a bater mais rápido: o que estava tocando só podiam ser os vestígios da civilização assyta, aquilo que sobrara daquele povo.

Passou a movimentar-se com cuidado, como se estivesse visitando um lugar sagrado. Reconheceu as plantas de edifícios circulares, assinaladas por longas fileiras de tijolos gastos que só se erguiam algumas polegadas acima do chão. Todo o resto da construção fora destruído.

À medida que sua mente se acostumava àquela incrível visão, identificou ruas, pedestais de estátuas e chafarizes muito parecidos com os de Talária.

No meio de um monte de terra que se tornara duro como pedra viu alguma coisa cândida que reluzia na luz de seu archote improvisado. Quando se aproximou, percebeu que era a metade de um rosto esculpido numa pedra parecida com mármore. O único detalhe que diferenciava seus traços dos de um femtita ou de um talarita era a forma dos olhos, maiores e mais alongados, e o nariz achatado. *Os Assytas eram como nós*, pensou.

Por alguma razão, aquele rosto destroçado deixou-o comovido, e acabou de joelhos, soluçando no chão.

– Gostavam muito de escultura – disse a voz de Verba, atrás dele.

Saiph virou a cabeça para vê-lo: estava em pé, de braços cruzados, a observá-lo sabe lá há quanto tempo.

– E tinham um prazer e uma habilidade fora do comum para a reprodução da figura humana. – Verba apontou para o rosto de pedra. – Quando você andava, à noite, por suas cidades na luz das luas, quase pareciam animar-se; havia uma cidade dos vivos durante o dia, e outra de pedra, à noite. – Deu um pontapé num tijolo. – E só sobrou essa.

Saiph, que se recobrara depois do momento de comoção, indicou o que parecia outra escultura que se entrevia no solo.

– Talvez não – disse, e se aproximou, mas, quando sua chama iluminou a indefinida figura, não reprimiu um gemido: era um esqueleto, todo branco, cuja parte superior aflorava do chão. O resto parecia ter-se fundido com o terreno. Saiph, que de cadáveres e esqueletos já tinha sido forçado a ver uma porção, na vida, reparou nas diferenças entre aquele e o de um talarita ou femtita. Os ossos do crânio eram mais alongados na nuca, os braços pareciam mais compridos e delgados, o peito tinha uma espécie de cova na altura dos pulmões.

Verba chegou perto para olhar, então sacudiu a cabeça.

– Vamos voltar ao acampamento – disse.

– Talvez fosse oportuno queimá-lo, por respeito – sugeriu Saiph, baixinho.

– Acredite, ele já viu fogo até demais, o que caiu do céu, de Cétus. Aquilo que já foi carne e sangue, e vida, não passa de pedra – rebateu Verba, com tristeza. – E é o que vai acontecer com sua gente também. Diante desta força, não há nada que possamos fazer.

– Eu não me rendo – protestou Saiph. – Não posso desistir. Principalmente agora que vi.

Verba sorriu pela primeira vez em vários dias. Mas era um sorriso amargo.

– Entendo – disse. – E gostaria de ainda ser como você, de acreditar num futuro melhor. Mas a única coisa que desejo é sumir com vocês quando tudo acontecer. Estou cansado de ser um sobrevivente. Vamos voltar. Acho melhor a gente dormir.

39

O traje de rainha era maravilhoso: entremeado de fios de ouro e de prata, tinha um delicado corpete enfeitado com fitas e rendas, e uma saia vaporosa de faixas sobrepostas. Foi necessária a ajuda de três escravas para que Petra o vestisse. Enquanto as criadas apertavam os laços e ajeitavam a saia, a condessa teve a impressão de que seu corpo já não lhe pertencia. Afinal de contas, nunca fora de fato totalmente dona de si mesma. Não quando era criança, e ainda vivia com os seus em Larea, numa família de antiga nobreza que já começara a planejar seu futuro no próprio dia em que nascera. E não depois do casamento, quando saíra de casa para unir-se a Megassa, que passara a tratá-la como uma propriedade da qual podia dispor à vontade, da mesma forma com que trataria de um terreno cultivado ou de uma alfaia do grande palácio em que vivia. Um homem forte, decidido, impiedoso: muito mais um amo do que um marido.

Sentou-se, comportada, enquanto uma velha escrava, que havia ficado ao serviço da finada rainha por todos os anos de seu longo reinado, ajeitava seus cabelos como um tipo de penteado ritual. Bem no fundo do coração, a liberdade era uma coisa que Petra nunca chegara de fato a desejar.

Contentava-se com a certeza de seu papel, com a tranquilidade da leitura e, principalmente, com a solidão dos jardins do palácio, um bem precioso em seu mundo de serviçais e cortesãos onipresentes. E, em troca, estudar o que a mandavam estudar e encontrar os que lhe eram indicados era um preço razoável, afinal de contas. Suas duas gravidezes também haviam sido parte das obrigações de condessa: uma mulher de sua condição precisava dar filhos ao marido, e foi o que ela fizera.

Naquele momento surpreendeu-se perguntando a si mesma se havia realmente amado as filhas. Respondeu que sim, que as amara, embora com um amor frio e distante. Não as criara: desde o começo haviam sido entregues às babás e às criadas, e o relacionamento entre elas se limitava a uns poucos encontros formais. Lebitha, a mais velha, falecida ainda jovem num mosteiro, e Talitha, a rebelde, transformada em inimiga de tudo o que ela conhecia: talvez, se tivesse participado mais da vida delas, se lhes tivesse dedicado um pouco mais de tempo, as coisas pudessem ter sido diferentes. Mas era um pensamento inútil. *Porque é assim que as coisas funcionam, porque a vida de uma mulher como você é assim mesmo*, disse a si mesma.

De qualquer forma, naquela manhã, uma sensação de desconforto oprimia seu coração desde que acordara. Abrira os olhos, ciente de que aquele era o "grande dia", o dia em que todas as maquinações urdidas pelo marido seriam plenamente realizadas, e a coisa não lhe dera a menor satisfação. Só experimentava uma sensação de impaciência diante do que a aguardava: sorrir, cumprimentar, mostrar-se afável com todos. A rainha Petra, a nova soberana do Reino do Verão.

A escrava examinou com olhar cuidadoso o penteado que acabava de realizar.

– A senhora está maravilhosa, Majestade – disse, com uma reverência.

– Ainda não sou rainha – murmurou Petra.

Distraída, imaginou se a velha sabia que a mulher cujos cabelos acabava de pentear era a esposa do homem que tinha assassinado sua antiga patroa. Levantou-se devagar e se olhou no espelho. A beleza sempre havia sido sua única arma, a qualidade que fazia com que se sobressaísse entre as jovens aristocratas e as cortesãs que pululavam em Talária. Agora, apesar da cuidadosa maquiagem e do penteado impecável, começava a ver-se velha, com umas rugas a mais no pescoço, o rosto cansado, a pele já não tão luminosa. Felizmente, as marcas da "discussão" que tivera na tarde anterior com o marido estavam encobertas. Ele, aliás, tomara todo o cuidado para não atingi-la no rosto. Não gostara da falta de entusiasmo da esposa a respeito do que aconteceria no dia seguinte, nem da resistência contra tornar-se rainha, um papel que ela nunca desejara. Como o resto, como quase tudo, aliás. Mas mulheres assim não podiam dar-se ao luxo de ter seus próprios desejos, e Megassa fez com que se lembrasse disto na base de pancadas.

– Por quê, por que me força a isso? – gritara, de pé diante dela, dominando-a no chão do quarto matrimonial. – Por que não entende o que é melhor para você? Eu sofro, tendo de castigá-la deste jeito.

Nos primeiros anos Petra até acreditara. Se ele a espancava, a culpa era toda dela. Agora sabia que até o tom de dor na voz do marido só era mais uma mentira.

– Mas continuarei a puni-la até você entender qual é seu dever – acrescentara, segurando-a pelo pescoço. – Que consiste em sentar naquele trono em meu lugar, pois as regras deste reino não permitem que o faça eu mesmo. Está me entendendo?

– Estou – murmurara ela.

– E nunca mais questione minhas escolhas, nem se atreva a me fazer perguntas impudentes.

– Nunca mais.

Megassa fitara-a com olhos furibundos, depois ajudara-a a deitar-se na cama, como se nada tivesse acontecido.

Petra percorreu o longo corredor que a levaria ao coche e depois ao mosteiro, o mesmo em que Grele havia sido ordenada Pequena Madre. Passavam tanto tempo juntos, o marido e Grele, e ele parecia ter pela moça tamanha consideração que, às vezes, Petra chegara a perguntar a si mesma se não eram amantes, mas acabara descartando a ideia. Megassa não era este tipo de homem; a única coisa com que se importava era o poder.

Saiu ao sol daquele dia abafado. O palácio em peso estava lá para cumprimentá-la. Escravos e serviçais ficaram de joelhos na mesma hora, e o que Petra viu foi apenas um mar de cabeças baixas em volta da carruagem que a levaria até o tronco do Talareth. O marido também estava lá, de cabeça inclinada para frente como mandava o cerimonial. Por um momento Petra entregou-se a um pensamento sedutor: uma vez que estava prestes a tornar-se soberana, poderia fazer o que bem entendesse. Livrar-se dele, ou ir embora do mesmo jeito que a filha fizera. Mas este pensamento, assim como surgira, só levou um instante para esmaecer. Embora quem estivesse a ponto de receber a coroa de rainha fosse ela, quem se tornaria rei de fato era ele.

* * *

A cerimônia foi oficiada pela Madre do Verão, acompanhada por Grele, que só ficou um passo atrás dela, para deixar bem claro a todos o lugar que ocupava no escalão hierárquico. Havia uma atmosfera indecisa, suspensa entre medo e alegria. Petra era querida no Reino inteiro; bonita, gentil, sempre sorrindo, era a própria imagem da nobre perfeita, mas muitos desconfiavam que a morte de Aruna não fora natural. Mesmo assim, ofereceram-lhe aplausos calorosos, e por algumas horas o banquete fez todos esquecerem as preocupações e as dores daqueles dias turbulentos.

Petra fez o que se esperava dela: distribuiu sorrisos, cumprimentou, exibiu-se num discurso no qual prometeu um futuro de bem-estar e de prosperidade.

– Graças também à ajuda de meu marido, que tanto está fazendo pela segurança de Talária – concluiu, indicando o conde com um sorriso benévolo. Todos bateram palmas com ainda mais força.

Grele, que acompanhava tudo na sombra, percebeu uma falta de calor suspeita nas palavras da nova rainha. Compreendeu que na verdade não se importava com os destinos do Reino. E isso deixou-a preocupada, embora Megassa tenha eliminado seus temores com uma gargalhada quando ela conversou sobre o assunto com ele.

– Ela fará o que tem de fazer – disse. – Sei como cuidar de meus investimentos para o futuro.

– Talvez também pensasse o mesmo de sua filha...

Megassa fulminou-a com o olhar, e Grele sentiu um longo arrepio de terror. Havia uma finalidade assassina naqueles olhos, algo que ela já percebera em outras ocasiões e, cada vez, deixava-a muito perturbada.

– Está duvidando de minhas capacidades – disse o conde.

– Não, de jeito nenhum... eu só queria... deixá-lo de sobreaviso – replicou Grele. – Mas não é justo falar de minhas suspeitas no dia de seu triunfo. O senhor conseguiu o que queria – acrescentou com um sorriso.

Megassa levantou a taça e tomou um gole.

– Acha mesmo? – disse sério.

Grele ficou perplexa.

– Assumiu o controle do Reino do Verão – disse.

– Acha que posso contentar-me com tão pouco? Seria como dizer que você já ficou satisfeita com o cargo de Pequena Madre.

– É uma grande honra para mim... – adiantou-se ela, com cautela.

– Pare com essas bobagens: está falando comigo, não com um de seus fiéis – interrompeu-a o conde. – Reparei em como olhava para a Madre do Verão, já está vendo o assento dela como seu próximo objetivo.

A máscara que lhe cobria metade do rosto tornou o sorriso de Grele ainda mais maldoso.

– Pode ser. Mas o senhor... o que pretende fazer?

– *Por enquanto* nada, mas no futuro...

Megassa deixou a taça na mesa, depois fitou a jovem com olhos reluzentes.

– A guerra está mudando tudo, Grele. Os antigos cargos, as antigas fronteiras já não valem mais nada. Só conta mesmo quem está capacitado a defender o povo e quem não está. E quando a guerra acabar, depois de eu vencê-la, exigirei o que me é devido.

– E o que seria? – perguntou Grele, impressionada com o sonho que aquele homem estava revelando.

– Tudo – respondeu Megassa, marcando bem as palavras. – Talária será um só reino, do qual serei o senhor absoluto.

Então sorriu, o sorriso de um predador que já saboreia o sangue da próxima vítima.

40

Talitha preparou tudo com o maior cuidado. Amolou a espada, lustrou o punhal, juntou as poucas coisas que lhe pareceram necessárias. Procurava manter a lucidez, planejar tudo, mas a raiva ofuscava sua mente.

Encolhida num canto de seu barraco, que lhe parecia tão apertado quanto uma prisão, aguardou o escoamento lento e viscoso das horas. Já na calada da noite, saiu e alcançou a base do Talareth.

Subiu pelo cubículo reservado ao elevador de carga, como já fizera durante a tomada do mosteiro de Letora, e enquanto escalava, ofegante, ao longo da escada de corda, voltou a pensar naquela mesma ascensão feita três dias antes. Tinha sido tão desejosa de entrar logo em combate, de punir a casta dos sacerdotes... Agora estava arriscando tudo para desfazer o que tinha feito.

A história de minha vida, disse a si mesma.

Pensou em quantas vezes tivera que voltar atrás, em quantos erros havia cometido. Bem que gostaria de pensar que a partir daquele momento tudo mudaria, mas, na verdade, nem mesmo imaginava um futuro além daquela noite.

Puxou-se até o último patamar e abriu devagar a porta que levava à plataforma mais alta do mosteiro. Estava deserta. Os rebeldes preferiam ficar lá embaixo, em Letora, e nesta altura o mosteiro não passava de uma prisão. Muito em breve, nem isso seria: na manhã seguinte ateariam fogo nele queimando-o com todos os prisioneiros.

Só se eu falhar mais uma vez, murmurou Talitha, procurando criar coragem. Percorreu depressa a plataforma até os aposentos dos noviços transformados em celas. Na entrada do corredor, quatro guardas perscrutavam a escuridão. Tinham reforçado a vigilância, embora a fuga dos sacerdotes fosse improvável: todos os Combatentes haviam sido mortos, nesta altura, e só restavam velhos ou noviços apavorados.

Talitha mostrou-se aos guardas. Um dos rebeldes sorriu, reconhecendo-a.

– O que está fazendo aqui, Talitha? Sabe muito bem que as ordens são... – Antes que terminasse a frase, ela já tinha desembainhado a espada.

– Não quero machucá-los – disse. – Nenhum de vocês. Estou cansada de ver correr tanto sangue. Mas terão de deixar-me passar.

– Bebeu demais, Talitha – disse outra sentinela. – Volte para a cama.

– Por favor. Não quero lutar com vocês.

– Baixe a espada, Talitha – ordenou o primeiro guarda, sacando sua arma. – Baixe-a, se não quiser que prenda você também.

Talitha suspirou. Não havia margem para as hesitações, para as dúvidas. Partiu para o ataque, remoinhando a Espada de Verba.

Trespassou o primeiro guarda sem dar-lhe tempo de soltar um gemido. Os outros caíram em cima dela como possessos, aos gritos, mas Talitha foi tão mortífera quanto fora durante a batalha nas minas. Trespassou duas sentinelas num piscar de olhos, enquanto a terceira se entrincheirava atrás da porta. Ela derrubou-a com um pontapé e decepou a cabeça do homem. Parou, ofegante. Passara-se apenas um minuto e quatro femtitas jaziam a seus pés, homens pelos quais até alguns dias antes teria arriscado a vida. Tirou do cinto de um dos guardas o molho de chaves e abriu todas as celas, uma depois da outra. Os prisioneiros já estavam atentos, acordados pelo barulho da luta. Alguns deles choravam de medo.

– Vamos lá, mexam-se! Saiam logo! – berrou Talitha.

– Vocês disseram que só fariam isso amanhã de manhã! – gritou um noviço.

– Estou soltando vocês, seu idiota – rosnou Talitha. – Vamos, para fora!

Os sacerdotes se jogaram para o lado de fora e se juntaram no corredor, sem saber exatamente o que fazer.

– Mexam-se, rápido! – gritou Talitha. – Usem as escadas e os elevadores! Daqui a pouco aqui vai estar cheio de femtitas que irão cortar sua garganta! Apressem-se!

Quem começou a fugir foi o noviço que pouco antes se queixara; os outros foram atrás, correndo por todos os cantos. O último foi o Pequeno Padre. Antes de ir embora, parou e segurou a mão de Talitha.

– Não sei por que está fazendo isso, mas que Man a abençoe.

– Já é tarde demais para mim – respondeu ela, e abriu a última fechadura.

Kora estava ajoelhada perto da pequena janela, absorta em suas orações. Estremeceu ao ouvir a porta, que se escancarava, e dirigiu ao vulto na soleira um olhar ao mesmo tempo temeroso e resignado. Então a reconheceu.

– Talitha!
– Levante-se, vou levá-la embora.
– Matarão você também – disse Kora, o olhar perdido no vazio.
– Se conseguirem. Mas agora vamos sair daqui!

Segurou o braço da amiga e puxou-a para fora da cela. Naquele momento o sino de alarme começou a tocar. Sem parar de puxá-la, Talitha arrastou Kora até um dos elevadores cuja porta ainda estava fechada, sinal de que nenhum dos outros fugitivos o pegara.

Quebrou o cadeado a golpes de espada e empurrou a amiga para a plataforma.

– Se quisermos acioná-lo, não podemos descer juntas – disse Kora.
– Eu sei – respondeu Talitha.

Galgou o engradado da cabine e, com um golpe de espada, cortou o cabo de sustentação. A cabine pareceu fugir de baixo de seus pés enquanto Kora gritava. Seus berros eram tão altos que quase cobriam o estridor da roldana, que rodava a toda velocidade, desenrolando o cabo. Talitha agarrou com o braço um dos pontos de apoio e segurou a Pedra do Ar, formulando um encanto de Levitação. Teve a impressão de que as energias estavam sendo sugadas de seu corpo, mas também sentia a força da Espada de Verba, que a recarregava. Aquele vigor misterioso escorria através dela, partindo da espada até o ar que cercava a cabine, dobrando-o à sua vontade. A queda desacelerou e, então, enquanto o pingente de Pedra do Ar ardia no peito de Talitha, a cabine pareceu mergulhar no melado até pousar delicadamente no chão. A Pedra soltou um derradeiro lampejo para então tornar-se preta como um pedaço de carvão e ardente como brasa. Gasta e inutilizável. Talitha arrancou-a do peito e a jogou fora antes que sua roupa pegasse fogo.

Kora chorava, encolhida no fundo da cabine. Talitha inclinou-se sobre ela e ajudou-a a levantar-se.

– Cale-se, se não quiser que nos ouçam – murmurou.

Saíram do elevador e, com horror, viram que a maior agitação já tomara conta de Letora. Os rebeldes enxameavam fora de seus aposentos e perseguiam os sacerdotes que de alguma forma haviam alcançado o chão. Os talaritas procuravam safar-se correndo para todos os lados, mas estava claro que a maioria não conseguiria.

– E agora? – sussurrou Kora.

Talitha olhou em volta: perto da saída do elevador havia um casebre que no passado servira de alojamento para os escravos encarregados da manutenção. Pela janela, certificou-se de que estava vazio e forçou a porta com a espada. Lá dentro parecia que alguém tinha arrebentado tudo aquilo que não era possível levar embora: mesas, cadeiras e colchões de palha estavam aos pedaços. Num baú, no entanto, Talitha encontrou duas velhas capas imundas com capuz e tudo o mais, e entregou uma à amiga.

– Com isso aqui e um pouco de sorte, no escuro não irão nos reconhecer – disse.

Começaram a correr pelas vielas da cidade, evitando as mais movimentadas. Já perto dos limites da aglomeração urbana encontraram um pequeno grupo de sacerdotes, entre os quais o Pequeno Padre, que tentavam, sem jeito, esconder-se atrás das moitas, só se tornando ainda mais visíveis. Por um instante Talitha achou melhor abandoná-los ao próprio destino, mas percebeu que morreriam na certa. Baixou o capuz, para ser reconhecida, e aproximou-se.

– Se continuarem nesta direção, voltarão a Letora – avisou. – E serão capturados.

Dois sacerdotes começaram a brigar.

– Eu bem que avisei que estávamos indo na direção errada – disse um ao outro.

O Pequeno Padre anuiu com tristeza.

– Depois de tantos anos no mosteiro, já não sabemos nos orientar em nossa cidade.

– Então, sigam-me – respondeu Talitha, indicando o caminho atrás dos sacerdotes. – Por ali há a entrada de um caminhamento secundário que leva a Artéria. Se nos afastarmos naquela direção, estaremos salvos.

– Ouviram a moça! – disse o Pequeno Padre aos demais. – Vamos!

Talitha abriu caminho, impondo o silêncio com gestos ríspidos.

Kora ficou a seu lado.

– Achei que não gostava de sacerdotes – comentou.

– E não gosto mesmo. Mas não significa que queira vê-los todos mortos – rebateu Talitha.

– O que vamos fazer depois de chegarmos a Artéria? – perguntou a amiga.

– Você seguirá até a capital e estará a salvo.

– E você?

– Eu não posso deixar que me vejam. Meu pai está à minha procura, já esqueceu?

– Mas tampouco poderá voltar para os femtitas... Não depois desta noite.

Talitha ponderou a gravidade daquelas palavras. Kora estava certa. Agora se tornara uma renegada para todos, uma traidora. Mas, pela primeira vez após muito tempo, sabia que estava fazendo a coisa certa.

Estava a ponto de responder à amiga quando um sacerdote, atrás dela, soltou um grito abafado indicando um ponto na escuridão.

– O caminhamento!

Tinham chegado. A embocadura do caminho descia dos galhos mais baixos do Talareth, a umas cinquenta braças de distância.

– Você conseguiu, Talitha – disse Kora. – Guiou-nos até a salvação!

Mas naquela mesma hora, de trás das árvores chegou o ruído de passos que corriam para a entrada do caminhamento.

Eshar surgiu da escuridão, de espada na mão; um por um, cerca de dez rebeldes armados de lanças e espadas apareceram.

Os sacerdotes gritaram apavorados, o Pequeno Padre começou a rezar.

Eshar levantou a mão para que seus homens tomassem posição atrás dele, para impedirem o acesso ao caminhamento.

– Quando ouvi tocar o sino de alarme, vim logo para cá – disse. – E sabe por quê, Talitha? Porque este é o caminho que eu teria escolhido se quisesse fugir. Já fugi muitas vezes antes de juntar-me aos rebeldes.

– Então sabe o que significa. Deixe-nos passar, Eshar – replicou Talitha, brandindo por sua vez a espada. – Nunca mais verá a gente. Não representamos um perigo para você.

– Sabe que não posso fazer isso – respondeu ele. – De fugitivo transformei-me em guarda, e cabe a mim deter os prisioneiros que tentam fugir. E os traidores... – Fitou-a nos olhos. – Confiava plenamente em você. Achava que se tinha tornado uma de nós.

– E de fato eu era, enquanto pensava que queríamos a mesma coisa: a liberdade.

– É por ela que estamos lutando, Talitha. Pela liberdade dos femtitas escravizados.

– E aí está a diferença. Eu a quero para todos, talaritas e femtitas. – Talitha moveu o pé direito para frente. – Deixe-nos passar, Eshar, eu lhe peço.

– Adeus, Talitha – disse ele.

Em seguida lançou-se adiante gritando, enquanto os rebeldes logo atrás faziam o mesmo. Desencadeou-se uma luta sangrenta. Talitha só teve tempo de empurrar Kora ao chão para que não fosse trespassada por uma espada, antes de ver-se forçada a travar combate com Eshar. Enquanto isso, os sacerdotes se defendiam de qualquer jeito, usando cajados e pedras. Talitha nunca teria imaginado que algum dia tivesse de lutar justamente contra Eshar, o rebelde que lhe parecera mais ajuizado, o que fora o primeiro a defender sua causa junto aos outros.

Era um bom combatente, mas parecia desnorteado, pois ela já não seguia regra alguma, código algum, e golpeava às cegas, guiada apenas por uma fúria selvagem. Nem se importava com os pequenos ferimentos que o combate ia desenhando em seu corpo. Mais um golpe e baixou a guarda de Eshar. Não pretendia matá-lo, não queria *mesmo* matá-lo. Mas a lâmina encontrou um caminho fácil e trespassou o flanco do femtita de um lado para outro. Desta vez a dor que Talitha experimentou foi mais violenta que de costume, e ela sentiu-se aniquilada.

Eshar caiu ao chão de costas. Fitou-a com um olhar cheio de dor.

– Confiava em você... – murmurou, então um véu desceu sobre seus olhos.

Por um instante Talitha ficou petrificada, incapaz de mexer-se, bloqueada pela enormidade do que acabara de fazer. Mas não havia tempo para arrependimentos, pois do contrário seria tudo inútil. Puxou a espada do corpo de Eshar e se virou para os demais rebeldes. Tarde demais: dois deles haviam tombado sob os cajados e as pedras dos sacerdotes, mas os outros haviam levado a melhor. Os sacerdotes já haviam sido trucidados. Talitha correu na direção deles, golpeando, fendendo, abatendo com fúria destruidora, mas não impediu que o Pequeno Padre fosse trespassado pelos últimos dois rebeldes, que o haviam imprensado.

Enquanto Talitha se livrava de um deles, ouviu Kora gritar atrás dela e depois a viu correr para proteger o velho, que caía de joelhos sem um único lamento.

– Pare! – berrou Talitha, mas ela jogou-se em cima do Pequeno Padre exatamente quando o último rebelde que sobrara desferia o golpe. Com horror, Talitha viu a espada penetrar nas costas da amiga na altura do coração. Gritou de raiva e de dor. Com um pulo arremeteu contra o femtita e cortou-o literalmente em dois com um só golpe, depois se debruçou sobre Kora e a virou com doçura. Estava muito pálida, e o sangue escorria de sua boca.

– Kora! Kora! – gritou. – Resista.

– É tarde demais, Talitha – murmurou ela com um sorriso. – Obrigada... por tentar... mas não era o destino.

– Não, por favor – soluçou Talitha. – Vou achar uma Pedra do Ar e evocarei um encanto de Cura, você só precisa aguentar.

Enquanto isso fazia o possível para estancar a hemorragia com as mãos.

– Não chore, Talitha. Eu... volto para a deusa. Velarei por você do centro da terra.

Seus olhos se apagaram.

Talitha permaneceu de joelhos, a ninar o corpo da amiga, com as lágrimas riscando seu rosto.

Ouviu então uns gritos atrás de si. Mais rebeldes estavam chegando. Olhou pela última vez para Kora, deitada no chão. Fez um carinho leve nela. A pele já perdera a consistência das coisas vivas.

Com um esforço supremo levantou-se, correu para o caminhamento e puxou-se para cima, identificando logo um abrigo escondido. Aninhou-se no interior, com a esperança que os perseguidores não conhecessem os segredos dos caminhamentos tão bem quanto ela, que já atravessara os quatro Reinos a pé. O refúgio era minúsculo e sujo, molhado de chuva. Encolheu-se dentro dele ouvindo os passos dos rebeldes que corriam logo acima. Fechou os olhos e entregou-se ao destino. Estava desesperada, e sozinha.

– Saiph... – murmurou baixinho. – Saiph...

Epílogo

Chegaram à capital Assyta no sétimo dia de viagem, bem como Verba previra. Apesar de não ter visitado aqueles lugares durante um número de anos que Saiph mal imaginava, obviamente continuava a lembrar-se deles sem qualquer hesitação.

Durante os últimos três dias não tinham feito outra coisa a não ser sobrevoar imensos descampados destruídos pelo fogo. A vegetação era rala e rasteira, e de vez em quando tinham reparado nos sinais da passagem de algum animal. Haviam, por sua vez, encontrado numerosas florestas petrificadas e restos de casas, sempre reduzidos a vagas sombras no terreno.

Quando pousaram na capital, Saiph foi vencido pela decepção. Não existia nada. Nem a planta de uma construção, nem uma estátua, nem uma rua. Só havia miríades de fragmentos de Pedra do Ar espalhados no chão. O terreno quase parecia brilhar na luz dos sóis.

– Tem certeza de que ficava aqui?

Verba anuiu.

– Depois da catástrofe, posso lembrar as horas que passei neste lugar como se fosse ontem. Poderia desenhar cada detalhe. É aqui mesmo, Saiph, tenho certeza absoluta.

Saiph afastou-se de Kalatwa e avançou cauteloso no terreno assolado. Não podia, não queria acreditar.

– Vejo que finalmente está entendendo – disse Verba. – É o que aconteceu depois que Cétus soltou seus dardos de fogo e, acredite, contra eles somos tão impotentes quanto meus amigos Assytas.

Saiph meneou a cabeça.

– Você falou que talvez soubessem como impedir a destruição de Nashira.

– Talvez... mas de qualquer maneira não tiveram tempo.

– Mas nós temos tempo! – exclamou Saiph, olhando em volta à procura de qualquer pista que pudesse justificar suas palavras.

– E como acha que vai descobrir o que eles sabiam? Não está vendo que só há poeira, aqui? Só morte?

Mas Saiph deixara de ouvir. Tinha reparado em alguma coisa que brilhava depois de uma duna e foi para lá correndo, ignorando os chamados de Verba, que aconselhava prudência. Só parou quando chegou embaixo de um enorme cristal de Pedra do Ar que se erguia no meio da planície. Diferente de todos que já vira na vida, este havia sido esculpido para que assumisse a forma de um obelisco, e nem mesmo os anos passados e nem a fúria dos céus o tinham danificado. As paredes reluziam como espelhos e eram emolduradas numa espécie de gaiola de algum material metálico por ele desconhecido que parecia protegê-lo da poeira e da ação dos elementos. O cristal pulsava de uma luz viva que se transmitia à gaiola, iluminando-a em intervalos regulares com reflexos de cor carmesim.

Saiph ficou boquiaberto, até ser alcançado por Verba.

– O que é? – perguntou então.

Pela primeira vez desde que o conhecera, Verba também parecia surpreso:
– O Mehertheval... – disse extasiado. – Não pensei que pudesse resistir por todos esses anos.
– Por que pulsa desse jeito?
– Não sei. A pedra de que é feito é mera olakita, e da última vez que a vi não brilhava assim. Para os Assytas era um monumento consagrado aos mortos, e agora é a última coisa que os lembra.
Saiph contornou devagar a construção. Sentia fluir daquele objeto um poder benéfico que o atraía como um inseto para a luz. Antes mesmo de dar-se conta do que estava fazendo, tirou a máscara. Conseguia respirar. Com o último Talareth a milhares de léguas de distância, não devia haver muito ar por ali, mas o obelisco parecia reuni-lo todo à sua volta. Deu mais um passo para o Mehertheval e esticou a mão.
– Não! – gritou Verba. Tarde demais. Os dedos de Saiph mal chegaram a tocar no cristal, e sua consciência se perdeu numa brancura ofuscante.

Saiph despertou mergulhado no branco. Só havia branco acima, abaixo e em volta dele. Não saberia dizer se flutuava no ar ou se estava em pé em alguma coisa sólida. Sentia-se alheio ao próprio corpo, que percebia como algo distante de sua consciência. Depois, na brancura, foi desenhando-se pouco a pouco uma figura, como se estivesse se formando do nada. Era um homem alto, usando uma simples túnica que lhe cobria os braços. As mãos, visíveis, tinham apenas três dedos cada uma. Era careca, de nariz achatado e boca pequena, severa. Comparados com os traços do rosto, os olhos eram enormes e de um azul ofuscante. A pele era tão escura, quase preta.

Embora nunca tivesse visto um ser como aquele, Saiph compreendeu quem era.

– Você é um Assyta – disse com um fio de voz.

– Sou – respondeu o homem, sorrindo. – Seja bem-vindo, Saiph. Bem-vindo ao reino dos mortos.

ÍNDICE DOS NOMES

Alepha: capital do Reino do Outono.

Althea: Pequena Madre do mosteiro de Messe.

Antiga Guerra: conflito durante o qual os talaritas escravizaram os femtitas.

Anyas: mãe de Saiph, falecida devido a um acidente que aconteceu enquanto trabalhava.

Aritela: planta do Bosque da Proibição cujas folhas são usadas para produzir uma gelatina que permite respirar até em lugares onde não há Talareth nem Pedra do Ar.

Arnika: Medicatriz do mosteiro de Messe.

Artéria: o principal caminhamento de Talária, que liga todas as capitais dos quatro Reinos.

Aruna: rainha do Reino do Verão.

Assys: terra onde viviam os Assytas.

Assytas: antigo povo que vivia em Nashira em tempos remotos.

Barreira de Assys: montanhas que assinalam o começo do continente de Assys, no Lugar Inominado.

Bastão: arma provida de um fragmento de Pedra do Ar, usada pelos talaritas para infligir dor aos femtitas.

Beata: mítica cidade presente nas lendas seja dos talaritas, seja dos femtitas. Estes últimos, em particular, acreditam que seja um lugar abençoado, no meio do deserto, onde os femtitas ainda vivem em liberdade.

Bemotha: aldeia próxima a uma mina de gelo, no Reino do Inverno.

Béris: escrava no mosteiro de Messe.

Bleri: contrabandista de Pedra do Ar.

Bosque da Proibição: floresta que cerca Talária, cujo acesso é proibido.

Bosque da Volta: o nome que os femtitas dão ao Bosque da Proibição.

Caminhamentos: caminhos suspensos entre os galhos dos Talareth trançados. Constituem as únicas vias de comunicação acessíveis entre as cidades de Talária.

Ceryan: escravo idoso do mosteiro de Messe.

Cétus: um dos dois sóis de Nashira. Na mitologia, é uma divindade maldosa, princípio de todo mal.

Combatente: sacerdotisa perita em artes de combate sem armas.

Danorath Luja: nome dado pelos rebeldes às minas libertadas. No dialeto femtita significa "Cidade Livre".

Danyria: prisão-fortaleza localizada no Reino do Inverno.

Dorothea: Educadora do mosteiro de Messe, encarregada do ensino do culto.

Dynaer: avó de Saiph.

Educadora: sacerdotisa encarregada da educação das noviças.

Emipiro: pequeno dragão, muito rápido, que vive no Bosque da Proibição. Provido de um faro bastante poderoso, é usado pelos rebeldes para o envio de mensagens.

Erva de Thurgan: erva com propriedades excitantes e alucinógenas usada nas minas de gelo para suportar o cansaço.

Es: poder inerente aos magos que permite a prática da magia.

Eshar: rebelde femtita.

Espada de Verba: espada extremamente dura e cortante, feita de um metal misterioso.

Essências: divindades menores, a serviço de Tália, Kerya, Man e Van.

Femtitas: raça subordenada de Nashira. Têm pele clara, olhos alongados e cabelos de vários matizes de verde. Não são capazes de praticar a magia e não sofrem a dor física. Só o contato com a Pedra do Ar engastada no Bastão pode infligir-lhes sofrimento.

Fonia: Educadora do mosteiro de Messe encarregada da biblioteca.

Galata: capital do Reino do Inverno.

Galja: idosa escrava pessoal de Kora.

Gerner: chefe dos rebeldes de Sesshas Enar.

Grande Extensão Branca: amplo território desértico que se estende a oeste de Talária, no Lugar Inominado.

Grande Madre: autoridade suprema do culto, representante de Mira na terra.

Grele: filha do rei do Reino do Outono, noviça, sacerdotisa e, finalmente, Pequena Madre no mosteiro de Messe.

Grif: rapazinho femtita, escravo de Melkise.

Guarda: corpo de guerreiros de Talária que cuida, principalmente, de assuntos ligados à ordem pública.

Hergat: avô de Saiph.

Imório: lago em cujas margens fica localizada Larea.

Itinerantes: sacerdotisas que se deslocam por Talária levando seus serviços a quem deles precisa.

Jandala: fazenda no Reino do Verão.

Jane: rei do Reino do Outono, pai de Grele.

Julgadora: sacerdotisa que cuida da administração da justiça.

Kalatwa: cavalgadura de Verba.

Kalyma: sobrinha em segundo grau de Megassa, esposa prometida a um candidato ao trono do Reino da Primavera.

Kâmbria: rainha do Reino da Primavera.

Kerya: divindade protetora do Reino da Primavera.

Khler: mulher assyta ligada a Verba.

Kolya: governanta pessoal de Talitha na casa paterna, em Messe.

Kora: noviça no mosteiro de Messe.

Lakesi: cidade na parte oriental do Reino do Verão.

Lantânia: sacerdotisa do mosteiro de Messe.

Lanti: o mais habilidoso cartógrafo de Talária.

Larea: capital do Reino da Primavera.

Lebitha: irmã de Talitha, prestigiosa sacerdotisa.

Letora: cidade na fronteira com o Reino do Outono.

Liteka: residência campestre da Rainha Aruna.

Lugar Inominado: o grande deserto localizado depois do Bosque da Proibição.

Madre da Primavera: chefe do culto no Reino da Primavera.

Madre do Verão: chefe do culto no Reino do Verão.

Maleka: Combatente, instrutora de Grele.

Man: divindade protetora do Reino do Inverno.

Mantela: capital do Reino do Outono.

Mantes: criada pessoal de Talitha no mosteiro de Messe.

Mareth: dragão de Saiph, seu nome significa "veloz" no dialeto femtita.

Medicatriz: sacerdotisa perita nos encantos de Cura.

Megassa: conde da cidade de Messe, pai de Talitha.

Mehertheval: gigantesco cristal de Pedra do Ar fincado no meio da capital de Assys.

Melkise: caçador de recompensas.

Messe: capital do Reino do Verão.

Mira: mãe de todas as divindades.

Miraval: um dos dois sóis de Nashira. Segundo a mitologia, é um simulacro colocado no céu por Mira a fim de conter a maldade de Cétus.

Montanhas de Gelo: cadeia montanhosa do Reino do Inverno, a maior mina de gelo de Talária.

Montes do Pôr do Sol: grande cadeia montanhosa que se desenvolve no oeste, entre o Reino do Verão e o da Primavera.

Montes Marinhos: cadeia montanhosa a oeste da Grande Extensão Branca, no Lugar Inominado.

Núcleo: local reservado do mosteiro, onde fica guardado o grande cristal de Pedra do Ar que permite a vida em Messe.

Olakita: nome assyta para a Pedra do Ar.

Oltero: vilarejo no sul do Reino do Inverno.

Orea: aldeia no sopé das Montanhas de Gelo onde nasceu a mãe de Saiph.

Padre do Inverno: chefe do culto no Reino do Inverno.

Padre do Outono: chefe do culto no Reino do Outono.

Palamar Lujer: "Casa dos Livres" em dialeto femtita, nome com que os rebeldes rebatizaram Oltero.

Palena: pequena cidade no Reino da Primavera.

Pa'tlaka: "voadores incansáveis" na língua Shylar, gigantescos insetos que vivem no Lugar Inominado.

Pedra do Ar: formação mineral de características especiais, é capaz de juntar e guardar o ar e é usada pelos talaritas para praticar magias através da Ressonância.

Pelei: Educadora do mosteiro de Messe e mestra de Talitha. Encarregada de ensinar a magia às noviças.

Pequena Madre: autoridade máxima de um mosteiro feminino.

Pequeno Padre: autoridade máxima de um mosteiro masculino.

Perídio: inseto de oito pernas comum em Talária.

Petra: esposa do conde Megassa, mãe de Lebitha e Talitha e, mais tarde, rainha do Reino do Verão.

Pewa: rio que corre perto da aldeia de Bemotha.

Primeiros: os habitantes de Talária antes do épico choque entre Mira e Cétus, durante o qual sua raça se extinguiu.

Reino da Primavera: um dos quatro Reinos em que Talária está dividida; há nele uma perene primavera.

Reino do Inverno: o mais setentrional dos quatro Reinos em que Talária está dividida; nele existe um perene inverno.

Reino do Outono: um dos quatro Reinos em que Talária está dividida; há nele um perene outono.

Reino do Verão: o mais meridional dos quatro Reinos em que Talária está dividida; há nele um perene verão.

Relio: o maior lago de Talária, na fronteira entre o Reino do Outono e o do Inverno.

Ressonância: capacidade de alguns talaritas, e alheia aos femtitas, de ativar as propriedades mágicas da Pedra do Ar.

Rezadora: sacerdotisa encarregada de reativar a Pedra do Ar.

Roye: Instrutor de Talitha na Guarda de Messe.

Saiph: femtita escravo da família de Talitha.

Sesshas Enar: nome da comunidade rebelde à qual se junta Talitha.

Shylar: misteriosa raça à qual pertence Verba.

Solônia: sacerdotisa do mosteiro de Messe.

Suco de purpurino: bebida alcoólica.

Talareth: espécie de árvores abundantes em Nashira. Produzem ar respirável e, graças a particulares métodos de cultivo, podem chegar a ter tamanho gigantesco, a ponto de abrigar em sua sombra cidades inteiras.

Talária: parte habitada do planeta Nashira.

Talaritas: raça dominante de Nashira. Têm cabelos de várias tonalidades de vermelho, do castanho-escuro até quase ao loiro, orelhas pontudas e pele cor de tijolo.

Tália: divindade protetora do Reino do Verão.

Talitha: filha do conde de Messe. Foi treinada no uso das armas, mas o pai forçou-a a entrar no mosteiro.

Tolica: pequeno vilarejo do Reino do Verão.

Ulika: instrumento musical usado pelos rebeldes para modular as melodias capazes de manter a distância os animais do Bosque da Proibição.

Van: divindade protetora do Reino do Outono.

Verba: ser imortal, pertencente à misteriosa raça dos Shylar. Foi quem forjou a espada de Talitha.

Xane: Educadora do mosteiro de Messe encarregada da educação musical das noviças.

Yarl: escravagista que captura Talitha e Saiph.

Impressão e Acabamento:
GRÁFICA STAMPPA LTDA.